사춘기
문예반

바일간 006

사춘기
문예반

장 정 희
장편소설

서유재

차례

번지점프를 좋아하세요?

남아프리카공화국 북서부에 위치한 나미브 사막은 수백만 년 전에 조성된 세계에서 가장 오래된 사막이다. 해안을 따라 모래와 바위가 띠처럼 펼쳐진 황량한 이곳에는 바다에서 올라오는 안개를 이용해 목숨을 이어 가는 생명체들이 있다. 그들은 연간 평균 강수량이 십 밀리미터가 채 안 되고 한낮 기온이 섭씨 오십 도를 넘는 극단의 생태 조건에서 살아가는 것이다.

일요일 오후, 나는 시립도서관 종합자료실 창가에 앉아 과학 잡지를 훑어보고 있다. 총천연색 화보에는 팔마토게코도마뱀이 꼼짝하지 않고 앉아 눈꺼풀에 맺힌 물방울을 핥아먹기 위해 안개를 모으고 있다. 바람 부는 방향을 향해 머리를 아래로 처박고 '안개 쐬기'를 하는 딱정벌레도 있다. 십 년에 한 번 내리는 소나기에 노란 꽃으로 뒤덮인 사막의 풍경도 이어진다. 모두 척박한 환경에서 목숨을 유지하기 위해 사투를 벌이고 있는 생명들이다.

나는 자리에서 일어나 책을 제자리에 끼워 넣었다. 그러고는 주머니에 두 손을 푹 집어넣고 서가 사이를 걸어 다녔다. 오래된 책에서 나는 나무 냄새, 서가 사이에 드리워진 서늘한 그늘, 적절한 온도, 고즈넉한 분위기, 서점과는 달리 수다스럽지 않은 점도 마음에 든다. 지식과 지혜와 감성을 품고 묵묵히 누군가의 손길을 기다리는 책들의 인내가 경이롭다. 어쩌면 저들 중에는 수년 동안 한 번도 손길을 받지 못한 책도 있을 것이다. 눈으로 책등을 훑으며 거니는 것만으로도 선택하는 자로서의 우월감이 충만해지는 느낌이다. 그렇게 도서관은 외롭고 고즈넉한 나만의 시간을 내준다. 천국이 도서관처럼 생겼을 거라고 말한 사람이 남미의 소설가 보르헤스였던가.

다시 봄.

이러지도 저러지도 못하는 사이에 어느덧 고등학교 2학년이 되었다. 속수무책 망망대해 한가운데로 떠밀려 나온 느낌이다.

지금은 야자시간. 신학기 긴장으로 어깨가 뻣뻣해진 아이들이 형광등 불빛을 받으며 문제집에 고개를 처박고 있다. 담임은 복도에서 아이들을 하나씩 불러내 상담을 하고 있다. 신학기마다 의례적으로 이루어지는 상담이다.

누군가 내 어깨를 치는 느낌에 고개를 들었다. 짝꿍인 주희가 턱으로 복도를 가리키고 있었다. 내 차롄가 보다. 나는 주춤주춤 일어나 뒷문을 열고 나갔다. 복도에는 일정한 간격으로 각 반의 담임들이 학생과 마주 앉아 있었다. 전교생 천 명이 넘는 학교가 만들어 내는 신학기에만 볼 수 있는 풍경이다.

"앉아라."

무릎 담요를 덮고 있던 담임이 맞은편 의자를 가리켰다. 사각 턱에 깐깐한 인상을 풍기는 담임은 사십 대 초반의 노처녀였다. 담임 앞에는 가정환경실태조사서와 함께 지난해 내신과 모의고사 성적의 등락을 그래프로 표시해 놓은 성적표가 놓여 있었다. 바닥에 밋밋하게 엎드려 있는 내 성적은 박동을 멈춰 버린 심전도 그래프 같았다.

담임이 엷은 미소를 띠며 내게 말했다.

"난 처음에 네가 남잔 줄 알았어. 키는 껑충하게 큰 데다 커트 머리에 바지 차림…… 웬 남자애가 여학교에 있나 했지."

나는 곧장 눈을 내리깔았다. 물론 처음 듣는 말은 아니었다.

"그런데 왜 치마를 입지 않는 거니?"

입학 직후, 1학년 때 담임과 벌였던 신경전이 떠올랐다. 치마 대신 바지를 선택하려면 반드시 승인을 받아야 하는 교복 규정 때문이었다.

"어렸을 때 다리에 화상을 입어서요."

물론 거짓말이다. 단지 치마를 입어 본 적이 없을 뿐이다. 탐색하는 눈빛으로 바라보고 있던 담임이 넌지시 물었다.

"머리는 그렇게 쇼트커트로 자르는 게 좋아?"

"네?"

나도 모르게 목소리가 높아졌다. 저런 식으로 외양을 꼬집는 사람이라면…… 앞으로 살아갈 일 년이 암담했다. 담임은 물끄러미 나를 바라보더니 이내 성적표로 시선을 돌렸다. 나는 인상을 찌푸린 채 고개 숙인 담임의 정수리를 노려보았다. 성적표를 꼼꼼하게 손으로 짚어 가던 담임이 심각한 얼굴로 고개를 들었다.

"공부가 많이 힘드니?"

나는 대답하지 않았다. 바닥을 깔아 주는 나 같은 아이는 학급 평균이나 끌어내리는 골치 아픈 존재일 테니까. 그러자 담임이 옆에 놓인 가정환경실태조사서를 들추며 다시 물었다.

"장래 희망은 없니? 아무것도 적혀 있지 않아서 말야."

진로에 대한 질문인 줄 알지만 역시 대답하지 않았다. 바닥을 치는 이 성적으로 뭘 할 수 있겠냐고 묻는 거니까. 그런 담임은 '희망'이 뭔지 알기나 할까. 불쌍한 건 희망 없는 내가 아니라 죽을 때까지 희망 고문에서 벗어나지 못하는 아이들이다.

"모르겠어요."

나는 고개를 저었다.

"그러면 안 되지. 모두 서울에 있는 대학을 가겠다고 난리들인데…… 그렇게는 아니더라도 로드맵을 짜서 대비해야지."

하긴 지방 여고인 이곳 아이들에게 '인서울'의 꿈은 하늘의 별처럼 아름다운 것이어서 개나 소나 되는대로 입에 올리곤 했다. 학기가 바뀌고 학년이 올라가면 대부분 나가떨어지지만.

담임은 이마를 찌푸리며 교무수첩에 기록했다.

의욕 없음. 무기력함.

1학년 때 담임은 입만 열면 '쓸모 있는 인간이 되어야 한다'고 역설했다. 독실한 기독교 신자인 그는 항상 '하나님의 말씀'이 기록된 얇은 책자를 손에 들고 다녔다. 그는 하나님이 우리를 만드셨을 때에는 어떤 쓰임을 생각하셨을 것이므로 하나님 보시기에 좋아야 한다고 주장했다.

하지만 나는 누군가를 위한 쓸모 따위는 되고 싶지 않았다. 오직 나를 위한 쓸모가 되고 싶을 뿐이었다. 그것이 하나님 보시기에도 좋을 것이다. 내 안의 부름에 따라 사는 것이 가장 진실한 삶일 테니까. 성적에 따라 쓸모가 있니 없니 떠벌리는 건 한마디로 미친 소리다.

"친구는 없니? 주희는 너를 친구라고 적었던데……."

"작년에 같은 반에서 온 애는 우리 둘밖에 없으니까요."

친하다는 말조차 인색한 나의 대답을 담임은 그대로 받아 적었다. 담임이란 내용의 질은 따지지 않고 개발새발 뭐든지 적는 종족인가 보다. 유사시를 대비하기 위해 기록으로 남기는 것. 어쩌면 그것은 가르치는 일보다 더 중요한 일인지도 모른다. 담임의 임무가 유리처럼 부서지기 쉬운 아이들을 무사히 다음 학년으로 인계하는 것, 오직 그뿐인 것이라면 말이다.

"아버지는 회사원이고 어머니는 주부에…… 너는 외동딸이고."

담임이 고개를 들고 내 표정을 살폈다.

"공부만 잘하면 되겠네?"

"부모님은 공부를 강요하는 분들이 아니세요."

담임은 다시 고개를 끄덕이며 받아 적었다.

공부 강요하지 않음.

나는 담임의 움직이는 손을 물끄러미 바라보았다. 부모님은 개뿔. 내 곁에는 어질러진 방을 청소하라며 악다구니를 늘어놓는 '저기요'만 있을 뿐이다. '저기요'는 내가 호칭을 쏙 빼고 부르는 외할아버지 이름이다. 어디에 사는지 얼굴도 기억나지 않는 엄마라는 여자, 게임에 빠져 날밤 새우다 어느 구석진 피시방에서 생을 마감하게 될 것이 뻔한 아빠라는 남자가 있었다는 전설뿐, 모두 거짓으로 적어 낸 가정환경실태조사서에만 유령처럼 존재하는 인간들이다.

"봉사활동은 한 시간도 안 했네? 기본 시간은 채워야 하는데 말야……."

"인류애가 없어서요."

"인류애?"

담임이 피식, 소리를 내며 웃었다.

"네, 마음에도 없이 시간만 때우는 건 서로에게 안 좋은 일인 것 같아요."

"음······."

담임이 미간을 좁힌 채 다시 끄적거렸다.

인류애, 협동, 봉사 정신 없음.

만약 내 신변에 일이 생기면 담임은 적은 대로 말할까? 전혀 의욕이 없었어요. 집안에 문제가 있어 보이진 않던데······ 도대체 무슨 생각을 하는지 알 수 없더군요.

1학년 때 학생정서·행동특성검사를 받으며 육십여 개의 문항에 체크하는 동안 머리가 빠개지는 줄 알았다. 평범한 아이들처럼 보여야 한다는 강박 때문이었다. 관리대상이 되면 귀찮아지니까. 그러니 '자주 죽고 싶은 생각을 한다'라는 따위의 문항에는 절대 현혹되면 안 되는 거였다. 나는 필사적인 노력으로 담임의 사정권에서 벗어날 수 있었지만, 아이들 몇은 우선관리군이나 자살위험군으로 분류되어 담임과 상담실의 지속적인 관리를 받았다. 청소년센터나 정신과 상담으로 이어진 아이도 있었다. 한번 붙은 꼬리표는 졸업할 때까지 담임을 바꿔 가며 따라다닐 거였다.

"음악 좋아하니? 볼 때마다 이어폰을 끼고 있던데······."

나는 예기치 못한 질문에 잠시 당황했다.

"그, 그냥······ 아무거나 들어요."

아무거나 듣는다는 말은 어떤 것도 듣지 않는다는 뜻이다.

대화가 이어지지 않는다고 생각했는지 담임의 표정이 딱딱해졌다. 나는 담임의 눈을 피해 가정환경실태조사서로 시선을 돌

렸다. 저 종이에 기재된 것들은 모두 사실일까. 나처럼 허위로 써
낸 아이들은 없는 걸까. 담임이 다시 내게 물었다.

"밤에 잠 안 자고 하는 게 있니?"

"저요?"

"응, 수업 시간에 자주 존다고 누가 그러기에……."

이번에는 오엑스 문항이 아니었다. 정신을 바짝 차려야 했다.
단답형이든 서술형이든 어쨌거나 맞춤형 답을 하는 게 중요하니
까. 허튼소리로 틈을 주면 안 된다.

"책 읽어요."

"책? 책 읽으면 공부에 도움 되는 거 아닌가?"

담임이 성적표를 보며 이해가 안 된다는 듯 고개를 저었다. 독
서를 성적으로 연결시키는 담임은 독서와 불면이 사이 나쁜 짝
이라는 것을 알기나 할까? 누군가에게 독서는 하고 싶은 일이 없
고, 갈 곳도 없고, 존경할 만한 사람도 없고, 마음 가는 것도 없어
시간 때우려 마지못해 하는 일이라는 것을.

"하긴, 수업 시간에 존다면…… 성적이 잘 나올 리 없지."

담임은 비쩍 마른 내 몸을 훑으며 다시 말을 이었다.

"엄마한테 보약이라도 한 재 지어 달래서 먹는 게 좋겠다. 입
시는 체력이 관건이거든."

보약이라니! 할아버지가 들으면 분명 '밥이나 잘 처먹어. 밥이
보약인게!'라고 말할 것이다. 하지만 나는 밥보다도 잠을 먹어야

한다. 늦은 밤에 책을 집어 드는 것도 불면 때문이니까. 충분한 수면이 선한 인간을 만드는 것처럼 질 나쁜 잠은 악행의 이유가 된다. 내가 할아버지에게 하는 못된 말과 행동은 대부분 질 나쁜 잠에서 비롯된 것이니까.

택시 운전을 하는 할아버지는 일이 끝나도 곧바로 들어오는 법이 없었다. 근처 대폿집이나 구멍가게에서 동네 사람들과 술을 마셨다. 그럴 때마다 나는 잠들지 못한 채 할아버지의 귀가를 기다렸다. 밤늦게까지 거실을 배회하다 새벽 두세 시쯤 문 따는 소리가 들리면 그제야 부랴부랴 방으로 들어가 잠자는 척 이불을 뒤집어썼다. 행여 깨어 있다간 날이 밝을 때까지 잔소리를 들어야 하니까.

어둠 속에 숨어 귀를 열고 있노라면 딸깍, 현관문 열쇠 돌아가는 소리가 들리고, 이어 냉장고 문 여닫는 소리, 탁자 위에 물컵 내려놓는 소리, 화장실 물 내리는 소리가 순서대로 들려온다. 그러면 날카롭게 벼려져 있던 의식이 부드럽게 풀어졌다. 그리하여 연기처럼 몽실몽실 수면의 좁은 틈 사이로 슬그머니 빠져드는 식이었다.

"요즘은 어떤 책 읽니?"

"중력에 관한 책이요."

"재미있니?"

"아니요."

"재미없는데 읽는다고?"

이런 식으로 중언부언하다간 담임의 사정권에서 벗어나기 어렵겠다는 생각이 들었다. 하지만 어떻게 해야 좋은 대답이 될지 가늠되지 않았다. 책을 펼쳐 놓는 것도 이어폰을 끼는 전략과 같다고 말할까? '나 독서 중이니 건들지 말라'는 뜻이라고.

담임은 내가 더 이상 말을 보태지 않자 이만 끝내겠다는 듯 교무수첩을 덮었다. 그러자 불현듯 조바심이 일었다.

"선생님!"

성적표와 가정환경실태조사서를 정리하고 있던 담임이 의아한 눈빛으로 고개를 들었다.

"중력과 만유인력이 어떻게 다른지 아세요?"

담임의 눈동자가 동그래졌다.

"만유인력? 뉴턴이 사과 떨어지는 걸 보고 발견했다는 거? 아, 참…… 그건 중력이지."

나는 손짓까지 섞어 가며 조급하게 주절거리기 시작했다.

"중력이 물체를 지구 중심 방향으로 잡아당기는 힘이라면, 만유인력은 물체와 물체가 서로 끌어당기는 힘을 말해요. 지구와 지구상의 모든 물체가 서로 끌어당긴다는 점에서는 중력과 만유인력이 비슷하지만, 사실 중력은 만유인력에다 지구의 자전에 따른 원심력을 합한 거예요……."

나 자신도 이해하지 못하면서 나열하는 느낌이지만 어쨌거나 처음으로 긴 문장을 구사한 셈이었다. 담임의 입가에 미소가 스쳤다.

"지구 표면에 서 있는 우리를 떨어져 나가지 않도록 잡아 주는 게…… 중력 맞지? 그래서 우리가 우주 밖으로 안 튕겨 나가고 살 수 있는 거고."

틀린 말은 아니지만 맞는 말도 아니었다. 누군가는 중력 때문에 떨어져 죽기도 하니까.

"선생님은 번지점프 해 보셨어요?"

담임이 고개를 흔들었다.

"중력을 실험해 볼 수 있는 좋은 기회잖아요."

"번지점프와 중력이라…… 그러면 용수철처럼 다시 튀어 오르는 건 뭐지? 중력을 거스르는 힘?"

나는 힘차게 고개를 끄덕였다.

"그게 번지점프의 매력이죠. 선생님도 한번 해 보세요."

"무서워, 못 해."

담임이 고개를 흔들었다. 무섭기는. 나는 언젠가 꼭 번지점프를 해 볼 생각이다. 날짜도 정해 놓았다. 10월 24일. 내 생일날 벌이게 될 축하 퍼포먼스.

"선생님, 점프대 높이가 어느 정도인지 아세요?"

점점 말이 많아지고 있었다. 이상한 활력이 내 몸을 달뜨게 했다.

"글쎄……."

"63미터래요. 건물로 치면 22층 높이. 해발로 계산하면 200미터쯤 되는 상공이죠."

번지점프의 묘미는 중력과 튕겨 오르는 상반된 힘에 있다지만, 사실 자연의 주된 섭리는 딱 하나였다. 물이 낮은 곳으로 흐르듯 점프한 내 몸이 낮은 곳을 향해 떨어져 내리는 것. 사람들은 허리에 맨 끈이 자신을 보호해 줄 것을 알기에 마음 놓고 번지점프를 즐기지만, 내 허리를 잡아줄 끈은 세상 어디에도 존재하지 않았다. 그런 내게 번지점프는 자연의 섭리인 중력을 단 한 번에 증명하는 황홀한 퍼포먼스일 뿐이다. 그것이 다른 아이들과 나의 차이였다. 나는 중력을 거스르고 싶지 않다. 쫄깃해지는 심장의 쾌감을 느낄 수 있다면 괜찮다. 머리통이 부서진다 해도 감수할 수 있다.

담임이 상기된 얼굴로 말을 멈추지 않는 나를 물끄러미 바라보았다. 그러자 멈칫 정신이 들었다. 이쯤에서 멈추지 않으면 안 된다. 되는대로 다 지껄이다간 생일 이벤트까지 발설해 버릴지도 모른다.

어색한 침묵이 이어졌다. 나는 엉거주춤 자리에서 일어섰다. 담임이 가 보라는 듯 고개를 끄덕였다. 교실로 들어서는 나를 담임이 물끄러미 바라보고 있었다.

그들만의 리그

야자시간 종료 십 분 전. 아이들이 가방을 싸느라 부스럭대기 시작했다. 스타트라인에 선 육상선수처럼 책가방을 멘 채 한쪽 발을 책상 밖으로 내밀고 앉아 카운트다운에 돌입하는 것이다. 끝종이 울리자마자 장전해 놓은 총알처럼 교실을 뛰쳐나가는 아이들. 교실이 금세 텅 비었다.

나는 이어폰을 거두고 책상 정리를 했다. 아무런 소음도 없는 교실의 정적이 좋아서 앉아 있다 보면 늘 마지막 주자가 되곤 했다. 하지만 불을 끄기 전에 돌아본 교실 풍경은 항상 어수선하기 짝이 없었다. 다급하게 던져 놓은 무릎담요를 비롯해 책상과 의자에 놓인 책, 물병, 거울, 화장지가 아무렇게나 널려 있다.

나는 어둑하고 텅 빈 복도를 지나 현관으로 나왔다. 책 꾸러미를 한 아름 안은 아이가 현관 기둥에 몸을 기댄 채 누군가를 기다리고 있었다. 아침마다 교문 앞까지 자가용으로 등교하는 옆 반 아이였다. 포니테일 엄친딸. 숱 많은 머리칼을 풍성하게 들어 올려 한 묶음으로 바짝 틀어 맨, 귀 옆으로 빼낸 몇 가닥의 머리칼이 하얀 볼 위에서 하늘하늘 흔들리는 예쁘장한 얼굴. 많은 아이들의 시선을 한 몸에 받는 특별한 존재.

빵빵한 가방의 무게만으로도 등이 휠 것 같은데 품에 안은 책으로 포니테일의 얼굴이 반쯤 가려져 있었다. 못다 한 공부가 얼마나 많기에 저렇듯 무겁게 책을 가져가는 것일까.

하긴 포니테일의 문제만은 아닐 것이다. 아이들은 야자를 끝내고도 좀처럼 집으로 돌아가지 못했다. 학원으로 가거나 독서실로 직행해 새벽 두 시가 넘어서야 침대에 몸을 던질 수 있게 되는 것이다.

야자시간에 숙제나 겨우 끼적거리는 나로서는 열 시에 하교하는 것만으로도 숨이 턱까지 차올랐다. 그런데도 내가 야자시간까지 학교에 머무는 이유는 아직 신학기인 탓이다. 버티다 보면 언젠가 폭발하는 날이 오겠지만 아직은 시작이니 조금만 더 견뎌보자고 생각한다. 집에 있으면 학교에 가기 귀찮고, 학교에 있으면 집에 가기 귀찮은 것도 있고.

하지만 아이들은 학교에 있는 내내 입버릇처럼 집에 가고 싶다고 말한다. 어쩌면 집에 있으면서도 집에 가고 싶다고 할지도 모른다. 그런 아이들에게 집은 어떤 곳일까? 나로서는 죽었다 깨나도 알 수 없는 그들만의 따뜻하고 아늑한 세계가 숨겨져 있는 것일까.

내가 포니테일을 외면하며 현관을 막 나서려는 순간, 검은색

승용차 한 대가 미끄러지듯 교문에 들어섰다. 포니테일이 고개를 쳐들었다. 전조등 불빛을 향한 포니테일의 눈동자가 빨갰다. 현관 앞에 다다른 승용차의 유리창이 내려지며 조급한 여자의 목소리가 터져 나왔다.

"빨리 타! 과외 늦겠다."

포니테일은 여자의 말에 서두르는 기색도 없이 무표정한 얼굴로 자동차 뒷문을 열고 올라탔다. 자동차는 곧장 교문을 빠져나갔다. 멀어져 가는 자동차의 후미등이 잔뜩 충혈되어 있던 포니테일의 눈동자처럼 붉었다.

셔틀버스와 자가용 들이 빠져나간 학교 주차장은 휑했다. 이어 도착한 버스 정류장도 마찬가지였다. 중년남자 한 사람이 목을 움츠린 채 서성거리고 있을 뿐이었다. 나는 정류장 의자에 가방을 내려놓고 앉았다. 바람이 몹시 차가웠다. 금방이라도 눈발이 쏟아질 듯 습기를 잔뜩 머금은 바람이 머리칼을 헝클어뜨리고 달아났다.

이윽고 버스 한 대가 정류장으로 다가섰다. 교복 차림의 여자아이가 내리자 중년남자가 반색을 하며 다가갔다. 남자는 여자아이의 가방을 받아 자신의 어깨에 둘러멨다.

"왜 안 데리러 왔어? 기다리다 늦었잖아! 피곤하단 말야."

여자아이는 앙탈하듯 남자의 등을 두드렸다.

"미안, 미안. 아빠가 오늘 한잔했거든. 예쁜 딸 놔두고 음주운

전하면 안 되지."

"칫!"

여자아이가 남자에게 바짝 붙어 서며 팔짱을 꼈다.

"아이스크림 사 줘."

"다이어트는?"

"내일부터 하면 되지!"

"또 내일부터래."

"먹고 싶은 걸 어떡해?"

다정하게 속삭이는 두 사람의 목소리가 내 뒤를 지나쳐 갔다. 나는 멀어지는 그들의 뒷모습을 멀거니 쳐다보았다. 목덜미로 파고드는 바람이 몹시 차가웠다.

나는 어둠에 잠긴 거리를 바라보며 버스를 기다렸다. 버스는 좀처럼 오지 않았다. 사람들의 왕래가 끊긴 거리엔 자동차만이 이따금씩 무서운 속도로 지나쳐 갈 뿐이었다. 내 인생의 팔 할이 기다림으로 채워져 있는 건 아닐까 생각하니 피식, 웃음이 나왔다. 그러자 그런 나를 비웃듯 버스가 곧 모습을 드러냈다.

버스에 오른 나는 드문드문 박힌 사람들을 지나 뒷좌석으로 갔다. 휴대폰에 고개를 처박고 있는 탓에 좀처럼 표정을 알 수 없는 사람들이 좀비처럼 느껴졌다. 머리 위 난방구에선 쉴 새 없이 바람을 뿜어내고 있었다. 하지만 목덜미까지 파고든 한기는 좀처럼 누그러지지 않았다.

이윽고 버스에서 내려 언덕길을 오르기 시작했다. 우리 집은 십여 분을 쉬지 않고 올라야 하는 꼭대기 연립주택에 있었다. 아침이면 발목을 접질릴까 두려운데도 몸이 저절로 내리닫는 길, 늦은 밤이면 팍팍해진 다리를 두드리며 올라야 하는 히말라야 중턱같이 가파른 이 길이 너무나 싫었다. 무너질 듯 이어지는 낡고 허름한 건물들, 붙이고 떼고 덧붙여지며 지저분해진 광고 스티커 자국들, 쥐와 고양이 들이 물어뜯어 놓은 쓰레기봉투들. 넘쳐나는 음식물 쓰레기들의 고약한 냄새를 헤치며 걸어가는 내가 영문도 모르게 내던져진 쓰레기 같았다.

언덕 주변에는 2층 양옥으로 된 폐가가 한 채 있는데 야간자습을 끝내고 갈 때마다 휑하게 뚫린 유리창이나 문짝이 마치 해골 구멍처럼 느껴져 종종걸음을 치기도 한다. 마당을 가득 채우고도 담장을 넘나드는 잡초더미 위로 길게 드리운 감나무 가지가 머리채를 흔들며 쫓아오는 유령처럼 느껴져 재빨리 연립주택 현관으로 몸을 감췄다.

점심시간.

창밖에 봄비가 내리고 있었다. 아이들이 내지르는 소리로 교실은 시장 바닥처럼 시끄러웠다. 앞뒤 게시판에는 갖가지 형상과 내용의 동아리 홍보물들이 잔뜩 붙어 있었다.

머리를 풀어헤친 채 방탄춤을 추는 아이, 배꼽에 손을 얹고 큰 소리로 영어연극 발성 연습을 하는 아이, 고개를 흔들며 수전증에 걸린 노인 연기를 선보이는 아이도 있었다. 그럴 때마다 아이들은 박장대소를 하며 괴성을 질러 댔다. 벌써 합창부 오디션장으로 몰려간 아이도 여럿이었다.

나는 아이들의 환한 웃음과 수다에 실린 그들만의 발랄함과 가벼움이 부러웠다. 사람들은 자주 나의 무표정과 무뚝뚝함을 탓했지만, 나는 어떻게 해야 그들처럼 환하게 웃고 떠들 수 있는지 알지 못했다. 태어날 때부터 유쾌함을 관장하는 회로가 아예 없었거나 일찌감치 망가져 버렸을 것이라고 짐작할 뿐이다.

창밖으로 시선을 돌렸다. 목련의 우윳빛 꽃망울에 맺혀 있던 빗방울이 뚝뚝 떨어졌다. 투명한 물방울을 바라보는 동안 마음이 고즈넉해졌다. 역시 나는 비 오는 날이 좋다. 비가 올 때마다 나는 물을 담뿍 받고 살아난 상춧잎처럼 싱싱해지는 느낌이다.

내가 싫어하는 날은 햇볕 쨍쨍하게 맑은 날이다. 특히 봄꽃이 만발해서 온 가족들이 들로 산으로 나들이 가느라 고속도로가 극심한 정체를 이룬다는 주말 뉴스가 나오는 날은 최악이다. 화려하게 차려입은 사람들 속에서 남루한 옷을 입고 서 있는 기분이다. 그런 날은 아예 문밖에 나가지 않는 것이 상책이다.

빗방울이 점점 거세졌다. 옆에 앉은 주희가 인상을 잔뜩 찌푸린 채 책상에 엎드려 무언가를 쓰며 말했다.

"난 비가 싫어. 우울해지거든."

잿빛 하늘이 손에 닿을 듯했다. 봄은 어디로 오는 걸까. 빗방울 속으로 들어와 대지에 고루 스며든 다음 연푸른 싹으로 모습을 드러내는 건 아닐까. 겨우내 헐벗은 몸으로 추위를 견뎠던 나무들에게서 합창하듯 봄물 빨아들이는 소리가 들려오는 듯했다.

문득 밖으로 나가 비를 맞고 싶었다. 발가락 사이로 차오르는 물기를 느끼며 맨발로 걷고 싶었다.

"이거 좀 봐 봐."

책상에서 몸을 일으킨 주희가 내게 종이를 내밀었다.

"뭔데?"

주희가 쑥스러운 듯 어깨를 움츠리며 킥킥댔다.

〈나를 빡치게 하는 것들〉

1. 안 그래도 기분 꿀꿀한데 엄마가 나한테 실망했다고 말한 게 너무 슬펐다.

2. 어렸을 때, 주사 안 맞고 싶었는데 이게 얼마짜린 줄 아느냐고 생색내면서 굳이 맞힐 때 갑자기 너무 슬펐다.

3. 내가 편하다고 생각했는지 나에게 함부로 대하고 장난으로라도 심하게 욕하고 물건을 던진 친구들을 생각하면 너무 슬프다…….

"어때?"

주희가 겸연쩍은 듯 눈을 찡긋했다. 작고 가는 눈이 육중한 살집 속으로 가뭇없이 파묻혔다.

"구려!"

주희가 내 어깨를 툭 치며 말했다.

"구리긴 뭐가 구려? 이만하면 명문이지."

제 말이 싱거운 듯 주희가 웃음을 터뜨렸다. 주희에게 실망했다고 말하는 엄마, 시시콜콜한 일로 소리 지르며 싸우다가도 나중에는 미안하다고 문자를 주고받는 엄마가 내게도 있다면, 나도 주희처럼 하릴없이 이런 글이나 쓰며 시간을 축내고 있을까. 반에서 덩치가 제일 큰 탓에 뒷자리밖에 앉을 수 없는 주희에게 적지 않은 간식으로 식탐을 채워 주는 주희 엄마. 먹을 땐 행복하고 공부할 땐 슬픈 주희의 평범함. 사력을 다해도 그 평범의 범주에 들 수 없는 내게는 슬픔마저 그들만의 리그일 뿐이다.

갑자기 교실 문이 열리며 몇 명의 아이들이 우르르 들이닥쳤다. 교실 뒤편에서 요란을 떨고 있던 아이들이 돌연한 상황에 놀라 일제히 고개를 돌렸다. 교탁 앞에 나란히 정렬하고 선 네 명의 아이들 중 가운데 얼굴이 눈에 익었다. 어젯밤 현관 앞에서 엄마의 자가용을 타고 떠났던 포니테일이다.

"오, 미수다!"

주희가 두 손을 가슴에 모으며 외쳤다.

"쟤가 왜?"

"봐 봐! 얼굴 예쁘지, 공부 잘하지, 똑똑하지…… 한마디로 못하는 게 없는 애야."

주희는 선망의 눈빛으로 포니테일을 쳐다보았다. 교탁 앞에 충성스러운 참모진처럼 정렬하고 선 아이들 속에서 포니테일의 외모가 단연 돋보였다. 포니테일이 큰 소리로 입을 열었다.

"안녕하십니까? 저희는 여러분에게 문예반을 소개하려고 왔습니다."

"아, 됐어, 됐어."

교실 뒤편에 서 있던 아이들이 손사래를 치며 입을 삐쭉였다. 하지만 한번 시작된 포니테일의 말은 일사천리로 이어졌다.

"여러분, 여러분의 내면에는 어떤 씨앗이 들어 있나요? 우리 문예반은 내면 깊숙이 묻힌 씨앗을 찾아내 정성껏 물을 주어 꽃을 피워 내는 동아리입니다. 삼십 년 전통을 가진 우리 학교 대표 동아리일 뿐만 아니라 우리 학교의 자랑입니다. 우리는 지난 시간 동안 선생님의 열정적인 지도 아래 전국의 크고 작은 백일장에서 우수한 성과를 거두며 열심히 활동해 왔습니다."

환한 얼굴로 홍보에 열중하는 포니테일이 지난밤에 내가 봤던 그 아이인가 싶었다. 밝고 당당하고 자신감에 가득 차 있는 모습이 짜증스럽게 굳어 있던 어젯밤과는 너무도 딴판이다.

"문예반은 글쓰기를 사랑하는 사람들이라면 누구든 환영합니다. 국문과나 문창과 지망생은 물론, 문학을 좋아하는 사람 모두에게 활짝 열려 있습니다. 또 담당인 문재일 선생님이 소설가이시기 때문에 책에서만 보고 듣던 작가님께 창작의 노하우를 직접 전수받을 수 있습니다."

"오, 개멋있어!"

주희는 두 손을 가슴에 모은 채 연신 탄성을 내질렀다.

"물론 활동은 쉽지 않습니다. 자습은 없고요, 과제도 많습니다. 하지만 우리는 글을 통해 서로의 처지를 공감하고 이해하기에 끈끈하게 연결돼 있습니다. 선후배 간의 정도 특별합니다. 그러므로 문예반은 시험과 과제에 치이는 여러분에게 힐링의 시간을 만들어 줄 것입니다. 우리들만의 벅찬 감동이 있기 때문입니다."

주희의 눈빛이 선망으로 가득했다.

"여러분, 문예반으로 오세요! 절대 후회하지 않을 겁니다."

"그럼, 잘 부탁합니다!"

아이들은 일제히 합창하듯 입을 모으고는 곧장 옆 반으로 이동했다. 주희는 앞문으로 사라지는 아이들을 보며 연신 고개를 주억거렸다. 나는 그런 주희가 신기해서 잠시 바라보다가, 잠이나 자 두자 싶어 책을 한쪽으로 치운 다음 책상에 엎드렸다. 그러자 주희가 내 어깨를 요란하게 흔들기 시작했다.

"야, 문예반 멋있지 않니?"

나는 주희의 손을 걷어 내며 말했다.

"멋지긴 개뿔!"

하지만 주희는 아랑곳하지 않았다.

"있잖아, 난 작년에 '고전문학 감상반'에 들어갔거든. 일 년 내

내 자습이네 뭐네 하다가 잠만 자고 왔다니까. 뭘 했는지 하나도 기억 안 나."

"그래서?"

"우리 저기 들어가자!"

나는 한심하다는 듯 주희의 얼굴을 물끄러미 쳐다보았다.

"갈 거면 너나 가."

"그러지 말고 같이 가자, 응?"

"싫어, 숙제가 많다잖아. 글쓰기도 싫고……."

무엇보다 열정적으로 뭘 해야 하는 게 싫었다. 열정은 주변 사람을 지치게 하니까. 열기로 가득 찬 포니테일의 표정이 부담스럽게 느껴진 이유였다.

"숙제? 내가 다 해 줄게."

주희가 달래듯 속삭였다.

"귀찮게 하지 마!"

하지만 주희는 좀처럼 포기하지 않았다.

"정해 놓은 데도 없잖아?"

하긴 딱히 마음에 둔 곳은 없었다. 어차피 닥치면 되는대로 결정하게 될 것이다. 사실 주희의 청을 계속 거절하는 것도 귀찮긴 했다. 어디로 간들 어쩌랴 싶어서, 나는 주희에게 퉁명스럽게 말했다.

"네 마음대로 해!"

드디어 동아리 첫 시간. 나는 주희의 손에 이끌려 미적미적 도서실로 향했다. 도서실은 신관 2층에 있었다. 1층에는 시청각실과 외국어 전용교실, 2층에는 서고와 열람실, 외부강사 강의실이 순서대로 이어졌다. 번잡스러운 교실을 벗어나 한적한 신관 건물인 도서실에서 활동하게 된다니 그거 하나는 맘에 들었다.

　도서실은 시작 오 분 전인데도 꽉 차 있었다. 중키에 흰머리가 희끗희끗한 중년의 남자 선생님이 밀려드는 아이들을 아연한 얼굴로 쳐다보고 있었다. 말로만 듣던 소설가 문재일 선생님. 한 번도 마주한 기억이 없을 만큼 낯선 얼굴이었다. 내성적인 느낌을 주는 깊은 눈, 살집이라곤 찾아볼 수 없이 마른 얼굴에서 이지적인 분위기가 물씬 풍겼다. 오십 대 초반쯤으로 짐작되는 얼굴인데도 아무렇게나 두른 듯한 감색 티셔츠와 적당히 주름진 아이보리색 면바지 차림이 한층 여유로워 보였다.

　소설을 쓴다더니 자기 포장에도 능숙한 사람인가 싶었다. 중년의 나이, 저 여유로움 뒤에 감춰진 본성은 또 얼마나 지루할 것인가. 나는 의심의 눈초리로 문쌤을 힐끗거린 뒤 비어 있는 자리를 찾아 들어갔다.

　나는 입만 열면 훈계하려 드는 선생이란 종족도 싫지만 남자는 더욱 싫었다. 젊으면 아빠 같아서 싫었고, 늙으면 할아버지 같아서 싫었다.

　문쌤은 부족한 의자를 열람실에서 가져와 엉덩이를 붙이는 아이들을 보며 손사래를 쳤다.

"여기는 공부나 자습과는 거리가 먼 반이다. 숙제도 엄청 많아. 그러니 자신 없는 사람은 알아서 나가 주기 바란다."

참나, 인기 동아리라고 우쭐대는 건가? 나는 헛웃음을 쳤다. 하지만 나가는 아이는 없었다. 모두 각오하고 왔다는 표정이었다. 그러자 주희가 어디서 들었는지 내게 귓속말로 주절거렸다.

"문쌤은 절대 홍보 같은 건 하지 말랬는데, 미수네 애들이 욕심낸 거래."

나는 고개를 끄덕이며 포니테일이 앉아 있는 앞쪽을 바라보았다. 포니테일은 꾸역꾸역 밀려드는 아이들을 보며 자신들의 홍보가 성공한 것에 한껏 만족스러운 표정을 짓고 있었다. 주희가 낮은 목소리로 계속 떠벌였다.

"문쌤은 진짜로 문학을 사랑하는 소수정예의 아이들로만 운영하고 싶어 하셨거든."

"네가 그걸 어떻게 알아?"

"관심이 있으면 다 아는 수가 있지. 사랑은 관심 아니냐."

윽, 사랑이라니. 나는 두 팔을 웅크리며 오글거리는 시늉을 했다. 주희가 그런 나를 보고 킥킥거렸다.

"너, 문쌤 아직 결혼 안 한 거 알아?"

"뭐?"

"나이가 들긴 했지만 싱글인 건 분명해."

하긴…… 뭔가 다른 분위기가 있다. 탁해지고 찌들어 버린 여느 중년남자와는 느낌이 달랐다. 수다스럽지 않은 차분한 인상, 고요한 눈동자가 우물을 품은 듯 깊다. 하지만 소수정예라니, 터무니없는 욕심 아닌가. 여긴 대학의 국문과도 문창과도 아닌 그저 인문계 여고의 동아리가 아니냔 말이다.

아무도 나가는 아이들이 없자 문쌤은 체념한 듯 한숨을 푹 내쉬었다.

"그러면 오늘 한 시간 지내보고 결정하도록 해."

문쌤이 잠시 뜸을 들이더니 다시 입을 열었다.

"앞으로 우리는 공부에 대해서는 한마디도 안 하게 될 거야. 너희들이 얼마나 공부를 잘하는지 못하는지도 상관없어. 내 관심은 오직 너희가 얼마나 글을 쓰고 싶어 하는지, 얼마나 인간의 고통이나 슬픔에 대한 이해가 넓고 깊은지, 얼마나 본질적 삶에 관심이 많은지…… 그것에만 집중할 거야. 알겠니?"

오, 이건 반칙이다. 대입을 목전에 두고 죽을 둥 살 둥 공부에만 치중해도 모자랄 인문계 여고에서 뭘 하겠다고?

"그럼 첫 시간이니 자기소개부터 하자. 상대가 자신을 기억할 수 있도록 인상적인 방법으로 소개하도록 해. 자신이 어떤 사람인지, 문예반을 선택하게 된 동기는 무엇인지 또 책 읽기나 글쓰기를 좋아하는지, 진로와 포부를 섞어서 말이다."

문쌤이 잠시 숨을 고르는 듯 창밖으로 시선을 돌렸다. 건물 뒤편으로 산비탈에 우거진 대나무 숲이 푸르게 내다보였다. 겨울 추위가 채 물러가지 않은 삭막한 교정에서는 좀처럼 볼 수 없는 초록 물결이 드넓게 펼쳐져 있다. 마음이 금세 호젓해졌다. 이렇게 평화롭고 아름다운 전망이 삭막한 입시지옥 안에 숨겨져 있었더란 말이지. 초록 숲에 시선을 빼앗기고 있던 나는 문쌤의 말에 정신을 차렸다.

"내 소개부터 할게. 나는 지방에 거주하는 무명 소설가야. 평일에는 문학 선생으로 일하지. 3학년을 맡고 있어."

문쌤은 쑥스러운 듯 씩 웃었다. 희고 고른 치아가 입술 사이로 환하게 모습을 드러냈다. 깨끗한 치아 때문인지 맑은 인상이었다. 문쌤이 다시 말을 이었다.

"기껏 무명작가에 머무르면서도 문학에의 열망은 스러지지 않아서 근처를 아직도 배회하는 중이야. 내게 눈길조차 주지 않는 문학, 하지만 언젠가는 감동시킬 필연의 그날을 기다리며 끝까지 쓴다. 이상!"

오, 역시 소설가다운 멘트! 주희는 감탄에 감탄을 연발하며 물개박수를 쳤다. 아이들의 표정은 밝았다. 교실에서 느낄 수 없는 자유로움과 친화성은 문쌤의 말투에서 오는 것 같았다.

"여기 모인 사람은 2학년이 열두 명이고 1학년이 스물네 명이니까…… 모두 서른여섯 명이다."

문쌤은 말을 끊더니 암만해도 너무 많다는 듯 다시 한숨을 쉬었다.

"그러면 각자 자기소개를 시작해 볼까? 2학년부터 하는 게 좋겠지?"

문쌤이 앞자리에 앉은 아이에게 눈길을 주자 입술에 틴트를 짙게 바른 아이가 주뼛거리며 일어나 자기소개를 시작했다. 금붕어가 뽕긋거리듯 붉은 입술만 살아 펄떡이는 느낌이었다.

"작년에 이어 이 년째 활동하게 된 신재연입니다. 처음에는 숙제가 많아 힘들었지만 배우는 것도 많고 선후배 관계도 좋아 다시 오게 됐습니다. 올해는 선배로서 후배들도 잘 챙기며 지내고 싶습니다. 그러려고 홍보에도 열심히 참여했거든요. 예쁘게 봐 주세요."

문쌤이 만족스러운 듯 웃었다. 자기소개는 계속 이어졌다. 마침내 중앙에 앉아 있던 포니테일이 긴장된 얼굴로 일어섰다. 1학년들이 일제히 박수를 쳤다. 이미 홍보 때 익숙해진 얼굴이라는 뜻이었다. 포니테일은 문쌤을 한번 힐끗 보더니 일사천리로 자기소개를 시작했다.

"2학년 오미수입니다. 작년에도 문예반을 했고요, 일 년 동안 선생님과 선배님들로부터 많은 것을 배웠기에 다시 왔습니다. 저는 여기 계신 문재일 선생님처럼 글 쓰는 국어 선생님이 되는 게 꿈입니다. 올해는 열심히 해서 글도 잘 써 보고 싶고, 후배님들에게 멋진 선배가 되고 싶습니다."

다음은 주희 차례. 초조하게 눈알을 굴리고 있던 주희가 육중한 몸을 일으키자 의자가 꽈당, 소리를 내며 넘어졌다. 아이들은 의자를 일으키느라 허둥대는 주희를 보며 깔깔댔다. 주희는 벌게진 얼굴로 일어나 자기소개를 시작했다.

"2학년 심주희입니다. 작년에 다른 동아리에 들어갔었는데 남는 게 없어서요. 그래서 문예반에 꼭 오고 싶었습니다……."

주희 소개가 끝나자 드디어 내 차례가 됐다. 나는 떨림을 숨기기 위해 얼굴을 찌푸린 채 미적미적 자리에서 일어났다.

"2학년 고선우입니다. 친구 따라왔고요, 뭘 열심히 하는 것에는 관심 없습니다."

나는 앞쪽에 앉은 미수를 힐끔거린 다음 다시 말을 이어 갔다.

"아까 누군가는 글 쓰는 국어 선생님이 되겠다고 하던데…… 꼭 뭔가가 되어야 합니까? 그렇다면 저는 행인1이 되겠습니다. 그냥 조용히 살다 가는 게 꿈이니까요."

후배들이 박수를 쳤다. 등을 꼿꼿이 세우고 앉아 있던 미수의 표정이 딱딱하게 굳었다. 이상한 기류에 편승해 나도 모르게 말을 막 쏟아 낸 결과였다.

"고선우라고 했지? 자기소개 멋진데?"

문쌤이 막 자리에 앉으려던 나를 향해 고개를 끄덕이며 입을 열었다.

"네 말대로 우리는 꼭 무엇이 되어야만 하는 건 아니니까. 강박에서 자유로워져야 할 필요가 있지."

문쌤의 얼굴엔 치기 어린 소녀의 객기 정도는 귀엽게 봐 주겠다는 듯 미소가 가득했다. 내가 필요 이상으로 센 척하고 있다고 생각한 것일까.

하지만 나는 누군가의 시선을 끌기 위해 센 척한 게 아니다. 오히려 시선을 끌고 싶지 않았다. 불운의 표적이 되기 쉬우니까. 있는 듯 없는 듯 사는 것만이 내 목표일 뿐이다.

1학년으로 자기소개가 이어졌다. 가입 동기가 천차만별이었다. 선배가 친절해서, 책 좀 읽어 보려고, 자기소개서를 잘 써 보고 싶어서, 담당 선생님이 소설가라기에…… 듣다 보니 수준이 뻔했다. 문예반이 겨우 이따위 잔챙이들의 소굴이었나 싶었다.

자기소개가 끝나고 대표 선출에 들어갔다. 대표는 2학년이 맡고 1학년이 부대표를 맡는 식이었다. 그러자 기다렸다는 듯 곧바로 미수가 추천됐다. 아이들은 미수가 당연히 될 거라는 얼굴을 하고 있었다. 서너 명의 지원이 이어진 뒤 다수결로 결정했다. 역시 미수의 압도적인 승.

문쌤이 일 년 동안의 동아리 운영계획을 설명했다. 시와 산문, 그리고 소설 창작을 위주로 하되, 인터뷰 글쓰기와 사진 묘사, 시화전 등으로 생긴 결과물을 모아 문집을 만드는 일까지였다. 시험과 과제에 찌든 아이들이 과연 해 낼 수 있을까 싶을 만큼 활동이 많았다.

이어 모둠을 짜고 모둠 대표를 선정하는 일들이 일사천리로 이어졌다. 학년을 섞어 여섯 명씩 이루어진 우리 모둠의 대표는 주희가 자진해서 맡기로 했다.

"우리의 활동은 인터넷 카페를 통해 비공개로 이루어진다. 그러니 한 사람도 빠짐없이 가입해서 자기소개와 함께 연락처를 남겨놓도록."

단체 카톡방을 개설해 그때그때의 공지사항을 전달하는 일은 미수가 맡았다. 필사할 시인도 정했다. 첫 번째 시인은 기형도. 기형도의 시를 일주일에 다섯 편씩 필사하는 거란다. 오십여 편에 이르면 다음 시인으로 넘어간다. 필사할 시를 정해 게시판에 올리는 것도 역시 미수가 맡았다.

"자, 그럼 첫 번째 창작 과제 나간다. 장르는 시."

아이들이 잔뜩 긴장한 채 숨죽이며 기다렸다.

"제목은…… '내 인생의 17(18) 계단'."

아! 아이들의 입에서 탄식이 터져 나왔다.

"우리가 몇 년이나 살았다고…… 벌써 인생이에요?"

아이들이 울상을 지었다. 문쌤이 대답했다.

"겁부터 먹지 마라. 오래 살았다고 쓸거리가 많은 건 아니야."

문쌤이 아이들을 다독였다.

"소소한 일상 속에 숨겨진 의미를 찾아내는 일, 그것이 글쓰기의 관건이니까."

아이들의 표정은 점점 난감해질 뿐이었다.

"창작게시판에 올리면 수업 시간에 몇 편씩 합평할 거다. 알았지?"

내 머릿속도 덩달아 헝클어졌다. '내 인생의 18계단'. 내 십팔 년의 세월을 되씹으라고? 감당 못 할 사람은 나가도 좋다는 문쌤의 말이 비로소 이해가 됐다.

나는 주희에게 숙제 때문에 빠져야겠다고 푸념했다.

잔챙이들의 소굴

5교시 국어시간. 선생님이 칠판 앞에 서서 열심히 품사에 대해 설명하고 있다. 하지만 아이들은 졸음이라는 독가스에 백기 투항한 지 오래다. 선생님은 한 문장을 칠판에 썼다.

예쁜 꽃이 피었다.

"여기에서 '예쁜'은 관형사일까? 형용사일까?"
아이들이 게슴츠레하게 눈을 뜨고 선생님을 바라보지만, 대답으로 이어지지는 않았다. 눈에 뵈는 거라곤 초록 칠판에 흰 글씨뿐, 만사가 귀찮은데 관형사면 뭐하고 형용사면 뭐하겠는가.
"힌트 하나 줄게……."
여전히 침묵. 우리들에게 필요한 것은 힌트보다 잠, 잠이라니까요!
선생님의 목소리가 점점 귓가에서 멀어졌다. 눈꺼풀은 봄날 오후의 나른함에 푹 안겨 풀처럼 끈적거렸다.

창밖은 연둣빛 이파리에 쏟아지는 햇살로 한껏 눈부셨다. 세상을 표백해 놓은 듯 사위가 흰빛으로 일렁였다.

그러자 교실이 답답하고 비좁게 느껴졌다. 티 하나 없는 저 무한한 창공으로 날아갈 수만 있다면 얼마나 좋을까. 푸르고 넓은 날갯죽지를 힘차게 펼친 알바트로스가 되어 저 세상 끝으로 날아갈 수 있다면. 문득 내 몸이 둥실 떠오르며 가뿐히 날아올랐다. 겨드랑이에 날갯죽지가 쑤욱 돋아나 있었다. 나는 구름 속에서 개미처럼 작아진 교실 속 아이들을 내려다보았다.

나는 한숨을 길게 내쉬었다. 높은 담장 안에 펼쳐진 널찍한 운동장, 양계장처럼 칸칸이 나뉘어진 교실, 교실을 따라 일렬로 만들어진 복도. 그것은 옆 동네에 있는 교도소와 하나도 다르지 않았다. 그 안에서 아이들은 감기는 두 눈을 부비며 썩은 알을 가슴에 품은 채 부화를 꿈꾸는 중이었다. 나는 안타까운 마음으로 아이들을 향해 소리쳤다.

애들아, 여기 좀 봐, 여기 구름이랑 하늘 좀 보라고! 응?

하지만 아이들은 내 말이 들리지 않는 듯 꿈쩍도 하지 않았다. 나는 계속 소리쳤다. 그때 문득 벼락처럼 귓가를 때리며 내 이름이 호명됐다.

"고선우!"

정신을 차리자 아이들이 일제히 나를 쳐다보고 있었다. 날개는 커녕 온몸을 조이는 교복만이 내 숨통을 막고 있었다.

"화장실에 가서 세수하고 와라!"

나는 비칠비칠 교실을 빠져나와 복도를 걸었다. 교실마다 수업하는 선생님들의 말소리만 간간이 흘러나올 뿐 조용했다. 저 안에도 나처럼 조는 아이가 있을 테지.

화장실에 들어서려는 순간, 멈칫했다. 누군가 세면대 앞에 서서 고개를 뒤로 젖힌 채 코를 싸쥐고 있었다. 잔뜩 찌푸린 얼굴의 주인공은, 미수였다. 미수는 피에 젖은 손을 번갈아 씻어 내며 뺨을 때리듯 열심히 콧잔등을 두드렸다. 피 묻은 물이 흘러내려 옷깃이 불그스름하게 젖어 있었다.

나는 못 본 척 화장실 안으로 재빨리 몸을 숨겼다. 변기에 앉아 미수가 어서 나가기를 기다렸다. 몇 번의 물소리가 이어졌지만 나갈 기색은 좀처럼 느껴지지 않았다.

나는 무심히 손목에 붙인 밴드를 만지작거렸다. 그러자 너덜거리던 밴드가 떨어지며 손목에 그어진 자잘한 주저흔이 모습을 드러냈다. 우울하거나 불안해지면 닥치는 대로 집어서 그었던 자해의 흔적이었다.

그때가 언제였을까. 처음에는 볼펜 촉으로 시작했다. 버스를 기다리다 교통카드 모서리로 누르기도 했다. 손에 잡히는 대로 누르고 긋다가 마침내 문구용 커터 칼을 집어 들었다. 실금으로 그어지는 순간의 시큰한 감촉, 살갗 위로 방울방울 맺히는 새빨간 피가 쾌감을 불러왔다. 캄캄한 미로를 헤매다 단숨에 열어젖

흰 창으로 시원한 바람을 맞는 기분이었다.

굿기는 기분전환용으로까지 일상화됐다. 특히 화장실 안에 들어설 때면 나의 굿기 충동은 더욱 발열됐다.

호주머니를 만져 보았다. 잠이 덜 깬 몽롱한 지금 이때가 딱인데 오늘따라 주머니엔 아무것도 없다.

잠시 후 물소리가 멈추고 발소리도 멀어졌다. 나는 슬그머니 화장실에서 나왔다.

주말을 멍하게 보내는 동안 나는 한 문장도 쓰지 못했다. 그저 인터넷 카페만 들락거리고 있을 뿐이었다. 아이들의 작품이 하나둘 게시판에 올라왔지만 마음에 드는 시는 없었다. 역시 잔챙이들임에 틀림없었다. 그러지 않고서야 어찌 이따위를!

이제 겨우 열여덟

오르고 오르다 보면

저 끝에서 기다리고 있을 거야

따뜻한 바람

연분홍 꽃길

눈부신 햇살

이 시련과

이 막연함과

이 무거움도

계단 끝에 이르면

벗어날 거야

떨칠 수 있을 거야

올라와 보니 좋은 경치로 바뀌어 있다? 살다 보면 좋은 날이
온다? 무슨 근거로?

막막해

너무 높아

까마득한 높이의 수많은 계단들

언제 다 올라갈 수 있으려나

포기 수십 번

고개 숙인 내가 미워

올라온 길만 멍하니 바라보다

괜찮아

힘을 내

격려해 주던 가족의 얼굴 생각나

나는 오늘도 발을 내디딘다

정상을 향해

이 길의 끝을 향해

도대체 이건 또 뭐냐? 알맹이 없는 이런 글은 자신을 기만하고 독자를 기만하는 나쁜 글일 뿐이다.

문쌤도 내 생각과 다르지 않았던지 게시판에 글을 올렸다.

너희들이 어떤 의도로 시를 썼는지 충분히 이해한다. 하지만 더 이상은 못 봐 주겠구나. 이토록 틀에 박힌 시로 누구의 가슴을 울리겠다는 건지 답답하다. 좋은 글이란 진솔함이 큰 힘이다. 그러니 두루 아는 식상한 이야기 말고, '내 이야기'를 써 보란 말이다. 내 슬픔, 내 고통에 관한 이야기 말이다.

답답해하는 문쌤의 목소리가 들리는 듯했다.

이번 시 쓰기는 좋은 글을 쓰기 위한 예비 작업이라고 생각하자. 과제 다시 나간다. 이번에는 산문이고, 주제는 '내 인생에 가장 크게 영향을 끼친 사건'이다. 진솔한 이야기 기대한다. 착오 없도록!

'내 인생에 가장 크게 영향을 끼친 사건'이라니. 잠시 안도했던 마음이 다시 엉켜 버렸다. 그걸 남한테 주저리주저리 읊으란 말이지? 욕지기 없이는 떠올릴 수 없는, 입에 담기도 싫은 내 이야기를? 이건 명백히 정신적 착취이고 학대다. 과연 나는 이곳에서 언제까지 버틸 수 있을까.

동아리 시간이 되어 다시 도서실에 모였다. 문쌤은 필사 과제를 점검한 뒤 게시판에 올라온 창작물 하나를 화면에 띄워 놓았다. '내 인생에 가장 크게 영향을 끼친 사건은 바로 이렇다'로 시작하는 신재연의 글이었다. 재연이 쑥스러운 몸짓으로 교탁 앞에 나와 화면에 띄워진 자신의 글을 큰 소리로 읽기 시작했다.

초등학교 때 감행했던 '땡땡이의 추억'을 담은 산문이었다. 초등학교 5학년이었던 주인공. 방과후수업을 세 개나 받았는데 어느 날 선생님과 엄마에게 거짓말을 하고 땡땡이를 친다. 결국 들켜 엄마에게 크게 꾸중을 듣고 다시 방과후수업을 잘 듣게 된다는 이야기다.

모둠별 토론이 시작되자, 아이들은 자신들의 눈높이에 이보다 더 실감 나는 게 있겠느냐는 듯 입을 모았다.

"이건 내 이야기야!"

"나도!"

아이들은 너도나도 자신의 땡땡이 경험을 쏟아 내며 공감을 드러냈다.

"주인공을 끝까지 믿어 주는 선생님과 사랑으로 꾸짖어 주는 엄마가 있어서 좋았어."

아이들의 말이 벌레가 되어 내 몸을 기어오르는 것 같았다. 나는 오글거림을 참지 못해 기어이 내뱉고 말았다.

"너희들은 이 글이 좋니? 열나 유치하구만."

조롱하듯 내뱉은 말에 아이들의 표정이 단숨에 얼어붙었다. 더 이상 토론은 이어지지 않았다. 서로의 얼굴을 멀뚱히 쳐다보고 있을 뿐이었다.

전체 토론이 시작됐다. 칭찬 일색의 발표가 이어졌다. 마지막으로 우리 모둠장인 주희가 일어나 발표했다.

"다른 모둠에서도 말한 것처럼 누구나 겪을 수 있는 경험을 소재로 친근하게 밀고 나가는 힘이 장점이라는 이야기가 많았습니다. 아쉬운 점으로는 중복된 단어, 오탈자, 산만한 문체 등이 있어 퇴고가 필요하다는 의견도 있었습니다. 마지막으로……."

잠시 말을 끊은 주희가 나를 살짝 돌아보더니 말을 이었다.

"초등학생 수준의 유치한 글이라는 평도 있었습니다."

조마조마하게 발표를 듣고 있던 재연의 얼굴이 단박에 굳었다. 눈자위가 금세 붉어졌다. 그러자 전체 토론을 마무리한 미수가 재연을 바라보며 말했다.

"다음은 작가님 말씀이 있겠습니다."

재연이 애써 흔연스러운 표정을 지으며 교탁 앞에 섰다.

"마감이 닥쳐서 쓴 거라 마음에 안 들었는데…… 많이 칭찬해 주시니 기쁘네요."

흥, 마음에 없는 소리를 늘어놓고 있군. 아니면 자기가 천재인 줄 알거나.

"아까 누군가 제 글이 유치하다고 평했는데…… 어디가 유치한 건지 구체적으로 지적해 주면 고맙겠습니다."

예상치 못한 역습이다! 주희가 당황스러운 얼굴로 나를 돌아보았다. 그러자 아이들의 시선이 약속이나 한 듯 내게 쏟아졌다. 나는 입술을 짓씹으며 입을 열었다.

"그냥 독자로서 제 느낌이 그렇다는 겁니다. 그걸 일일이 말로 설명해야 합니까?"

재연의 표정이 순식간에 일그러지더니 격한 목소리를 토해 냈다.

"그렇게 주관적인 감정으로 막 대하면 안 된다는 거죠. 어디가 어때서 그런지 지적을 해 줘야 고칠 것 아닙니까?"

그러자 미수가 중재에 나섰다.

"저기…… '인상비평'이라는 게 있습니다. 주관적인 느낌이 그렇다는 데에 초점을 두는 거죠. 두 사람의 의견은 이 정도로 하고 선생님의 의견을 들었으면 합니다."

구석에서 내내 고개를 끄덕이며 듣고 있던 문쌤이 교탁 앞에

섰다.

"너희들도 다 이야기했다시피 이 글은 내면을 드러내는 진솔함과 인물이 가진 따뜻함이 장점인 것 같다."

아이들이 나를 힐끗거렸다. 재연이 쾌재를 부르듯 환하게 웃었다.

"그런 장점에도 불구하고…… 이 글에는 결정적인 문제가 있구나."

아이들이 놀라는 눈빛으로 일제히 문쌤을 쳐다보았다. 그러면 그렇지! 이번에는 내가 입술을 비틀며 웃었다.

"오늘은 이 한 가지에 대해서만 이야기하겠다."

문쌤은 칠판에 '예술은 체제에 반항하는 문제아'라고 쓰고 돌아서서 아이들에게 물었다.

"너희들, 학원은 왜 다녀야 한다고 생각하니?"

아이들은 생각에 잠기는 듯 가느스름하게 눈을 떴다.

"학원은 학습량을 보완해 좋은 대학에 가고, 좋은 직장을 잡고, 좋은 조건의 배우자를 만나 경제적 어려움 없이 잘살았으면 좋겠다는 부모님의 바람에 따라 권하는 거라고 생각하는데…… 맞니?"

아이들이 고개를 끄덕였다.

"너희들도 동조하기에 기꺼이 따르는 거고."

"네."

"그러면 학원에 열심히 다녀야지, 땡땡이치고 싶은 마음은 또 뭐야?"

아이들이 겸연쩍은 듯 서로를 돌아보며 웃었다.

"기계적으로 살고 싶지 않다는 거지? 자유롭고 싶다는 의지의 표현!"

"맞아요!"

아이들은 참았던 숨을 크게 내쉬었다.

"학원에 가야 한다고 생각하면서도 한편으론 땡땡이치고 싶다? 그러면 너희들 마음이 학원과 땡땡이 사이에 있다는 건데…… 왜 그럴까?"

아이들이 손으로 턱을 괸 채 깊은 생각에 잠겼다.

"이럴 때 좋은 글은 사람들이 당연하다고 믿는 통념에 저항하는 거다."

아이들이 놀라 눈을 동그랗게 떴다.

"예술은 인간의 본성을 억압하고 길들이려는 것들에 대한 저항으로 만들어지기 때문이지."

문쌤은 아이들을 둘러본 뒤 다시 말을 이어 갔다.

"따라서 이 글의 문제는 땡땡이의 분란을 겪은 주인공이 자신을 부자유하게 만든 현실에 대한 어떤 성찰도 없이 모순된 현실로 백기 투항한다는 거다."

아이들이 복잡한 얼굴로 웅성거렸다. 문쌤이 생각에 잠긴 듯 오므린 입술에 힘을 주며 교실을 둘러보았다.

"어차피 학원을 벗어날 수 없는 현실이라 해도 마찬가지다. 자신의 몸이 부자유한 채 살아가고 있지만 자유롭고자 하는 의지는 잊지 않고 있다는 것. 그러기에 땡땡이에 대한 시도는 언제든 계속될 수 있음을 담아내는 거지. 우리는 자유의지를 가진 인간이므로, 문학은 그런 속성을 담아내는 그릇이므로."

문쌤이 재연을 향해 물었다.

"이해할 수 있겠니?"

재연이 눈물 그렁그렁한 눈으로 고개를 끄덕였다.

"네…… 그래도 쓰다 보면…… 언젠가는 더 잘 쓰게 되겠죠?"

눈물이 재연의 볼을 적시며 흘러내렸다. 문쌤이 재연에게 애정 가득한 눈으로 말했다.

"물론이지. 누구도 쓰는 자는 당해 낼 수 없어. 글은 재능이 있어서 쓰는 게 아니라 열정이 있어서 쓰는 거니까. 알았지?"

재연은 고개를 끄덕이며 눈물을 닦아 냈다. 코가 빨개졌다. 아이들은 그런 재연을 부러운 듯이 바라보았다. 문쌤이 덧붙였다.

"참, 카페에 익명 게시판을 하나 만들려고 한다. 자신의 이야기를 드러내 놓고는 쓸 수 없는 사람을 위해서다. 그러니 모두 여기에 올리도록 해. 익명의 글을 쓰고 읽으면서 서로의 아픔과 고통에 동참하는 거다. 부디 마음껏 쓰길 바란다."

학교 뒷산에서 시작된 아카시아 꽃향기가 교실 안으로 밀물처럼 밀려들었다. 머리가 지끈거릴 지경이다. 비가 오려는지 잿빛 하늘이 머리 위에 무겁게 드리웠다. 나는 두통을 견디다 못해 보건실에 가서 약을 받아 왔다. 두 알이나 먹었는데도 두통은 좀처럼 가라앉지 않았다. 책상에 엎드려 있으려니 반장이 나를 깨웠다.

"담임이 교무실로 오래."

나는 인상을 찌푸린 채 주춤주춤 교무실을 향해 걸었다. 복도 벽면 여기저기에 홍보물이 가득 붙어 있었다.

'5월은 감사의 달'

'가까운 분들께 사랑의 마음을 전하세요'

매년 5월이 되면 학교에서는 '장한 어버이'를 선정해 시상하고, 부모님과 선생님께 감사 편지를 쓰게 해 우편으로 부쳤다. 전교생 앞에서 편지 낭독 행사를 가지기도 했다. 내겐 한없이 고역스러운, 그저 견디어야만 하는 시간들이었다.

교무실 문을 열고 들어갔다. 담임 책상 위에 편지가 수북이 쌓여 있었다. 담임은 미제출자를 확인하고 내용을 점검하는 중이었다. 담임은 나를 보자마자 읽고 있던 편지를 구석으로 밀어냈다.

"왜 오라고 했는지 알지?"

목소리가 까칠했다. 역시 오엑스 화법. 나는 대답하지 않았다.

"부모님께 보내는 편진데 빈 종이를 넣으면 어떡하니? 내가 모를 줄 알았어?"

담임의 언성이 높아졌다. 교무실에 앉아 있던 선생님들이 일제히 우리를 쳐다보았다.

"사람 등치는 게 아니고 뭐니?"

목소리를 높이니 제풀에 화를 돋우는 식이 됐다.

"너 문예반이라며? 잘도 쓰겠다."

담임이 비아냥거렸다. 내 얼굴은 수치심으로 벌겋게 달아올랐다.

"어버이날 이전에 부모님이 받아 보셔야 하는 편지잖아. 너 때문에 우리 반 다 늦어지게 됐는데 어떡할 거니? 응?"

수업 시작종이 울렸다. 선생들 몇이 나를 힐끗거리며 지나갔다. 동물원의 원숭이가 된 기분이었다.

"죄송합니다. 다시 써서 직접 드리면 안 될까요?"

못마땅한 표정으로 나를 노려보던 담임이 편지를 팽개치듯 건넸다. 나는 교무실을 나오자마자 들고 있던 종이를 박박 찢어 버렸다.

교실로 간 나는 가방을 들고 곧장 학교를 나섰다. 버스를 탔다. 두통은 좀처럼 가라앉지 않았다. 드릴로 두개골을 뚫는 것 같았다. 머리통을 떼어 내버리고 싶었다. 나는 목을 조르듯 있는 힘을 다해 뒷덜미를 눌렀다.

집에 도착하자마자 어두컴컴한 벽을 더듬어 스위치를 올렸다.

거실이 순식간에 환해졌다. 좁디좁은 투룸 형태의 주택. 주방용 거실 구석에 어지럽게 널린 짐짝이며 낡은 살림살이들이 누추한 속옷처럼 모습을 드러냈다.

나는 곧장 방으로 들어가 침대 위에 가방을 벗어 던졌다. 이어 전기장판의 전원을 켜고 화장실로 들어갔다. 창고 겸 화장실에는 빨지 못한 옷들과 양말, 운동화가 빨래통과 함께 여기저기에 널려 있었다. 나는 빨래통을 향해 양말을 벗어 던졌다. 양말은 살짝 비켜 떨어졌다. 주워 담을까 생각하다가 귀찮아 내버려 뒀다. 어차피 할아버지가 모아서 빨래를 할 테니까. 보호자는 할아버지니까. 나는 할아버지와 함께 살고 있으니 적어도 고아는 아닌 것이다. 그러니 이만한 혜택쯤은 누려도 되지 않겠는가.

하늘은 금방이라도 비가 쏟아질 듯 어두컴컴했고 머리는 깨질 듯이 아팠다. 싱크대 안쪽에서 피기 시작한 곰팡이가 점점 천장을 덮어 가는 중이었다. 집 안 곳곳에 날벌레들이 날아다녔다. 나는 콧속을 간질이는 퀴퀴한 냄새에 연신 재채기를 쏟아 내며 콧물을 훌쩍였다.

나는 재채기로 어지러워진 이마를 짚으며 방으로 들어갔다. 이불 속으로 몸을 파묻고 누운 채 책을 펼쳐 들었다. 그때 할아버지가 집 안으로 들어서는 기척이 났다. 나는 얼른 일어나 방문을 닫았다. 술을 마신 듯 얼핏 본 할아버지 얼굴이 불콰해 보였지만, 취할 만큼 마신 것 같지는 않았다. 하지만 표정이 좋지 않았다.

할아버지도 어버이날이 가까워 오니 예민해진 걸까. 무슨무슨 기념일 따위에 의연해진 지 오래인데도 제풀에 서러워진 거라면 벌써 노망이 난 게 틀림없다. 그때였다.

"이게 뭐냐? 엉?"

할아버지가 거칠게 방문을 열어젖혔다. 씩씩거리며 선 할아버지의 손에는 화장실에서 벗어 던진 내 양말이 들려 있었다.

"옛말에 머리 검은 짐승은 거두지 말랬다는데…… 내가 미쳤지!"

나는 못 들은 척 대꾸하지 않았다. 그러자 할아버지가 냉큼 다가와 내 책을 잡아챘다. 책의 앞장이 부욱 찢기며 바닥으로 떨어졌다.

"이년아, 사람 말이 말 같지 않냐? 엉? 못된 것 같으니라고!"

나는 짜증 가득한 얼굴로 벌떡 몸을 일으켰다.

"아…… 진짜 빡치네!"

그러자 할아버지도 질세라 목소리를 높였다.

"고등학생이나 된 년이 어디 손이 없냐? 발이 없냐? 늙은 할애비가 다 큰 년 교복도 빨아 주고 밥도 해서 먹이는디 어째 말 한마디 이쁘게 헌 적 없냔 말이다. 내 치사 듣자고 이러는 거 아니다. 사람은 이쁘고 미운 게 다 저한테서 나오는 법이여!"

흥분을 이기지 못한 할아버지의 입가가 거품으로 부글거렸다.

"나는 늙어서 곧 죽을 테니 아쉬울 것도 없다만…… 니 인생이 불쌍해서 그런단마다! 지발 사람 노릇 좀 허고 살어라. 으째서 그러냐!"

네 인생이 불쌍해서…… 할아버지의 푸념이 뇌를 가시처럼 쪼아 댔다. 네 인생이 불쌍해서…… 불현듯 뜨거운 기운이 정수리를 뚫었다. 나도 모르게 발악하듯 외쳐 댔다.

"그래, 나 불쌍해! 그러니까 어쩌라고! 꼴 보기 싫으니 나가라고?"

"이년이 터진 주둥이라고 함부로 말하는 것 좀 보소! 그래, 말이 나왔으니 하나만 묻자. 니 엄마가 왜 집을 나갔는지 아냐? 게임 중독에 걸린 그 새끼가 인간 말종인 줄 알았으면서도 왜 결혼을 했겠냔 말이다. 니가 모르면 으째냐? 다 너 때문인데. 니가 생기지 않았으면 니 엄마가 그 날건달 놈한테 걸려 망조 나지 않았을 거란 말이다!"

이미 할아버지는 제정신이 아니었다. 사람의 입에서 쓰레기가 쏟아질 수 있다니. 그것은 세상에서 가장 더러운 오물이었다. 막이 내리듯 세상이 한순간에 캄캄해져 버렸다.

나는 후들거리는 다리로 부엌으로 가 칼을 뽑아 들었다. 나로 인해 엄마가 불행해졌다는 것, 그러니 태어나지 말았어야 했다는 것. 할아버지는 불행하게 뒤틀려 버린 딸의 인생이 결혼 전에 생겨 버린 나 때문이라고 말하고 있잖은가. 불행의 씨앗인 나…….
역시 태어나지 말았어야 했다! 나는 헐떡이며 겨우겨우 말을 토해 냈다.

"그러니까…… 나만 없어지면 끝나는 거네…… 내가 죽어 줄 테니…… 자알 살아 보라고……!"

나는 칼을 든 손을 추켜들었다. 그러자 사색이 된 할아버지가 달려들어 내 손목을 움켜쥐었다. 칼이 힘없이 바닥으로 툭 떨어졌다.

"놔! 놓으라고! 콱 죽어 버릴 테니까……!"

나는 미친 듯이 소리소리 지르다 바닥에 털썩 주저앉았다. 뇌에 구멍이 뚫리는 느낌이랄까. 뇌를 꽉꽉 채운 악의 혼령들이 나를 블랙홀로 끌고 들어가는 것만 같았다.

화장실 세면대로 간 나는 나쁜 생각을 몰아내듯 얼굴에 차가운 물을 연거푸 끼얹었다. 고개를 들어 거울을 보았다. 거울 속에는 물이 뚝뚝 떨어지는 얼굴로 선, 남자인지도 여자인지도 알 수 없는, 말라깽이 하나가 서 있었다. 너는 누구냐. 낯설었다. 나는 물 묻은 손으로 손목의 주저흔에 손톱을 들이박았다. 성난 손톱 속으로 핏물이 파고들었다. 가슴을 베는 시큰한 통증. 그래 봤자 아무도 돌아봐 주지 않는 통증이었다. 핏물은 붉은 실선을 그으며 수돗물에 오래오래 씻겨 내려갔다.

알람을 누르고 또 잠이 들었나 보다. 눈을 떠 보니 집 안이 조용했다. 머리가 지끈거렸다. 힘들게 몸을 일으켜 화장실로 향했다. 할아버지는 벌써 나갔는지 기척도 없었다. 시계를 보니 지

각할 게 뻔했다. 학교에 가지 말까. 오늘은 동아리가 있는 날인
데…… 가자.

느지막이 학교에 도착했다. 조회가 끝난 시간인데도 건물 전체
가 조용했다. 나는 현관을 들어서려다 멈칫했다. 방송이 울려 퍼
지고 있었다. 현관 뒤쪽 벽에 가만히 기대섰다. 어버이날 감사의
편지가 낭독되고 있었다. 익숙한 목소리의 주인공은 포니테일.
건물 전체를 울리는 낭랑한 미수의 목소리가 내 귓속으로 파고
들었다.

엄마, 1학년 때 입학하던 날이 생각나요. 그날 엄마께서는 새 교복을 정성
껏 다려 주시면서 제게 잘 다녀오라고 말씀해 주셨죠. 아침밥은 꼭 챙겨 먹
어야 한다며 늘 차려 주시는 엄마. 사랑으로 차려 주시는 따뜻한 밥은 제게
너무도 소중한 선물이에요…….

첫 성적표가 나오던 날, 누구보다도 저에 대한 기대가 크셨던 부모님께 너
무나 죄송해서 혼자 이불을 뒤집어쓰고 밤새 울었던 기억이 나요. 그런데
도 2학년이 된 지금까지 부모님을 기쁘게 해 드리지 못하고 있으니 정말
죄송해요.

그래도 제가 삶의 낙이라고 말씀하시는 엄마, 아빠!

항상 무한한 사랑과 보살핌으로 모자람 없이 살 수 있는 건 부모님이 계시
기 때문이고, 집에 돌아와 편히 쉴 수 있는 것도 부모님이 계시기 때문이라
고 생각하면 정말 감사한 마음이 든답니다. 저처럼 행복한 사람은 세상에

없을 거예요.

엄마, 아빠, 사랑해요. 건강하게 오래오래 사세요.

엄마, 아빠가 자랑스러운 딸, 오미수 올림.

눈물이 났다. 지랄 맞다. 쪽팔리게 눈물이 다 뭐냐. 나는 마른 세수를 하듯 따가워진 눈자위와 볼을 쓱쓱 문질렀다. 그때 현관으로 들어서고 있던 문쌤과 마주쳤다. 나는 애써 환한 목소리로 소리쳤다.

"쌤, 안녕하세요!"

문쌤의 눈자위가 불그스름하게 젖어 있었다. 당황하는 기색이 역력했다.

"아…… 선우구나."

문쌤이 허둥지둥 나를 지나쳐 갔다. 뭐지? 부모님 이야기만 나오면 시간, 장소 안 가리고 예민해지는 나야 뭐 그렇다 치더라도, 쌤은? 설마 이따위 신파에 눈물을 흘리신 건 아닐 테고. 남몰래 감추고 싶은 사연이라도 있는 걸까?

고개를 갸웃하며 복도에 들어섰다. 담임이 막 조회를 마치고 나가려다 나를 발견하고 섰다. 눈자위가 발갛게 물든 내 표정이 예사롭지 않았던 걸까. 담임이 부드러운 얼굴로 내 어깨에 손을 얹었다.

"어제는 화내서 미안했다. 어디 아픈 건 아니지?"

여전히 오엑스 화법. 나는 고개를 끄덕였다.

"다음부터는 늦지 마라! 알았지?"

더 이상 말을 이어 가고 싶은 생각도 없었다.

"네."

삶이 허구였으면 좋겠네

"들었어?"

"뭘?"

주희가 들고 있던 식판을 탁자에 내려놓으며 큰 소리로 물었다. 식당은 배식대 앞으로 길게 늘어선 아이들이 내지르는 수다로 시끌벅적했다.

"미수가 백일장에서 대상 받았대!"

"그래?"

나는 시큰둥한 얼굴로 식판을 놓고 자리에 앉았다. 주희가 바짝 붙어 앉으며 계속 주절거렸다.

"지난번 문쌤이 말씀하셨잖아. 구청에서 주관한 대회."

"그래서?"

나는 여전히 관심 없다는 듯 먹는 일에만 집중했다. 오늘 메뉴는 통밀밥에 근대된장국, 김치와 카레, 사과 주스였다.

"애들은 별 관심 없는 것 같던데…… 미수 혼자 참가했던 모양이야."

"뭐든 상이 급했나 보지. 잘됐네, 목적 달성했으니."

내가 카레밥을 입안에 가득 밀어 넣으며 우물거리자 주희가 물끄러미 쳐다보다가 물었다.

"너 꽈배기 좋아하지?"

"그건 왜?"

"좋아해? 안 해?"

주희가 실실 웃으며 다그쳤다.

"맛있잖아. 넌 안 좋아해?"

"됐어."

주희는 더 이상 말할 필요가 없다는 듯 숟가락을 놀렸다. 나는 그런 주희를 바라보며 한심하다는 듯 내뱉었다.

"넌 참 쓸데없이 오지랖도 넓다."

주희가 오물거리던 밥을 꿀꺽 삼키며 말했다.

"오지랖이 아니라 관심 없는 사람과 관심 있는 사람의 차이지. 너와 나의 차이!"

주희가 어깨를 으쓱했다. 나는 식판에 수저를 놓으며 물었다.

"그렇게도 관심이 많은 분께서 왜 대회에는 안 나가실까?"

"아직 때가 안 된 거지. 사람은 때를 기다릴 줄 알아야 한다는 게 내 모토야."

"풋!"

사과 주스를 마시다 하마터면 뿜을 뻔했다. 주희가 그런 나를 바라보며 킥킥대더니 빠르게 말을 이었다.

"오늘 동아리수업에 미수 상 받은 작품 합평하지 않을까? 그 랬으면 좋겠다. 어떻게 썼는지 진짜 궁금해."

내가 식판을 들고 먼저 일어나자 다급해진 주희가 사과 주스를 쭉쭉 빨더니 따라 일어섰다.

"늦겠다. 빨리 가자."

쾅쾅 소리를 내며 수거대에 잔반을 쏟아 낸 주희가 내 손을 잡아끌며 재촉했다. 나는 못 이긴 척 주희를 따라 도서실로 향했다.

활짝 열어 놓은 도서실 창으로 푸르디푸른 하늘이 내다보였다. 대나무 숲을 건너온 부드러운 바람이 기분 좋게 뺨을 스치며 지나갔다. 그때 문쌤이 도서실로 들어섰다. 나는 문쌤의 젖은 눈을 떠올렸지만 문쌤은 언제 그랬냐는 듯 여전히 흔연스러웠다. 내가 잘못 봤던 걸까?

"왜 그래?"

주희가 물었다.

"아니야."

나는 고개를 흔들며 생각을 털어냈다. 과제 검사를 마친 문쌤이 미소 띤 얼굴로 입을 열었다.

"지난 주말 백일장 대회에서 미수가 대상을 받았다."

오오오, 아이들이 미수를 돌아보며 손뼉을 쳤다. 미수는 쑥스럽다는 듯 웃으며 목을 움츠렸다.

"그래서 오늘 합평작으로 준비했다. 너희도 궁금하지?"

"네!"

아이들이 입을 모아 소리쳤다. 문쌤이 글을 화면에 띄우자 미수가 교탁 앞으로 나와 섰다.

"읽기 전에 말할 게 있어요. 이 글은 '거울'이라는 주제를 받고 짧게 쓴 소설이에요. '아빠의 거울'로 제목을 바꿨는데, 어디까지나 소설인 만큼 인물과 사건이 허구임을 감안해 주세요."

미수는 낭랑하고 차분한 목소리로 자신의 글을 읽기 시작했다.

중학교 때 마음공부를 하는 아빠를 따라 중국으로 '마음수련 캠프'를 떠난 화자는 포럼에 참가한 지 이틀도 되지 않아 어려움을 겪기 시작한다. 원활하지 않은 진행과 열악한 실내 환경에 비염까지 도진 화자는 단계별 통과 검사를 맡은 선생에게 표정이 안 좋아 보인다며 퇴짜를 맞는다. 단지 표정 때문이라면 받아들이기 어렵다고 항변하는 화자의 말에 기분이 나빠진 선생은 실무자들끼리 모인 자리에서 화자 욕을 한다. 이 사실을 전해 들은 아빠는 폭력적인 말로 화자의 마음에 상처를 입힌다. 지금껏 한 번도 들은 적이 없는 폭언에 충격을 받은 화자가 프로그램을 그만두겠다고 하자, 아빠는 비수 같은 말을 쏟아 내며 강도를 더해 간다. 어렸을 때부터 존경하는 사람을 물으면 망설임 없이 대답할 정도로 경외의 대상이었던 아빠. 절대 원칙에 벗어난 일을 하지 않고 약한 사람에게 언제나 도움의 손길을 내미는 분이었기에, 아빠가 보여 준 모습은 화자가 지금까지 쌓아 왔던 어떤 신념 같은 것을 무너뜨리기에 충분했다. 화자는 다시 프로그램을 듣기로 하지만, 화자를 욕하던 사람들 앞에서 생글거리며 훈련을 따라가는 척했을 때의 굴욕감과 패배감은 이루 말할 수 없다. 이 주간의 여정을 마치고 집에 돌아온 화자는 몹시 앓는다. 아빠를 그 전처럼 대할 수 없게 된 탓이다. 그러는 동안 화자는 아빠도 보통 사람인데 마치 성인이라도 되는 것처럼 잘못 생각해 왔음을 비로소 깨닫는다. 마침내 화자는 지금껏 가졌던 아빠에 대한 신념을 털어내고 보통 사람으로서의 아빠를 바라볼 수 있게 된다는 이야기다.

낭독을 끝낸 미수의 얼굴이 발갛게 상기되어 있었다. 잠시 수군거리던 아이들이 미수를 향해 물었다.

"이거 혹시 네 이야기 아냐?"

"맞아, 네 이야기 같은데?"

그러자 미수가 생글거리며 대답했다.

"주변에서 들은 이야기를 일인칭으로 써 본 거야. 말 그대로 소설이지."

문쌤이 나서서 분위기를 정리했다.

"자, 자. 이제 미수가 읽어 준 내용으로 모둠별 토론을 시작해 보자!"

토론이 시작되자마자 나는 목소리를 높였다.

"저 아빠, 위선자 아냐? 겉으로만 인격자인 척 행동하잖아?"

그런가? 갑자기 아이들의 표정이 멍해졌다. 그러자 정은이 차분하게 입을 열었다.

"아빠를 위선자라고 할 수 있을까요? 제 경우도 잘해 보려 하다가도 뜻대로 안 되면 욱할 때가 많거든요."

어쭈? 1학년인 주제에. 좋아! 나는 이마를 찌푸린 채 입을 닫았다. 잠시 어색해진 틈을 비집고 주희가 토론을 이어 갔다.

"음, 나는 제목이 참 좋았어. '거울'이 뭔가를 비춰 주는 역할을 하잖아. 그 거울을 통해서 아빠의 실제와는 다른 모습을 잘 보여 줬다고 생각해."

"저는 이해가 안 돼요. 어떻게 거울이 실제와 다르게 비칠 수 있죠? 있는 그대로 보여 주는 게 거울 아닌가요?"

"무식한 소리 마. 여기서 거울은 '자기성찰'의 도구로 봐야지."

"맞아, 이상이라는 시인도 '거울'이라는 시에서 '내 말을 못 알아듣는 딱한 귀', '나와 악수도 할 줄 모르는 손'에 대해 말했잖아. 자아분열의 매개체."

"오오, 다들 문학 공부 열심히 했네."

아이들이 키득거리며 웃었다.

"자아분열, 그런 의미라면 아빠는 거울 속의 모습과 달랐다는 거네요. 해석이 멋진데요?"

다들 진지한 얼굴로 넓은 척 깊은 척하고 있지만 어디까지나 말잔치일 뿐이다. 나는 입술을 비튼 채 그들을 지켜보았다.

"어디 화자의 아빠만 그러겠어? 우리도 마찬가지지. 그런데 우상이 깨지면서 보통 사람으로서의 아빠를 이해하는 마지막 부분은 맴찢이더라."

맴찢? 말도 안 돼. 이건 억지로 짜낸 신파라고!

"그죠? 그러니 미수 언니가 정말 글을 잘 쓰는 거죠."

모둠별 토론이 끝나자 전체 토론이 이어졌다. 이번에는 미수 대신 1학년 대표가 사회를 맡았다. 모둠별로 정리된 의견을 듣고 난 뒤 사회자가 전체 내용을 요약했다.

"다음은 작가님 말씀이 있겠습니다."

미수가 다시 교탁 앞으로 나왔다.

"사실 제 친구 이야기인데요, 친구가 울면서 이야기를 털어놓는 동안 그저 손만 잡아 줬던 게 미안해서 글로 옮겨 본 거예요. 그래서 글을 쓰도록 허락해 준 친구에게 한턱 쏘려고요."

아이들이 와우, 소리를 내며 박수를 쳤다. 나는 제자리를 찾아가는 미수에게서 시선을 거두지 못했다. 도대체 뭐지? 뛰어난 성적과 글솜씨, 미모에 겸손까지 갖춘 것처럼 보이는 너라는 인간. 하지만 그게 너의 전부는 아닐 터. 너의 진짜 모습을 보고 싶다.

문쌤이 지긋이 미소를 띠며 교탁 앞에 섰다.

"아빠의 부끄러운 모습까지 용기 있게 꺼낸 미수의 친구에게 나도 박수를 보낸다."

흥, 선생님까지 모두 한통속이군. 나는 팔짱을 낀 채 의자 깊숙이 몸을 부렸다. 문득 외롭다는 생각이 들었다. 문쌤이 아이들을 돌아보며 물었다.

"그러면 이 글에 나오는 아빠는 어떤 사람일까? 좋은 사람일까? 나쁜 사람일까?"

아이들은 생각에 잠긴 채 얼른 대답하지 못했다. 위선자죠! 나는 속으로 외쳤다. 그러자 건너편에 앉아 있던 경민이 낮은 소리로 중얼거렸다.

"보통 사람이요."

오! 문쌤이 기특하다는 듯 경민을 바라보았다. 경민이 겸연쩍게 웃으며 어깨를 폈다.

"맞다, 사람은 한마디로 규정할 수 없을 만큼 다양한 면모를 가지고 있어. 그러기에 여기서는 아빠를 이중인격자가 아니라 다중적인 인간으로 보자는 거지. 마지막 부분에서 믿음이 무너지는 아픔에도 불구하고 화자가 아빠를 이해하려고 노력하는 모습은 성숙해지는 과정을 감동적으로 잘 보여 줬다고 생각해."

문쌤이 아이들을 돌아보며 다시 말을 이었다.

"자, 그러면 하나만 더 묻자."

아이들이 호기심 가득한 얼굴로 문쌤을 바라보았다.

"너희들이 심사위원이었다면 이 글의 어떤 점 때문에 상을 줬을 것 같니?"

"음…… 마음을 움직이는 힘?"

"맞아, 우리는 그것을 '진솔함'이라고 부르지. 글쓰기의 최우선 덕목이야. 그거라면 너희들도 쓸 수 있잖아? 그러니 카페 익명게시판을 잘 활용해 보자. 중간고사 끝나고 수요일까지 글 올리는 거 잊지 마라. 알았지?"

나는 문쌤의 말을 들으며 연신 시계를 힐끗거렸다. 입안에 꾹꾹 눌러놓은 말을 꺼내기도 전에 수업이 끝나 버리지 않을까 초조해진 탓이었다. 나는 슬그머니 손을 들었다.

"저는 좀 다른 의견인데…… 말해도 되죠?"

"그럼!"

문쌤이 고개를 끄덕였다. 아이들이 숨죽인 채 일제히 나를 쳐다보았다.

"저는 미수의 글이 대단히 위선적이라고 생각해요."

아이들이 놀란 얼굴로 웅성거렸다. 문쌤이 당황한 기색으로 나를 쳐다보았다. 순식간에 얼굴이 벌게진 미수가 날카로운 목소리로 되받았다.

"어떤 점이…… 위선적이라고 생각하는데요?"

미수의 목소리가 심하게 떨리고 있었다. 그래, 이왕 꺼낸 말이다. 주워 담기에는 이미 늦어 버렸다. 그러니 하고 싶은 말이나 제대로 하자. 왜? 여긴 문예반이니까. 글에 대해서라면 어떤 이야기도 말할 수 있어야 하지 않나? 다른 방식으로 감상하는 독자도 있는 법이니까.

"가능하지도 않은 일로 현실을 왜곡시킨다는 생각이 들어서요. 제겐 억지소리처럼 느껴지거든요."

미수의 얼굴이 당황한 나머지 붉으락푸르락했다. 목소리가 튀어 올랐다.

"그러면…… 어떻게 써야 현실을 왜곡하지 않는 거죠?"

"저도 모릅니다. 그건 쓰는 사람들이 고민해야죠."

아이들이 어처구니없다는 듯 픽, 소리를 내며 웃었다. 그러자 앞쪽에 앉은 재연이 번쩍 손을 들더니 속사포로 말을 쏟아 냈다.

"쓰지도 않으면서 남의 글을 난도질하는 것은 글 쓰는 사람에 대한 예의가 아니라고 생각합니다. 직접 써 보고 말하세요!"

"물론 저는 안 쓰지만 그래도 문예반에 꼬박꼬박 나오는 것은 독자로서의 관점을 기르는 것도 의미가 있겠다고 생각했기 때문입니다."

아이들이 웅성거렸다.

"말로만 잘난 척하는 거…… 누가 못 해?"

"맞아, 맞아. 쓰는 게 얼마나 어려운데……."

나는 아이들을 외면한 채 말을 이었다. 목소리가 심하게 떨려 왔다.

"갈등을 겪다가 마지막에는 어김없이 화해하며 마무리 짓는 이런 방식, 너무 촌스럽지 않아요? 고전소설의 해피 엔딩 같거든요."

"오오! 말도 안 돼. 재수 없어."

아이들이 앞다투어 소리치는 바람에 내 말은 묻히고 말았다. 그러자 문쌤이 아이들을 제지하며 분위기를 가라앉혔다.

"오늘 선우가 중요한 논제거리를 제시했구나. 충분히 논의할 가치가 있다고 생각한다."

그러자 나를 흘겨보던 아이들의 날 선 눈빛이 문쌤의 한 마디에 수그러들었다. 바글바글 끓어오르다 냄비 뚜껑 한번 열어 주면 일순간에 가라앉고 마는 못난 종족들.

"하지만 선우야. 해피 엔딩에 대한 갈망은 척박한 현실을 견뎌야만 하는 사람들이 가슴에 품는 등불 같은 거라고 생각해 주면 안 될까?"

아이들이 고개를 끄덕였다.

"마찬가지로 세상은 거대한 프레임에 의해 작동되는 것 같지만, 자세히 들여다보면 소소한 것에서 촉발된다는 것도 잊지 말았으면 한다. 글은 거기에서 삶을 관통하는 질문을 끌어내는 거고."

끝종이 울렸다. 문쌤은 서둘러 자신의 이야기를 마무리했다. 아이들이 나를 힐끗거리며 도서실을 빠져나갔다. 문쌤의 목소리가 느리게 몸을 일으키던 내 뒤통수를 잡아챘다.

"잠깐! 미수랑 선우, 나 좀 보고 갈래?"

주희가 아쉬운 듯 손을 흔들고 사라지자 도서실엔 셋만 남게 됐다. 열어 놓은 창으로 바람이 기분 좋게 불어왔지만 상황은 어색하기만 했다. 문쌤이 미수에게 먼저 입을 열었다.

"미수는 오늘 선우 말에 오해 없었으면 좋겠다. 수상작들을 보면 어떤 전형적인 틀이 느껴지는 것도 사실이니까. 그 점에 유의하면 좋은 글을 쓰게 될 거야."

"네……."

미수가 마지못한 듯 고개를 끄덕였다.

"큰 대회였더라면 좋았을 텐데 아깝구나."

"더 노력할게요."

입시에 도움이 될 정도로 큰 대회였으면 좋았을 거라는 거겠지. 역시 문쌤도 다르지 않구나. 진솔함이네 어쩌네 하면서도 글쓰기를 입시의 수단으로 삼는 천박함이라니.

"그럼, 가 봐라."

미수가 나를 흘기며 돌아섰다. 미수의 뒷모습을 지켜보던 문쌤이 나를 향해 입을 열었다.

"어때? 동아리는 할 만하니?"

나는 엉겁결에 고개를 끄덕였다.

"첫날 네 소개, 참 인상적이더라. 그래 놓고도 지금껏 나가지 않는 걸 보니 내 수업이 합격점을 받았나 싶기도 하고."

문쌤이 웃었다.

"너한테는 세상을 바라보는 남다른 안목이 있다는 생각이 들어. 뭐랄까, 좀 뒤틀린 것 같은데도 아이들이 인식하지 못한 부분을 잡아내는 너만의 시선이 있거든. 그게 뭘까? 남다른 삶? 아니면 독서의 내공?"

문쌤이 내 눈을 깊이 응시하며 물었다.

"책을 많이 읽는 편이니?"

"그냥…… 할 게 없어서요."

문쌤은 말없이 고개를 끄덕였다.

"책에 너무 얽매이지 마라. 뭐든 지나치면 위험하니까."

잠깐 말을 끊은 문쌤이 나를 골똘히 바라보다 다시 물었다.

"책보다도 나는 네가 유독 고통에 예민한 반응을 보인다는 생각이 드는데……."

나는 문쌤의 시선을 외면한 채 손가락으로 책상 위의 지우개 똥을 밀어냈다. 문득 대나무 숲을 쓸고 가는 바람이 파도 소리처럼 흘러들었다. 문쌤의 목소리가 이어졌다.

"가끔 남다른 고통을 겪은 사람과 함께 있다 보면 고통을 선점한 자의 우월감이 느껴질 때가 있어. '너희들이 고통을 알아?' 식의 태도. 자신의 고통이 너무 커서 타인의 고통을 인정하지 않는 말과 행동 같은 것들 말야."

뭐라고 대답해야 할지 모르겠다. 망설이는 사이 시작종이 울렸다. 문쌤이 급하게 책상을 정리하며 몸을 일으켰다.

"앞으로 잘해 보자. 도와줄 거지?"

문쌤이 어깨를 토닥였다. 문쌤과 헤어져 복도를 걷는 동안 곰곰이 생각했다. 고통을 선점한 자의 우월감이라니. 문쌤은 왜 그런 말을 했을까. 내게 그런 태도가 느껴졌다는 것일까.

교실로 돌아오자 주희가 걱정스러운 얼굴로 복도에서 나를 기다리다가 반색을 했다.

"문쌤이 뭐라셨어?"

나는 일부러 굳은 표정을 한 채 주희를 지나쳤다. 그러자 문쌤에게 야단맞았다고 생각한 주희가 눈치를 보며 따라붙었다.

"아까 너 멋지더라. 일당백! 절대로 물러서지 않는 기백! 역시 너를 친구로 접수한 내 안목이 대단하지 않니?"

주희가 키득거리며 나를 웃겨 보려고 했다. 귀찮았지만 싫지는 않았다. 나는 일부러 입을 죽 내민 채 퉁명스럽게 내뱉었다.

"한 입으로 두말하면 넌 죽어."

"뭔 소리?"

"너, 미수 좋아하잖아."

이건 또 뭔가. 뱉어 놓고 오글거리는 느낌.

"아냐, 맹세코!"

"그럼 뭔데?"

"내게 진짜 친구는 너라는 거지. 미수도 물론 좋지만……."

"뭐야?"

나는 주희의 등을 치는 시늉을 했다. 주희는 뒷문으로 몸을 피하다 문을 나서는 담임과 부딪칠 뻔했다. 담임이 인상을 팍 쓰며 말했다.

"자습 시작한 지가 언젠데 지금까지 복도에서 떠들고 있니? 시험이 낼모레야. 어서 안 들어가?"

깨갱. 우리는 꼬리를 내린 개처럼 몸을 낮춘 채 살금살금 교실 뒷문으로 들어갔다.

자욱한 연기 속에서 총탄이 쏟아졌다. 나는 누군가의 손에 이끌린 채 달음박질치고 있었다. 피융, 피융. 머리 위로 총알이 날아다녔다. 사람들이 픽픽 고꾸라졌다. 넘어진 사람들은 다시 일어나지 못했다. 그들에게서 흘러나온 핏물이 땅바닥을 진탕으로 만들고 있었다. 눈앞에서 폭탄이 터지기도 했다. 매캐한 연기 때문에 숨을 쉴 수가 없었다. 부여잡은 손아귀가 땀으로 미끄러웠다. 억세게 감아쥔 손이 잡아채는 대로 내 몸은 질질 끌려갔다. 한 치 앞도 볼 수 없는 어둠 속을 헉헉거리면서, 어디로 가는지도 모른 채 엉엉 울면서, 포화 연기 속을 뚫고 달려가다 무언가에 걸려 넘어지고 말았다.

나는 소스라치게 놀라 비명을 질렀다. 엄마……! 손, 손, 손을 찾아 사방을 두리번거리며 울었다. 사람들이 나를 제치고 앞다투어 달려갔다. 나는 사람들의 발길에 이리저리 채이며 부르짖었다. 엄마! 엄마! 울음소리는 사방에 가득 찼다. 엄마! 엄마! 엄마……!

눈을 떴다. 마름모꼴 천장 무늬가 눈에 들어왔다. 귓전으로 아기 울음소리가 계속 따라붙는 느낌이었다. 이불을 들추고 일어나 앉았다. 울음소리는 좀처럼 그치지 않았다. 환청인가. 소리는 가까운 어디쯤에서 들려오는 것 같았다. 어디지? 천천히 소리를 따라갔다. 창밖 근처가 틀림없었다. 누가 아기를 창밖에 버려두고 간 걸까? 이 깊은 밤중에?

나는 숨을 길게 들이마신 뒤 가만히 창문을 열었다. 녹슨 창틀이 덜컹, 소리를 냈다. 순간 아기 울음소리가 뚝 그치더니 새까만 물체 하나가 휙, 소리를 내며 담장을 넘었다.

앗, 저놈의 고양이!

그러자 손을 놓치고 애절하게 울던 꿈속의 내가 떠올랐다. 나도 꿈속에서 저 고양이처럼 울었지. 버려진 길고양이처럼. 어쩌면 난 전생에 버려진 고양이였는지도 모른다는 생각이 들었다. 버려지는 꿈은 언제든 낯설지 않았으니까. 나는 어디서든 버려지고 버려졌으니까. 베이비박스에 담겨 버려지는 꿈을 꾼 것만도 수차례. 평소 내가 베이비박스를 눈여겨보는 까닭이었다.

가볍게 한숨을 내쉰 나는 창문을 닫고 거실로 나왔다. 동이 트려면 아직도 멀었는데 할아버지는 벌써 나가고 없었다. 지난번 크게 다툰 이후 우리는 서로의 얼굴을 피하게 됐다. 식탁 위는 할아버지가 서둘러 식사를 마치고 나간 모습 그대로였다.

어쩐 일인지 요즘 할아버지의 거동이 무척 무거워졌다. 할아버지는 웬만히 아파서는 병원에 가지 않는다. 사람의 몸이란 자꾸 먹이를 주면 침을 흘리는 강아지와 같아서 한번 병원에 가기 시작하면 더 자주 가게 된다는 게 할아버지 논리였다. 그러니 처음부터 몸에게 기대를 하게 만들면 안 된다는 거다. 허리디스크에 만성화된 치질까지 안고 살면서도 할아버지가 좀처럼 병원 문턱을 밟지 않는 이유였다.

어젯밤에도 그랬다. 이상한 소리에 잠이 깨 거실로 나왔다. 신음 소리는 할아버지 방에서 새어 나오고 있었다. 매번 안 그런 척하지만 사실 할아버지가 아프다면 겁부터 난다. 할아버지는 내가 움켜쥔 마지막 줄인데 그것마저 끊어지면 어쩌나 싶은 까닭이다.

지금껏 내 줄은 놓치지 않으려고 쥐면 쥘수록 허망하게 끊어졌다. 엄마가 그랬고 증조할머니가 그랬다. 그러다 보니 그 무엇도 움켜쥐지 않으려는 버릇이 생겼다. 할아버지에게 마음과는 반대로 행동하고 말하는 습관도 그 때문인지 모르겠다. 몸과 마음을 모두 의탁하다 보면 줄은 무거워져 끊어지게 마련이니까. 그러므로 할아버지에게 나를 통째로 맡기면 안 되는 거다.

일찌감치 부모에게 버려져 할머니 손에서 자랐던 아빠를 키워 준 증조할머니는 대를 뛰어넘어 내게도 소중한 줄이 되었다. 엄마를 놓친 두려움을 알았기에 더 힘껏 쥐었고, 그렇기에 더 허망하게 끊어졌다. 그렇게 힘껏 쥐면 안 된다는 것을 그때 알았더라면 내 삶이 달라졌을까.

일곱 살 어린 시절, 나는 증조할머니와 단둘이 살았다. 도심 철길 가에 위치한 오래된 단칸방 주택에서였다. 할머니가 하는 일은 찌그러진 수레에 폐지를 주워 담는 일이었다. 팔순이 넘는 할머니가 굽은 허리를 한 번 펼 틈도 없이 가져다 나른 고물들로 인해 집 안은 온통 쓰레기 산을 이루었다. 할머니는 쓰다 버려진 거리의 현수막으로 자루도 만들었다. 튼튼한 자루 덕분에 수확량은 점점 늘어났다. 할머니는 이른 새벽이든 깊은 밤이든 가리지 않고 일했다. 그러느라 할머니의 허리가 땅에 닿을 듯 굽어졌다.

할머니는 사랑이 충만한 사람이었다. 무엇이든 내 입에 넣어 주고 싶어 했다. 하지만 윤리적으로는 나쁜 사람이었다. 할머니는 빈 병이나 종이상자를 수거해 오듯 가게에서 과자를 훔쳐 오곤 했다. 할머니가 훔쳐 온 초콜릿은 내게 건네주기도 전에 이미 곤죽이 되어 있었다. 나는 입가에 검은 얼룩을 묻힌 채 할머니가 주는 초콜릿을 제비새끼처럼 받아먹었다.

초등학교 4학년, 봄비가 내리던 어느 날이었다. 수레와 함께 빗길에서 넘어진 할머니가 허리를 크게 다쳐 드러눕게 되었다. 나는 할머니 옆에 앉아 울기 시작했다. 할머니가 아무리 달래도 내 울음은 그치지 않았다. 집 밖이 너무 무서웠다. 현관문을 나가기조차 두려워진 나는 학교도 갈 수 없었고 하루 종일 집에서 울기만 했다.

울다가 지치면 엄마를 데려오라며 떼를 쓰기도 했다. 날이 갈수록 증상은 더 심해졌다. 이러지도 저러지도 못하는 할머니를 대신해 학교 선생님이 나를 병원으로 데려갔다. 병원에서는 내게 불안 증세가 있다고 했다. 약을 먹으면 괜찮아질 것이라고 했다.

하지만 불안은 곧 현실이 되었다. 할머니가 요양원으로 거처를 옮기면서 나는 보육원으로 보내졌다. 보육원에서의 생활은 아주 나빴다.

어느 토요일 오후였다. 당직 선생님이 두 언니와 함께 방 안에 있던 나를 사무실로 불러냈다. 가 보니 탁자 위에 딸기우유 세 개와 바나나우유 한 개가 놓여 있었다.

"손님들이 사 온 건데 같이 먹자. 너희들, 뭐 먹을래?"

5학년 언니가 선생님 눈치를 보며 딸기우유 하나를 가만히 제쪽으로 잡아당겼다.

"너는?"

6학년 언니도 조심스럽게 딸기우유를 집어 갔다. 선생님이 내게 물었다.

"너는?"

나는 슬그머니 바나나우유를 집어 들었다. 그러자 6학년 언니가 기다렸다는 듯이 내 손에서 바나나우유를 낚아챘다.

"이건 선생님 거야!"

그러자 선생님이 언니를 가볍게 흘겨보며 바나나우유를 다시 내 쪽으로 밀어주었다.

"선우가 바나나우유 먹고 싶다잖아. 내가 딸기우유 먹으면 되지."

딸기우유를 집어 든 선생님이 빨대를 우리에게 하나씩 나눠 주었다. 6학년 언니가 못마땅한 얼굴로 나를 흘겨보았다.

오랜만에 먹는 바나나우유는 정말 맛있었다. 선생님과 언니들이 먹는 딸기우유도 똑같이 맛있을 것이다. 우리는 쭉쭉 소리를 내며 바닥까지 달게 빨았다. 그런 다음 입가에 묻은 우유를 손등으로 닦아 내며 방으로 돌아왔다.

문제는 그 이후였다. 6학년 언니가 화장실로 나를 불러냈다. 5학년 언니가 따라 들어오더니 화장실 문을 잠갔다. 나는 영문을 모른 채 언니들을 올려다보았다.

"왜 너만 바나나우유 먹어? 너만 특별해?"

6학년 언니가 험악한 얼굴로 나를 노려봤다. 5학년 언니도 나를 노려봤다.

"언니, 잘못했어……."

이빨이 부딪치는지 턱에서 딱딱거리는 소리가 났다.

"먹은 거 내놔, 내놓으란 말야!"

"먹어 버린 걸 어떻게……?"

"토해 내라고!"

5학년 언니가 내 머리통을 변기에 처박았다. 나는 엉겁결에 무릎이 꺾인 채 화장실 바닥에 주저앉았다. 나는 고개를 젖히려 애쓰며 울음을 쏟아 냈다.

"아파, 아프단 말야!"

"어서 토해 내기나 해! 여기다 토해 내란 말야!"

내 얼굴은 있는 힘껏 내리누르는 네 개의 손에 의해 변기 속 똥물에 닿았다. 그러자 속이 뒤틀리더니 토악질이 시작되었다. 그동안에도 내 머리는 몇 번이고 똥물 속으로 처박혔다.

불행은 거기서 끝나지 않았다. 그들은 아침이면 변기 물에 담근 칫솔로 이를 닦게 했다. 그렇게 지옥 같은 몇 달을 보냈을 때 아빠가 나를 데리러 왔다. 나는 아빠의 허리를 꼭 끌어안고 얼굴을 비벼 댔다. 아빠는 자꾸만 들러붙는 나를 떼어 내며 보육원 서류에 서명을 했다. 나는 부푼 기대를 안고 아빠와 함께 집으로 돌아왔다.

하지만 행복은 오래가지 못했다. 아빠는 게임 외에는 아무런 관심이 없었다. 오직 게임을 위해 태어난 사람 같았다. 아빠가 게임에 열중하는 동안 집 안은 총탄과 폭음 소리로 가득했다. 닥치는 대로 때리고 부수고 죽였다. 아빠의 눈은 광기로 번득였다. 한번 집을 나가면 오랫동안 돌아오지 않는 날도 많았다. 나는 학교에도 가지 않은 채 4학년의 남은 시간들을 흘려보냈다.

그해 겨울, 쓰레기로 가득한 방 안에서 홀로 라면을 끓이고 있던 나를 발견해 낸 사람은 외할아버지였다. 할아버지는 나를 바라보며 한동안 말을 잊었다. 할아버지가 젊었을 때부터 해 왔던 화물차 운전을 접고 택시 운전으로 막 갈아탄 참이었다. 할아버지는 화물차를 팔아 아빠에게 보육원에서 나를 데려와 함께 살 수 있도록 돈을 마련해 주었지만, 아빠가 그 돈까지 잡아먹는 데는 오랜 시간이 걸리지 않았던 것이다.

돌이켜 보면 참으로 두렵고 막막하고 캄캄한 시절이었다. 그때를 떠올릴 때마다 생각은 늘 방사형으로 뻗어 나갔다. 그러니 끊어야 했다. 내버려 뒀다가는 언제 머리가 터질지 모르니까.

문 닫힌 안방을 바라보며 거실에 웅크리고 앉아 있는 동안, 할아버지의 신음 소리는 시린 바람처럼 내 안을 들락날락하며 오래 이어졌다.

상처는 나의 힘

중간고사가 이어지고 있었다. 교실은 쉬는 시간이 되자마자 고개를 맞댄 채 서로의 답을 맞춰 보는 아이들로 시끌벅적했다. 나는 답답함을 못 이겨 복도로 나왔다. 마침 화장실에 다녀오던 주희와 마주쳤다.

"어땠어?"

"뭐가?"

나는 시치미 뚝 떼고 딴전을 피웠다. 그러자 주희가 울상이 된 얼굴로 말했다.

"난 수학 시험이 그렇게 어려울 줄 몰랐어. 완전 폭망이야. 넌?"

"구라치지 마. 공부 안 한 거 다 아니까."

주희는 겸연쩍은 듯 내 등을 때리는 시늉을 했다. 나는 주희의 손을 피하며 주절거렸다.

"난 전부 3번에 마킹하고 잤어. 3번은 정답을 숨겨 놓기에 가장 좋은 번호거든."

주희가 킥킥대며 주절거렸다.

"너무 속 보이지 않을까? 난 골고루 골랐는데."

"궁금하지 않니? 확률과 우연의 결과."

"나도 너처럼 한 번호로만 마킹할 걸 그랬나? 교묘히 답을 피해 갔으면 어떡하지?"

"반대도 가능해."

"정말 그럴까?"

주희의 얼굴이 활짝 피어났다.

그때 앞 반 교실 문이 열리며 미수가 코를 싸맨 채 화장실을 향해 튀어 나갔다. 움켜쥔 화장지에 핏물이 범벅이었다.

"미수야!"

주희가 다급하게 미수 뒤를 쫓아갔다. 둘은 곧 화장실 안으로 사라졌다. 따라가 볼까 하다가 관뒀다. 논쟁이 있었던 동아리수업 이후 한 번도 미수와 마주치지 못했다. 미수가 시험공부에 돌입하느라 깊이 잠수해 버린 탓이었다. 코피를 흘리면서까지 우수반을 놓치지 않으려는 저 열정과 집착은 어디서 나오는 것일까. 우수반과 1, 2등급. 나는 한 번도 생각해 보지 못한 경이로운 세계였다. 애초에 나와는 급이 달랐던 거지.

시작종이 울려 다시 교실로 들어섰다. 아이들은 주위를 돌아볼 겨를도 없이 내일 시험을 위해 빠르게 자습 모드로 전환했다. 나는 자리에 앉아 아이들을 둘러보며 공상에 빠졌다.

저 아이들은 뭘 바라기에 저토록 미친 듯이 공부에 파고들까. 대학에만 가면 자유로워질 수 있다고 믿는 걸까? 목표도 꿈도 없이 무작정 남들이 가는 대로 쫓아가는 아이들이 가엾게 느껴졌다.

종일 비가 내렸다. 하굣길 주변은 우산을 든 아이들과 일찌감치 몰려든 자가용들이 뒤엉켜 북새통을 이루었다. 시험 기간 중에는 특히 그랬다. 시험 대비를 위한 학원 특강과 과외 시간을 확보하기 위해서는 일 분도 지체할 수 없기 때문이다. 아이들의 옷깃을 스치며 위태롭게 빠져나가는 몰염치한 운전자도 드물지 않았다.

나는 양동이로 들어붓듯 쏟아지는 비를 바라보며 아이들이 빠져나갈 때까지 기다렸다가 학교를 나섰다. 우산을 접고 버스에 올라 뒷좌석 창가에 자리를 잡고 앉았다. 우산에서 떨어지는 빗물로 바닥이 몹시 미끄러웠다. 후줄근한 옷에 후줄근한 기분으로 내다보는 바깥 세상도 후줄근하긴 마찬가지였다. 환풍구는 쉴 새 없이 돌아갔지만, 버스 유리창에 드리워진 습기는 좀처럼 걷힐 줄 몰랐다.

글쓰기를 생각하면서 부쩍 한숨이 늘었다. 인생에 가장 크게 영향을 미친 사건을 과연 나는 쓸 수 있을까. 누구에게도 꺼내 보지 못한 그 이야기를. 어쩌면 나는 글문을 트기 위해서는 말문부터 열어야 하는 건지도 모른다.

앞 좌석에 앉은 여자의 어깨에 어린 사내아이가 턱을 올려놓은 채 잠들어 있었다. 솜털이 보송보송한 아이의 뺨. 나도 모르게 손을 뻗으려다 거뒀다. 누군가는 잠든 아이의 얼굴에서 한없는 평화를 느낀다지만, 나는 그 말에 동의할 수가 없다. 다섯 번째 생일을 통째로 도둑맞게 한, 옆에 누워 있던 엄마를 훔쳐가 버린 내 유년의 나쁜 잠 때문이다. 그래서 나는 늘 잠이 두려웠다.

마침내 중간고사가 끝났다. 하지만 익명 게시판에는 좀처럼 글이 올라오지 않았다. 진솔함이 좋은 글의 원천이라는 문쌤의 설득은 실패한 것처럼 느껴졌다. 이번 주 동아리수업은 어떻게 진행될까.

동아리수업 시간. 예상한 대로 문쌤의 표정은 몹시 어두웠다. 아이들은 숙제를 안 해 와 눈치 보는 초등학생들처럼 고개를 푹 숙인 채 앉아 있었다. 문쌤의 간곡한 설득에도 과제를 수행하지 못한 이 상황이 못내 불편한 것이다.

문쌤이 한숨을 내쉰 다음 입을 열었다.

"내가 너희들에게 글쓰기라는 명분으로 고통스러운 기억을 강요하고 있는지도 모르겠구나. 하지만 상처 없는 영혼이 어디 있겠니? 대부분 외면하거나 지나치기 때문일 거다. 상처 입은 조개에서 진주가 만들어지듯, 사람들이 가진 아름다움도 상처에서 나오는 법이다. 나무의 나이테를 봐라. 옹이가 있으니 무늬가 만들어지잖니?"

문쌤도 참 지독하다. 어찌 이리도 상처에 집착한단 말인가. 소설가이기 때문일까.

말을 멈춘 문쌤이 창밖으로 시선을 옮겼다. 비가 내리고 있었다. 유리창을 때리는 빗방울이 구슬처럼 부서져 내렸다. 한동안 빗방울을 바라보고 있던 문쌤이 다시 입을 열었다.

"이야기 하나 해 줄까?"

아이들이 고개를 들었다.

"네, 좋아요."

어떤 이야기일까? 아이들에게 상처를 끄집어내도록 요구한 것에 미안함을 느낀 것일까? 아니면 자신의 이야기를 글쓰기의 마중물로 삼게 하고 싶은 것일까?

"여기 중학교 3학년 남자아이가 있어. 편의상 A라고 하자."

나는 비로소 몸을 풀며 의자 깊숙이 등을 기댔다.

"그날은 특별한 날도 아니었어. 부모님이 부부싸움을 한 거야. 말도 안 되는 일로 트집 잡곤 했던 아버지가 싫었지만 자주 있는 일이라 그러려니 했지. 깜박 잠이 들었는데 갑자기 방문이 발칵 열린 거야. 아버지가 엄마의 상의를 벗긴 채 A에게 끌고 와 소리쳤거든. '여기 바람 피운 여자의 얼굴이다, 똑똑히 봐라!' 엄마는 불빛 아래 무방비로 드러난 가슴을 감추느라 안간힘을 다해 웅크렸어. 눈 화장이 지워져 검은 눈물로 지저분해진 엄마의 얼굴. A는 외면하고 싶었지. 그저 무서웠어. 어서 이 상황이 끝나기만을 기다린 거야. 엄마 머리채를 잡고 미친 듯 벽에 찧어 대던 아버지가 밖으로 나갔어. 다시는 안 돌아왔으면, 사고라도 나서 죽어 버렸으면 싶었지. 죽여 버리고 싶었으니까. A는 주저앉아 쓰러진 엄마를 깨웠어. 그리고 미친 듯이 소리를 질렀어. 여기서 이러지 말고 제발 일어나라고. A는 엄마에게 옷을 입혀 주고 이불도 덮어 주고 쑥대밭이 된 집 안을 정리했어. 한 치의 망설임도 없이 모든 일을 다 했지. 무서워서 숨죽여 울고 있던 동생을 껴안으면서 A는 다짐했어. 무슨 일이 있어도 동생은 지킬 거라고, 저들이 이혼한다고 해도 절대로 우리를 떼어 놓지 못하게 할 거라고. 동생을 재우고 시계를 보니 새벽 다섯 시가 되었어. 그때야 A는 미친 듯이 웃기 시작했지. 웃긴다는 생각이 든 거야. A는 잠들기 전 혹시 아버지가 돌아올까 봐 과도를 베개 밑에 넣었어. 자신과 동생을 지키기 위해서……. 그렇게 아침이 왔어. A는 동생을 깨워서 아침밥을 먹이고 엄마의 밥을 차려놓고 학교에 갔어. 학교에서 A는 평소와 같았지. 오히려 더 웃었어. 지난밤을 잊고 싶어서 더 씩씩하게 행동했고 밥도 많이 먹고 많이 떠들었어. 그렇게 하루를 보낸 뒤 다시 집으로 왔어……. 집은 말할 수 없을 정도로 조용했어. 마치 아무 일 없었다는 듯. A의 하루는 그렇게 지나갔어."

아이들은 꼼짝도 하지 않았다.

"누가 그랬다지? '인생은 멀리서 보면 희극이지만, 가까이 보면 비극'이라고……."

굳은 표정의 아이들. 앙다문 입술.

"자, 그러면 지금부터 너희들이 느낀 점을 글로 써 보자. 그냥 낙서하듯이 적어 보는 거야. 물론 자신의 이야기로 이어 가는 거고. 두려움에 떨고 있는 어린 동생을 껴안아 준 A처럼, 너희들도 내면 깊숙이 웅크리고 있는 자신을 껴안아 주는 거야. 구석에서 울고 있는 '나'를 혼자 내버려 두지 말고……."

아이들이 널브러지듯 책상에 엎드렸다. 누군가는 생각에 잠길 것이고 누군가는 끼적거리기도 하겠지. 누군가는 슬그머니 잠들지도 모른다. 그러면 나는?

장마가 이어지고 있었다. 점심을 먹고 현관으로 나왔다. 비 오는 날의 풍경과 바람을 음미하고 싶었다. 복도와 교실에 가득 차 있던 아이들의 소음이 빗소리에 가려 들리지 않았다. 현관 앞으로 넓게 조성된 잔디밭이 비에 젖어 한층 푸르렀다. 겹겹이 파문을 일으키며 떨어져 내리는 빗방울. 멀리 잔디밭 끝에 하얗고 붉은 꽃망울들을 몽실몽실 피워 내고 있는 배롱나무도 보였다. 이 비가 그치면 여름이 본격적으로 시작될 것이다.

잔디밭 사이로 난 길목에는 여기저기 굼실대는 지렁이들로 지천을 이루고 있었다. 급식자재 차량들이 수시로 들락거리는 곳인데도 맨몸의 지렁이들이 느릿느릿 도로를 가로지르는 모습은 보기만 해도 아찔했다.

그러다 불현듯 유난 떨지 말자는 생각이 들었다. 죽음은 늘 우리 곁에 함께 있는 거니까. 생명체 하나가 죽고 사는 것도 결국에는 자연의 법칙일 테니 말이다.

어젯밤, 방에서 지네가 나왔다. 집게손가락보다 더 크고 새빨간 지네였다. 언덕배기 산자락 습기 많은 연립 2층은 지네와 나의 공동서식처였던 것이다.

지네가 방구석 모서리를 타고 내려오는 걸 본 순간, 나는 용수철처럼 튕겨 일어나 때려잡을 뭔가를 찾아 두리번거렸다. 마침 신발장 위에 바퀴벌레용 스프레이가 놓여 있었다. 나는 지네를 정조준해 분사하기 시작했다. 그러자 지네가 재빨리 침대 밑으로 들어가 버렸다. 나는 꼼짝도 하지 않고 지네가 나타나기를 기다렸다. 작년 이맘때에도 지네에 물린 적이 있었기 때문이다. 새빨갛게 부풀어 오른 팔뚝을 보며 공포에 떨었던 기억이 선명했다.

이윽고 지네가 기어 나왔다. 스프레이를 뿌렸다. 그러자 지네가 나를 향해 돌진해 왔다. 나는 비명을 지르며 스프레이를 내던졌다. 스프레이는 정통으로 지네의 몸에 떨어졌다. 지네가 온몸을 말아 쥐고 펄떡거렸다. 나는 스프레이를 집어 지네의 몸을 짓이기기 시작했다. 죽어라, 죽어! 죽어!

엄마가 있었더라면 어땠을까. 내가 지네에게 물리거나 내 손으로 잡아 죽이는 일은 생기지 않았겠지. 기억 속의 엄마는 길을 건널 때 항상 내 손을 잡아 주는 사람이었다. 밤에 이야기책을 읽어 주고, 잠들기 전에는 꼭 자장가를 불러 줬다. '엄마가 섬 그늘에 굴 따러 가면'으로 시작하는 노래였다. 엄마는 노래를 부를 때마다 마지막 소절에 이르러서는 늘 목메어 하곤 했다. 그때 엄마는 이미 떠날 생각을 하고 있었던 걸까. 그러기에 밤마다 자장가를 불러 주며 눈시울을 적셨던 것일까. 어쩌면 엄마에 대한 모든 기억은 내 상상이 만들어 낸 것인지도 모르겠다.

문쌤의 이야기가 마중물이 되었던 것일까. 익명 게시판에 하나둘 글이 올라오기 시작했다. 인터넷 카페를 일없이 드나들기를 하루에도 수차례. 나는 기다렸다는 듯 전속력으로 읽어 내려갔다.

초등학교 5학년 때 왕따를 당한 적이 있다. 피부가 하얗고 예쁜 애였다. 그 애랑 단짝이 됐다. 그 애가 좋아서 잘해 줬다. 만나자고 하면 바로 나갔고 어디를 가자고 하면 바로 갔다. 하지만 그 애는 내가 잘해 주면 잘해 줄수록 나를 무시하고 종처럼 부려 먹고 깔보았다. 나는 그 애가 좋으면서도 무서웠다. 초등학교를 졸업한 뒤 다행히 서로 다른 중학교로 배정을 받았다. 중학교 3학년 때 길을 지나가고 있는데 그 애가 다른 아이와 함께 놀이터

벤치에 앉아 있는 게 눈에 띄었다. 보자마자 막 심장이 뛰고 예전 일이 생각나서 바로 뒤돌아서 다른 길로 뛰어가 버렸다. 오 년이나 지났는데도 아직도 그 애를 무서워하는 내가 한심하고 바보 같다…….

고등학생이 되니 가는 곳이라곤 오직 학교와 집뿐이다. 아직도 취미가 없다. 솔직히 끌리는 장래 희망도 없다. 다른 친구들은 다 갖고 있는 것 같은데, 나만 아직도 못 찾은 것 같아 속상하고 슬프다. 대학에 가서도 공부해야 한다는데, 그다음엔 취업 걱정한다는데…… 끌려다니듯 공부만 하다 인생 종 칠 것을 생각하니 너무 슬프다. 취미도 없고, 특기도 없고, 의욕도 없는 나 자신이 싫다. 이렇게 살아서 무엇 하나…….

내가 어렸을 때 부모님은 이혼을 하셨다. 엄마는 나와 언니를 혼자 돌보신다. 아빠는 기억나지 않을 정도로 어렸을 때 헤어졌기에 나는 엄마와만 지내는 게 자연스러웠다. 그런데 초등학교 때 같은 반 남자애한테 '넌 왜 엄마 이야기만 해? 아빠 이야기는 안 해?'라는 말을 들은 뒤, 나는 우리 가정이 평범하지 않다는 걸 깨달았다……. 아빠에 대해 이것저것 물어보고 싶지만, 엄마 몸이 안 좋아서 이런 말은 꺼내지도 못한다. 계속 억눌려 있어서 그런지 누군가가 '아빠'라는 말만 꺼내도 금방 울컥한다. 사람들은 나를 볼 때 배려심이 많은 아이, 착한 아이라고만 생각하는데, 내 안에는 슬픔을 억누르는 아이가 있다…….

아빠는 자주 술을 먹고 들어온다. 그런 날은 항상 방에 불을 켜고 엄마 앞에 고개를 숙이고 앉아 엄마를 깨우며 이야기 좀 하자고 성질내면서 아무 말이나 마구 해댄다. 그러면 나는 내 방에서 뛰쳐나가 엄마 앞을 가로막고 앉는다. 아빠를 사이에 두고 엄마에게 아무 말도 하지 말라며 울면서 말한다.

하지만 그날은 달랐다. 아빠는 평소보다 더 많이 취해 들어왔고 잠들어 있던 우리 모두를 깨우고 엄마에게 시비를 걸었다. 우리 앞에서 싸우는 모습을 보이기 싫은 엄마가 방을 나가려고 했다. 순간 아빠가 엄마에게 달려들었다. 엄마 머리채를 잡고 마치 사물놀이 하듯이 던지고 발로 밟고 찼다. 엄마가 계속 비명을 질렀다. 아빠가 엄마 머리채를 질질 끌고 내게로 오더니 이번에는 다른 손으로 싸움을 말리던 내 머리채를 잡았다. 아빠는 그렇게 우리 머리채를 끌고 온 집 안을 돌아다니다 엄마와 나를 박치기까지 시켰다. 자기는 아무 잘못이 없는데 왜 만날 우리가 자기를 싫어하느냐고 한다. 아빠를 죽이고 싶다.

어린 시절, 몹시 가난했던 엄마는 겨우 상고를 졸업하고 백화점 직원을 하다가 대기업 회사원이던 아빠를 만나 결혼했다. 엄마는 치장을 많이 하지만 자신의 모습에 만족하지 못한다. 나는 욕심도 많고 감정 조절을 못 하는 엄마가 밉다. 어릴 적부터 언니와 나는 공부만 해야 하는 로봇이었다. 자신의 한풀이인 것을 다 아는데 엄마는 우릴 위해서라고 한다……. 언니는 어릴 때부터 남다른 독종으로 공부를 잘했다. 엄마는 온 신경을 언니에게만 집중했다. 하지만 언니는 수능을 망쳤다. 전국 모의고사에서 지방 수석을 한 적도 있던 언니에겐 말도 안 되는 점수였다. 그러자 엄마의 집착이 내게로 옮겨졌다. 지금 엄마는 내게 무한히 헌신적이다. 하지만 나는 엄마가 무섭다. 내가 느끼는 불안은 오직 성적. 엄마가 내게 쏟아부은 만큼의 기대를 충족시키지 못하면 어떻게 되나…… 싶어 걱정이 된다.

오늘 동아리수업은 게시판에 올라온 글들을 읽는 것만으로 시간을 다 보냈다. 아이들은 자기 또래의 친구들까지 가리지 않고 저격하는 고통의 무자비함에 크게 놀란 얼굴이었다.

내내 굳은 얼굴로 침묵을 지키고 있던 문쌤이 마침내 입을 열었다.

"나쁜 어른, 나쁜 세상을 대신해 내가 사과하마. 어린 너희들에게 무슨 잘못이 있겠니? 그러니 부끄러워할 것도 숨길 것도 없다."

한숨을 토해 내듯 숨을 길게 내쉰 문쌤이 다시 말을 이었다.

"사람들은 크든 작든 누구나 고통을 안고 살아간단다. 하지만 충격이 크면 자신만의 언어를 잃어버리기 십상이지. 하지만 우리에겐 '글'이 있잖니? 세상에서 가장 귀한 소통의 도구이자 카타르시스의 매개체."

도대체 무슨 이야기를 하려는 걸까. 난 그저 지루하기만 할 뿐이다. 하지만 문쌤은 자신의 말에 스스로 취한 듯 더 깊어진 눈빛으로 말을 이었다.

"혹시 너희들 중에는 '차마 꺼내지 못한 슬픔'이 있을지도 모르겠다. 그렇다면 지금은 안 써도 된다. 하지만 기다릴게. 그때가 언제든 말이다……."

문쌤의 말은 현란했다. 그리고 부드러웠다. 그래서 더 화가 났다. 누구든 마음속 흉터를 드러내 보이는 것은 쉬운 일이 아니다. 기억을 꺼내는 동안 고통이라는 의자에 앉아 벌벌 떨어야 하니까.

끝종이 울렸다. 주희가 화장실이 급하다며 뛰쳐나갔다. 나는 계속 뭉그적거리며 아이들이 빠져나가기를 기다렸다. 이윽고 문쌤이 화면을 정리하고 돌아섰다.

"선생님!"

내가 우물쭈물하자 문쌤은 무슨 일이냐는 듯 눈을 동그랗게 떴다.

"저, 동아리…… 빠지려고요."

"뭐라고?"

문쌤이 깜짝 놀란 듯 목소리를 높였다. 이마에 굵은 주름이 도드라졌다. 나는 문쌤의 시선을 피해 실내화로 바닥을 하릴없이 문질렀다.

"왜, 무슨 일 있어?"

문쌤의 연이은 재촉을 받고서야 나는 고개를 들었다. 도서실 창으로 오후의 햇살이 길게 들어왔다. 문쌤이 굳은 얼굴로 나를 바라보고 있었다. 그러자 눈시울이 뜨거워지더니 왈칵 눈물이 솟구쳤다. 나는 감정의 요동을 감추기 위해 빠르게 말을 이어 갔다. 하지만 울음이 섞이는 것을 어쩌지 못했다. 목소리가 떨려 나왔다.

"지난번에 들려주신 이야기…… 그거 선생님 이야기 아니죠? 우리에겐 자기 이야기를 진솔하게 쓰라고 하셨으면서…… 왜 선생님은 남의 이야기로 우릴 속이세요?"

눈물이 볼을 타고 흘러내렸다. 문쌤이 창백한 얼굴로 나를 쳐다보았다. 나는 더 이상 말을 이어 갈 수 없었다. 도망치듯 도서실을 빠져나오고 말았다. 화장실로 달려가 연거푸 얼굴에 찬물을 끼얹었다. 거울 속에서 빨갛게 충혈된 눈동자가 나를 노려보고 있었다.

사실 1학기가 끝나가는 시기에 동아리를 바꾼다는 건 말이 안 되는 이야기였다. 다른 동아리를 찾기도 힘들 것이다. 그걸 알면서도 왜 나는 말도 안 되는 이야기로 문쌤에게 내지르듯 쏟아 내야만 했을까. 어떤 식으로든 답답하게 막혀 있던 내 안의 뭔가를 쏟아 내버리고 싶었던 것은 아니었을까.

복도와 교무실, 교실 여기저기에 울긋불긋 화려한 얼굴들이 들락거렸다. 대학 첫 기말고사를 마친 선배들이 학교를 방문한 것이다. 모두들 약속이나 한 듯 찰랑거리는 긴 생머리, 미니스커트에 높은 구두를 신고 화장을 진하게 했다. 서툰 화장술로는 감추기 역부족일 만큼 두툼한 쌍꺼풀 수술 자국을 우그러뜨리고 하하호호 웃으며 재잘재잘 떠들어 댔다. '인 서울'에 성공했거나, 법대나 의대, 교대나 국립대에 진학한 선배들이었다. 그들은 저마다의 교실에 초빙되어 후배들 앞에 섰다.

"내가 고등학교 때가 너무 그립다고 말하면 미쳤다고 할 거지?"

"그쵸! 뭐가 좋아요? 잠도 못 자고 공부, 공부, 공부…… 지겨워 죽겠다고요!"

선배들은 당연하다는 듯 생글거리며 웃었다.

"나도 그랬거든. 선배들이 찾아와서 요따구로 말하면 죽이고 싶었지 뭐니? 근데, 그게 맞더라니까. 나도 너희들이 너무 부럽거든."

"약 올리는 거죠? 나빠요!"

그들은 겨우 서너 달뿐인 대학생활의 경험과 연애를 현란하게 늘어놓았다. 신입생 오티 때의 폭음, 잘생긴 남자 선배, 시시 타령까지. 아이들은 그런 선배들을 보면서 자신도 나중에 당당하게 후배들 앞에 서겠노라고 다짐하는 듯했다.

동아리시간에 들어온 얼굴들은 문예반 선배들이었다. 아이들의 환호는 선배들이 준비한 아이스크림을 나눠 줄 때 절정에 달했다. 휘파람을 불어 대는 등 난리도 그런 난리가 없었다. 하지만 나는 아이스크림을 입에 문 채 수다에 골몰하는 선배들을 물끄러미 바라볼 뿐이었다.

문쌤에게 동아리를 빠지겠다고는 했지만, 나는 엉거주춤 이어 가는 중이었다. 굳은 얼굴로 앉아 있는 내게 주희가 자꾸 무슨 일이 있냐고 물었다. 나는 못 들은 척 선배들에게만 시선을 주었다. 주희도 선배들 이야기에 다시 빠져들었다. 쉬지 않고 손뼉을 쳤다.

"나는 2년 동안 문예반 활동을 했는데 그때가 유일한 휴식 시간이었어. 힐링의 시간이었지. 3학년 때는 입시 때문에 못 하잖니. 얼마나 그리웠는지 몰라. 여기 오고 싶어 미치는 줄 알았다니까."

선배들은 붉게 칠한 입술을 손으로 가리며 깔깔댔다. 문쌤도 같이 웃었다. 문쌤은 나를 잊은 것처럼 보였다. 어쩌면 문쌤도 학교 생활의 보람을 여기에서 얻는 것일까.

"난 자연계 학생이지만 건축 디자인이라는 전공을 살려 글을 쓸 생각이야."

"난 그냥 수준 있는 독자가 되려고 해. 작가들이 사기 치지 못하도록 감시하는 사람. 킥킥."

선배들은 앞다투어 이야기를 꺼내 놓으면서 깔깔거렸다.

"그래도 문예반은 글로 속마음을 털어놓을 수 있잖아. 고민 같은 걸 글로 쓰면 되니까."

"문창과에 가서 느낀 건데 문예반 합평이 확실히 도움이 되었던 것 같아. 단점도 있지만 장점을 찾아서 응원해 주니까 힘이 되거든."

"너희들, 대회에서 상 받는 것으로 잘 쓴다고 착각하면 안 돼. 상을 의식하게 되면 글이 갇히게 되니까. 상 못 받아도 의기소침할 필요 없고."

후배들의 질문이 이어졌다.

"백일장에서 상 받으면 수능 안 봐도 돼요?"

그러자 황금색 염색 머리 선배가 고개를 끄덕이며 대답했다.

"당연하지. 하지만 쉽지는 않아."

이번에는 미수가 물었다.

"글쓰기 입시 학원에 가는 건 어떤가요?"

"왜? 가 보려고?"

"네."

"부모님은 동의하시니? 돈 대 줄 물주가 동의 안 하면 다니기 힘드니까."

미수의 표정이 어두워졌다.

"글쓰기 학원이라…… 가까이 보면 이롭지만 멀리 보면 해롭다는 게 내 생각이야. 판단은 네 몫이고."

간단 명쾌한 대답. 이럴 때는 선배들이 선생님들보다 낫다.

끝종이 울렸다. 문쌤과 나의 대면은 이루어지지 않았다. 방문한 선배들을 영접해 보내는 일만으로도 분주하실 테니까. 그렇게 생각하기로 했다.

저물지 않는 한여름 밤

장마가 끝나자 본격적으로 무더위가 시작됐다. 교실마다 열어 두었던 창문을 닫고 에어컨을 가동한 지 벌써 이 주가 넘었다. 1학기 기말고사를 눈앞에 둔 지금, 과목마다 수행평가 과제들이 꼬리에 꼬리를 물고 이어졌다. 전국모의고사를 끝낸 지 얼마 되지도 않았는데 과제와 시험이 지치지도 않고 따라붙는 느낌이다.

"짜증 나!"

주희가 교과서를 책상 위에 툭 던지며 중얼거렸다. 나는 이어 폰을 빼고 주희 쪽으로 고개를 돌렸다.

"도대체 개념이 없어, 개념이."

"무슨 일 있어?"

내가 눈을 크게 뜨고 묻자 주희가 빠르게 지껄였다.

"어제 동생이 난데없이 바둑판을 하나 사 달라고 조르지 뭐야."

"그래서?"

"엄마가 성질내면서 계속 뭐라뭐라 하더라고. 진짜 빡칠 뻔했다니까."

"왜?"

"사 줘 봤자 며칠 안 갈 거 뻔하다는 거지."

"너희 집, 사 줄 형편 되잖아?"

"내 말이!"

주희에 의하면 제 아빠는 공고 출신의 공돌이란다. 게다가 엄마는 전업주부여서 가진 것도 없는데 '무식이 쩔기'까지 한다고 흉을 본다. 하지만 아빠가 대기업 자동차 회사 정규직이라면 의미가 달라진다. 주희도 말만 그렇지 자신의 엄살이 자랑임을 안다. 딱히 드러낼 것 없는 그만그만한 지방 아이들 속에서 자신의 가족 또한 그만그만하게 사는 게 남들보다 못지 않다는 것을 알기에 과장되게 궁상을 떠는 것이다. 정해진 날짜에 월급 따박따박 나오는 데다 회사에서 대학까지 자녀 학자금을 지원해 준다는 말을 잊지 않고 덧붙이는 이유다. 공부만 잘하면 되는데 그 놈의 공부는 죽어도 싫단다.

"늦둥이라고 오냐오냐 하니 버릇만 나빠진 거지. 하여튼 다들 밥맛이야, 밥맛."

식탁 앞에서 떼쓰고 짜증 내고 타박하고 인상 쓰다가, 나중에는 금방 서로를 껴안아 줄 게 뻔한 주희네 가족의 일상이 그림처럼 눈앞에 펼쳐졌다.

나는 주희를 보며 남동생이 있으면 좋겠다는 생각을 처음으로 했다. 마주 앉아 서로에게 짜증 내고 타박하는 존재일지라도 허공에 대고 말하는 것보다는 덜 막막할 테니까.

주희가 인상을 찌푸리더니 말소리를 낮췄다.

"실은…… 나도 학원에 보내 달라고 하려다 동생 때문에 입도 뻥긋 못 했지 뭐야."

"학원?"

주희가 다 알면서 뭘 그러냐는 듯 눈을 찡긋했다.

"글쓰기 학원에 가려는 거지."

내가 놀란 듯 쳐다보자 주희가 싱긋 웃었다.

"미수가 글쓰기 학원에 등록한다기에 나도……."

"음……."

나는 팔짱을 끼며 몸을 뒤로 젖혔다. 주희가 그런 나를 보며 불안한 듯 덧붙였다.

"글 써서 어떻게 먹고살려고 그러냐면 어떡하지?"

주희의 눈빛이 흔들렸다.

"글쓰기 아니면 죽겠다, 뭐 그런 거니?"

"에이, 그런 게 어딨어? 그냥 한번 해 보려는 거지……."

"그럼 금방 때려치울 수도 있다는 거네?"

"글쎄……."

주희의 목소리가 힘없이 잦아들었다.

"보내 주면 어떻게 할 건데?"

"대학 말이야? 국문과나 문창과에 가야지."

"그다음엔?"

"학교 다니면서 열심히 글 써서 졸업 전에 등단해야지. 그러면 취직자리는 생기지 않을까? 광고 기획사의 카피라이터나 기업의 홍보실, 출판사, 신문사 기자 같은 거……."

품! 터지려는 웃음을 가까스로 참았다.

"사실 내 입으로 학원 보내 달라고 하는 건 이번이 처음이거든. 어렸을 때 엄마 강요로 영수 학원 다닌 거 말고는."

애는 뭘 믿고 시내 글쓰기 학원으로 진출하려는 걸까? 자신에게 재능이 있다고 믿는 걸까? 그렇다면 나는 어떤가. 주희만큼 열정이 있나? 잠자던 재능을 깨워 올 만큼의 뜨거운 의욕 같은 것…… 불현듯 주희가 부러워졌다. 잠깐의 침묵이 이어졌다. 문득 주희가 생각났다는 듯 물었다.

"넌?"

"뭐?"

"넌 앞으로 어떻게 할 건데?"

"뭘 어떡해? 너 상 받으면 박수 쳐 주는 사람 되지."

끝종이 울렸다. 가방을 멘 아이들이 총알처럼 교실을 뛰쳐나갔다. 나는 읽던 책을 가방에 넣고 교실을 나섰다. 복도를 걷는데 누군가 내 어깨를 툭 치고 지나갔다. 미수였다. 앞질러 가던 미수가 나를 향해 싱긋 웃으며 잰걸음으로 사라졌다.

'쟤가 나한테 왜?'

하긴 특별할 것도 없지. 누구든 복도를 지나면서 부딪치는 거야 예사니까. 단지 미수였을 뿐이다. 하지만 합평 이후 어색해진 상황이라 미수의 웃음이 좀 뜬금없긴 했다.

현관으로 나오니 아이들이 거의 빠져나가고 없었다. 여기저기서 내지르던 소음도 썰물처럼 아이들을 따라 교문 밖으로 밀려나 있었다.

그때 헤드라이트 불빛을 켠 자동차 한 대가 교문 안으로 빠르게 들어왔다. 멈추기도 전에 유리창이 내려지더니 머리칼에 볼륨을 잔뜩 부풀려 올린 여자가 얼굴을 드러냈다. 그녀가 내게 물었다.

"혹시 미수 내려오는 거 못 봤니?"

내가 멀뚱히 쳐다보자 여자는 답답하다는 듯 목청을 높였다.

"2학년 3반 오미수. 몰라?"

나는 마지못해 입을 뗐다.

"아까 나가던데요."

"뭐?"

여자의 얼굴이 일그러지며 눈썹이 단숨에 치켜 올라갔다.

"미수 맞아? 틀림없냐고!"

괜히 참견했구나 싶었다. 나는 대답하지 않았다.

"이게 어디로 갔지? 진짜 열 받게 하네……."

여자는 낭패스러운 얼굴로 급히 자동차를 돌려 교문을 빠져나
갔다. 신경질적으로 브레이크를 밟아대는 자동차의 꽁무니를 보
며 나는 천천히 통학로를 걸어 나왔다.

큰길로 나와 버스 정류장 쪽으로 막 돌아설 때였다. 검은 그림
자가 내 앞을 가로막았다. 미수였다. 미수가 어색한 듯 피식피식
웃으며 내게 다가왔다.

"잠깐 얘기 좀 할 수 있어?"

나는 주춤거리며 시선을 돌렸다. 자동차가 학교 앞 8차선 도로
를 빠르게 질주하고 있었다. 미수가 근처의 아파트 단지를 가리
키며 말했다.

"저쪽으로 가자. 놀이터가 있거든."

미수가 앞장섰다. 건물 모퉁이를 돌아서자 놀이터가 금방 모습
을 드러냈다. 우리는 벤치에 나란히 앉았다. 한낮의 더위가 꺾인
밤바람이 부드럽게 살갗을 간질였다. 나는 어색한 침묵을 털어내
듯 입을 열었다.

"할 말 있음 빨리해. 가 봐야 하니까."

미수가 대답 대신 손에 들고 있던 검정 비닐을 풀어헤쳤다.

"마실 줄 알지?"

캔 맥주였다. 나는 그제야 미수가 사복 차림이라는 것을 알아
차렸다. 교복 상의 대신 하얀색 반팔 티셔츠에 붉은 립스틱을 칠

한 얼굴. 내려뜨린 숱 많고 풍성한 머리칼이 부드럽게 어깨를 감싸고 있어서 그런지 한층 성숙하게 느껴졌다. 아름다운 얼굴이었다. 가로등 불빛 때문인지도 몰랐다. 나는 하릴없이 내 이마를 덮고 있던 앞머리를 쓸어 올렸다. 짧게 깎인 귀밑머리가 손끝에 까칠하게 와 닿았다.

미수가 캔 뚜껑을 따서 내게 건넸다. 맥주를 들이켜자 차가운 기운이 목울대를 훑어 내렸다. 미수도 따라 마셨다. 숨을 고르듯 잠시 어둠에 눈을 주고 있던 미수가 나직이 말했다.

"다음 달부터는 야자 안 할 생각이야."

나는 아무런 대꾸도 하지 않았다.

"글쓰기 학원에 등록할 생각이거든."

"그러든지."

나는 짧게 내뱉었다. 미수는 제 앞에 놓인 어둠을 뚫어져라 바라보며 말을 이어 갔다.

"공부 대신 글 써서 대학 가겠다는 거지."

내가 피식 소리를 내며 웃자 미수가 따라 웃으며 나를 바라보았다.

"같이 다니지 않을래?"

"개소리 마! 글쓰기 따위 재미없다고."

미수가 웃음을 터트렸다.

"하하, 그렇게 나올 줄 알았어."

나는 얼굴에 닿아 있는 미수의 시선을 떼어 내듯 건조하게 내뱉었다.

"누구랑 함께하는 것도 싫고."

나는 들고 있던 캔을 벤치에 내려놓고 곧장 어깨에 가방을 걸치며 일어섰다.

"할 말 다 했니? 가도 돼?"

그러자 나를 올려다보는 미수의 얼굴이 단번에 굳어졌다.

"괜히 센 척하지 마. 하나도 안 무서워!"

미수가 낮게 으르렁거렸다. 어라? 제법인걸.

"강한 것은 안으로 감춰야지. 왜 자꾸 적을 만드니?"

미수의 목소리가 튀어 올랐다. 나는 주위를 돌아보며 낮게 되받았다.

"목소리 낮춰!"

미수가 인상을 찌푸린 채 연거푸 맥주를 들이켰다. 그러고는 다 마신 캔을 들어 팔매질을 하듯 던져 버렸다. 캔이 어둠 속으로 흔적 없이 스며들었다. 한동안 어둠을 노려보고 있던 미수가 혼잣말처럼 중얼거렸다.

"세상을 보는 너의 안목을 훔치고 싶어. 부럽거든."

이건 또 웬 개소리? 세상의 온갖 것을 다 가진 엄친딸이, 아무것도 가진 게 없는 내가 부럽다고? 하아…… 나는 숨을 크게 몰아쉬었다. 글을 쓰겠다는 이유만으로 불행해지고 싶은 허영심 강한 아이가 바로 너였구나. 나는 다시 숨을 들이마신 뒤 거칠게 토해 냈다.

"말조심해! 얕보는 건 못 참으니까."

나는 단숨에 남은 맥주를 들이켜고는 있는 힘껏 캔을 쭈그러뜨렸다. 얼굴이 빠르게 달아올랐다. 미수의 말이 이어졌다.

"요즘 나는 어떻게 하면 너처럼 세상을 볼 수 있을까 늘 그 생각뿐이야…… 그건 배워서 익힐 수 없는 거잖아."

"닥쳐!"

"호호, 그럴 줄 알았어. 그래야 너답지."

미수가 얼굴을 누그러뜨리며 깔깔댔다. 바짝 약이 올랐다. 네가 불행을 알아? 삶을 바꿔 보고 싶은 건 오히려 나라고. 그러니 턱없는 말잔치 따윈 당장 집어치워!

하지만 생각은 머릿속에서만 빙빙 돌 뿐이었다. 궁금했다. 미수가 부럽다고 하는 바로 그것, 나다운 것.

"네가 나를 알아?"

미수는 생글거리며 고개를 흔들었다.

"내가 어찌 너를 안다고 할 수 있겠니? 나도 나를 모르는데."

"모르면 입 닥쳐! 깝치지 말고."

미수는 나의 거친 말 따위는 아랑곳하지 않겠다는 듯 계속 주절거렸다.

"내가 왜 너랑 친해지고 싶은지 알아?"

나는 인상을 쓰며 미수를 외면했다.

"그런 면 때문이야. 너의 말투와 생각들, 내겐 없는 것들이거든."

미수는 어처구니없어 하는 나를 똑바로 쳐다보며 말을 이었다.

"나를 바꾸고 싶으니까."

미수의 눈빛이 단호해졌다.

"생각을 바꾸고 행동을 바꾸면 내가 달라지겠지. 그러면 글도 달라질 테고."

갈수록 태산이군. 문예반이 또라이들의 집합소라더니 틀린 말이 아닌 성싶었다. 말도 안 되는 논리로 글쓰기를 추종하는 아이들이 모인 곳이 문예반이라면, 그들의 욕망을 자극하는 문쌤이야말로 사이비 교주의 반열에 들 수밖에. 나는 씹어뱉듯 나직이 내질렀다.

"난 아무것도 필요 없어. 단지 잘살고 싶을 뿐이야."

"네가 잘살지 못하는 이유가 뭔데?"

미수가 생글거리며 나를 건너다봤다. 나는 대답 대신 벤치에서 일어나 그네 쪽으로 걸어갔다. 미수도 따라 그네로 다가왔다. 우리는 제각각의 그네에 앉아 제각각의 흔들림에 몸을 맡겼다. 아파트 창문에 걸린 불빛들이 흔들거리며 내 안으로 흘러들었다.

미수의 말이 다시 이어졌다.

"난 어떻게든 글을 써야만 해. 이왕이면 좋은 글."

"상 받아서 대학 잘 가려고?"

미수가 픽, 소리를 내며 웃었다.

"그러면 더 좋지. 글은 내게 존재 증명이니까. 어떤 식으로든 글로 나를 증명해 보여야 하거든. 공부 대신 특기자 전형으로 대학을 못 가면 망하게 되는 인생이야."

미수는 내 대답을 기다리지 않았다. 오직 자신의 이야기를 토해 낼 날이 오기만을 기다린 듯 간절한 얼굴이었다.

"언니가 공부를 아주 잘했어. 하지만 수능을 망치고 기대 이하의 대학을 선택해 집을 떠나더라. 보란 듯이 말이야. 언니밖에 모르고 뒷바라지했던 엄마는 배신감에 치를 떨더니 다음 사냥감을 찾아 눈을 돌린 거야. 내가 먹잇감이 된 거지. 언니에 대한 집착을 알기에 난 무서울 뿐이야. 내가 지금 집안에서 받는 온갖 특혜는 엄마를 만족시킬 만큼의 입시 결과로 갚아야 할 사채거든. 그렇지 않으면 신체 포기 각서라도 써야 할 판이니까. 원하는 대로 결과가 안 나오면 나를 잡아 죽이고 말걸."

미수가 낮게 한숨을 내쉬었다. 가만, 이 이야기는 어디서 들은 것 같은데. 나는 생각났다는 듯 미수를 쳐다보며 물었다.

"가난한 형제들 속에서 누추한 어린 시절의 사진이 보기 싫어 모두 찢어 버렸다는 사람이 네 엄마야? 다혈질에다 독재 여왕에 공주병 환자? 익명 게시판에 있던 글 말야."

미수가 우울한 낯빛으로 고개를 끄덕였다.

"맞아, 그거 내가 올린 거야."

세상은 참 알 수 없는 것 천지다. 납득할 수 없는 세계가 등 뒤에서 무언극으로 펼쳐지고 있는 것 같았다.

"나는 문창과에 가고 싶은데 엄마는 내가 사범대학에 가서 교사가 되기를 원하거든. 절충하자면 글 쓰는 국어 선생이 되는 건데, 문제는 내신 일 등급 맞기가 쉽지 않다는 거지."

"너 그 정도 성적은 되지 않아?"

미수가 고개를 흔들었다.

"힘들어. 그보다 더 큰 문제는 내게 성적을 올릴 만한 에너지가 남아 있지 않다는 거고. 엄마와 타협해야만 해. 사범대학에 갈 테니까 글쓰기 학원에 보내 달라고. 열심히 해서 특기자 전형으로 합격하겠다고. 그러니 영수 과외나 학원 대신 글쓰기 학원에 보내 달라고."

나는 미수의 얼굴을 빤히 들여다보며 물었다.

"정말 몰라서 묻는 건데…… 사범대에도 특기자 전형이 있어?"

미수가 알면서 그러냐는 듯 눈을 찡긋하며 웃었다.

"당연히 없지."

"어쩌려고?"

"뭘 어떡해? 그때 봐서 또 부딪쳐야지."

미수가 입술을 굳게 오므렸다. 단단한 의지가 느껴졌다. 하지만 나와 상관없는 이야기였다. 나는 벤치에 놓인 가방을 집어 들었다. 하지만 미수의 말은 옷자락을 붙잡듯 계속 이어졌다.

"지난번 아이들이 익명 게시판에 올려놓은 글을 읽고 어땠니? 난 정말 놀랐어. 그렇게 힘들게들 살고 있다는 거 말이야. 얼굴만 봐서는 알 수 없었던 일들이잖아?"

나는 자리에서 일어섰다.

"그만 가자!"

미수가 화들짝 놀라며 몸을 일으켰다.

미수와 헤어져 정류장으로 걸음을 옮겼다. 그제야 가방 속에 든 휴대폰 생각이 났다. 야자 때 이후 줄곧 잊고 있던 탓이다. 휴대폰을 켰다. 그러자 부재중 전화가 한꺼번에 쏟아졌다. 모두 할아버지 번호였다. 무슨 일일까. 전화를 했지만 신호만 갈 뿐 받지 않았다.

불안감이 엄습했다. 불행은 늘 예기치 않게 찾아오곤 했으니까, 지금이 그때인지도 모른다는 생각 때문이었다. 버스를 탔다. 두려움은 점점 커져 갔다.

별일 아닐 것이다. 조급증이 도지면 별일 아닌 일로 계속 전화를 해 대는 할아버지에게 오늘 또 그놈의 병이 도진 걸 거다. 별일 아닐 거다. 정말 별일 아닐 거다⋯⋯.

하지만 불안한 가슴은 좀처럼 진정되지 않았다. 버스에서 내렸다. 나는 발작적으로 버튼을 누르며 휴대폰을 귀에 댄 채 언덕을 올랐다. 다리가 금세 팍팍해졌다. 경사 급한 언덕이 에베레스트 산처럼 느껴졌다. 숨이 턱까지 차올랐다.

"빵! 빵!"

자동차 경적 소리에 놀라 정신을 차렸다. 경사 길을 가속으로 내리닫던 자동차가 내 앞에서 급정거를 했다. 유리창이 반쯤 내려지더니 상고머리 사내가 냅다 고함을 질렀다.

"야! 죽으려고 환장했나! 엉?"

가방을 멘 등허리가 땀으로 축축해졌다. 험악하게 노려보던 사내가 거칠게 유리창을 올리며 다시 출발했다. 정신을 가다듬고 다시 걷기 시작했다. 마침내 집 앞에 다다랐다. 현관문을 여는 순간 휴대폰이 울렸다. 할아버지 번호였다! 내 목소리가 다급하게 솟구쳐 올랐다.

"할아버지?"

하지만 낯선 목소리.

"나여! 나란 말이여, 백운동 사는!"

할아버지와 택시 맞교대를 하는 박 씨 아저씨였다.

"어디냐? 빨리 병원으로 와야 쓰것다. 느 할아버지가 교통사고를 당했단마다……"

순간 눈앞이 까맣게 무너졌다. 나는 뒤돌아서 뛰쳐나갔다. 현관문이 등 뒤에서 요란한 소리를 내며 닫혔다. 언덕을 내달리는

데 다리가 휘청거려 금방이라도 고꾸라질 것만 같았다. 큰길가에 이른 나는 한참이나 팔을 허우적댄 후에야 겨우 택시를 잡을 수 있었다.

나는 수시로 바뀌는 택시 요금을 초조하게 바라보며 가방 깊숙이 손을 밀어 넣어 지폐 한 장을 끄집어냈다. 질주하는 창밖으로 거리의 불빛들이 휙휙 소리를 내며 뒤로 물러나고 있었다.

나는 또다시 혼자가 되고 마는 걸까. 두려움으로 가슴이 터질 것만 같았다.

택시는 금세 나를 응급실 앞에 데려다 놓았다. 박 씨 아저씨가 서성이고 있다가 나를 보자 손을 번쩍 들었다. 나는 아저씨를 따라 허겁지겁 응급실 안으로 들어갔다. 응급실은 곳곳에서 질러 대는 환자들의 신음 소리와 보호자, 의사, 간호사 들의 다급한 발소리로 어수선하기 짝이 없었다.

아저씨가 나를 데려간 곳은 응급실 깊숙이 놓인 침상이었다. 의사와 간호사에 둘러싸인 틈으로 몸을 비틀며 연신 신음을 쏟아 내고 있는 할아버지가 보였다. 의사가 찢어진 이마를 붕대로 싸맨 후 갈비뼈와 허리를 추스르며 응급 처치를 하고 있었다. 아저씨는 할아버지에게 자꾸 다가서려는 나를 의사와 간호사들에게 거치적거리지 않도록 벽 쪽으로 잡아끌었다.

"이만하길 천만다행이여……."

아저씨가 나직이 한숨을 내쉬었다. 자신도 회사에서 연락 받고 뛰어왔다고 했다.

"네 할아버지 말여, 성질이 지랄 같아도 운전 하나는 확실한 사람 아니냐."

박 씨 아저씨가 혼잣말하듯 뇌까렸다.

"하여튼지 밤에 운전허는 사람은 항시 조심해야 써. 아무리 운전밥 오래 묵어도 소용없어. 잠시 잠깐 딴생각 허다 보면 저승길이 직빵인께."

나는 캄캄한 어둠 속에서 운전대를 잡고 있었을 할아버지를 떠올렸다. 할아버지는 무슨 생각을 하고 있었던 것일까. 시야를 덮치며 땅이 일어서는, 허공에 몸이 붕 떠올랐을 순간은 상상만으로도 무서웠다.

얼마나 지났을까. 온갖 부산스러운 과정이 지난 뒤, 할아버지는 진통제와 수액에 의지해 잠이 들었다. 아저씨는 나에게 할아버지를 인계한 뒤 집으로 돌아갔다.

나는 응급실 밖으로 나와 계단에 주저앉았다. 몸이 사슬을 매단 듯 무거웠다. 하루가 너무나 길게 느껴졌다. 나는 뜨거운 숨을 가만히 내쉬었다.

어디서부터 잘못된 것일까. 내 어긋난 삶을 더듬어 볼 때마다 어김없이 떠오르는 한 인간이 있다. 엄마가 집을 나간 것도, 증조할머니가 요양원에서 쓸쓸히 생을 마감한 것도, 내가 보육원에 맡겨진 것도, 나를 데려와 마음잡고 살아 보라고 외할아버지가 전 재산을 털어 마련해 준 돈을 도박과 게임으로 날려 먹은 것도 모두 그 인간이었다.

나는 어지럽게 들러붙는 생각을 몰아내듯 고개를 세차게 흔들었다. 그때였다.

"너, 선우 아니냐?"

누군가 출입구 불빛을 등지고 서 있었다. 나는 눈살을 찌푸리며 자세히 쳐다보았다. 빛으로 번진 물체가 서서히 형체를 잡아갔다. 놀랍게도 문쌤이었다.

"웬일이냐? 이 시간에?"

불시에 만난 문쌤의 목소리는 누추한 차림으로 숨어든 나를 찾아낸 서치라이트 불빛 같았다. 나는 손으로 얼굴을 가린 채 욕지기를 내뱉듯 소리쳤다.

"뭔 상관이세요?"

나는 도망치듯 어둠 속으로 달아났다. 그러자 문쌤이 다급하게 따라와 내 어깨를 붙들었다. 왈칵 눈물이 쏟아졌다. 문쌤이 벤치로 나를 데려갔다. 문쌤은 주머니에서 꺼낸 손수건을 내게 건네주었다.

"너, 무슨 일 있구나……."

나는 눈물 젖은 수건을 만지작거리며 주차장 쪽으로 시선을 옮겼다. 어둠이 들어찬 주차장에는 산책을 하는지 환자복을 입은 여자 하나가 느리고 불편한 걸음으로 천천히 걷고 있었다. 나는 코맹맹이 소리로 되는대로 뇌까렸다.

"살고 싶지 않아요. 그냥 이대로 죽어 버렸으면 좋겠다고
요……."

문쌤은 묵묵히 어둠을 바라보고 있을 뿐 아무런 말도 하지 않
았다. 마치 어둠과 한 몸이 되어 버린 것 같았다. 그러자 불현듯
이 어둠이 무엇이든 삼키고도 아무런 티를 내지 않는 무한침묵
일지도 모른다는 생각을 했다. 어둠에 답답한 내 이야기를 꺼내
묻어 두고 싶어졌다. 어둠이 물러나면 언제 그랬냐는 듯 감쪽같
아질 테니까. 나는 낮은 목소리로 가만가만 이야기를 시작했다.
어둠 속에서 문쌤의 깊은 한숨 소리가 들려왔다.

"그랬구나……."

가로등 주변으로 하루살이들이 까맣게 날아다녔다. 문쌤의 목
소리가 꿈결처럼 어둠을 건너왔다.

"다들 사는 게 힘들어 죽고 싶어 하지만, 어쩔 수 없어 사는 사
람도 있을 거야. 책임감 때문에. 누군가를 살리려면 자신이 살아
야 하니까…… 근데 그게 힘들어. 상대가 자신의 인생을 가로막
는 걸림돌처럼 여겨지거든……."

어둠 속에서 주차장을 돌던 여자가 옷깃을 여미며 계단을 올라
가고 있었다. 문쌤이 여자가 걸어가는 방향을 가리키며 말했다.

"저기 중환자실에 의식불명의 동생이 입원해 있어."

지난번 현관에서 보았던 문쌤의 젖은 눈이 스쳐 갔다. 그랬구

나. 미처 알지 못했던 눈물의 세계가 일렬로 등 뒤에 줄을 서는 느낌이었다.

"동생은 내게 일종의 걸림돌 같은 거지. 쓸려 내려가지 않고 세상을 버티게 해 주는 좋은 핑계. 내가 벌지 않으면 동생의 병원비를 댈 수 없으니까. 내가 없으면 안 된다는 핑계를 대며 사는 거지."

문쌤에게 동생이 걸림돌이라면 나는 누구에게 걸림돌인 걸까. 할아버지에게? 게임에 미친 그 인간에게? 아니면 책임지지 못할 생명을 세상에 던져 놓고 무책임하게 사라진 엄마라는 여자에게?

시끌벅적한 소리에 눈을 떴다. 응급실 침상에 엎드린 채 잠이 들었나 보다.

"아니, 내가 죽을병에 걸리기를 했어? 으쨌어? 내 발로 걸어간다니까 그러네. 괜찮으니 걱정 붙들어 매소. 잉?"

간호사가 난처한 얼굴로 돌아보자 의사가 나서서 할아버지를 설득하기 시작했다.

"아이고, 어르신! 제 말씀 좀 들으세요. 지금은 움직이시면 안 된다니까요. 절대적으로 안정을 취해야 해요."

"예끼, 이 사람아! 자네들 시키면 속을 내가 모를 줄 안가? 돈 뜯어낼라고 입원시키는 거제? 친절한 척 살살 웃음서 말이여."

의사가 어처구니없다는 듯 손사래를 쳤다. 왜 저러실까, 고집 불통의 할아버지. 보다 못해 내가 끼어들었다.

"며칠 쉬었다 가요. 집에 가면 어차피 움직이게 될 거잖아요."

"네가 뭣을 안다고 자발없이 끼어드냐."

할아버지가 의사를 향해 빠르게 말을 이었다.

"긴 말 헐 것 읎어. 잔말 말고 약이나 수일 분 지어 줘. 내 약은 안 잊어 불고 잘 먹을 텐게. 뼈를 맞차 났으면 그것이 날짜가 가야 낫제, 여기 뻗대고 누워 있는다고 낫는단가? 안 그런가, 의사 양반? 내 말이 맞제?"

그들은 난처한 표정을 지을 뿐 더 이상 말을 보태지 않았다. 할아버지는 나를 향해 다짐을 놓았다.

"잔소리 말고, 너는 은행 문 열자마자 돈부터 찾아 놔라. 병원비 개려야 집에 가제. 여기가 돈 구덕 아니냐. 그러니까 얼른 가자이. 불안해서 잠시도 더 못 있겠단 마다…… 아고고……."

할아버지는 말을 마치지 못한 채 가슴을 움켜쥐고 신음을 내뱉었다. 의사와 간호사 들은 그런 할아버지가 딱하다는 듯 인상을 찌푸린 채 바라볼 뿐이었다.

결국 할아버지는 이마에 주먹만 한 붕대를 붙이고, 가슴과 허리에 보조 기구를 찬 모습으로 절뚝이며 응급실을 나섰다. 계단에 걸터앉아 택시가 오기를 기다렸다. 문득 어제 문쌤과 나란히 앉았던 벤치가 눈에 들어왔다. 지금 저 벤치 위에는 어젯밤 가로

등을 맴돌던 하루살이들의 사체가 쌓여 있을까. 문쌤의 동생이 누워 있다던 중환자실은 어디쯤일까.

택시를 타고 집에 도착하자 할아버지는 신음을 토해 내며 무너지듯 자리에 드러누웠다. 나는 학교에 가지 못했다. 몸을 뒤척일 때마다 질러 대는 할아버지의 신음 소리 때문이었다. 거동은 커녕 화장실에 다녀오는 일도 부축해야만 했다. 그러느라 기말고사도 치르지 못했다. 담임에게는 아프다는 말로 결석 사유를 댔다. 시험이 끝나자마자 곧바로 방학으로 이어졌다.

청소하고 빨래하고 밥하는 일은 온전히 내 차지가 됐다. 처음으로 죽을 쒀 보기도 했다. 일명 김치죽. 반찬이 여의치 않거나 입맛이 없을 때 할아버지가 자주 만들어 주던 죽이었다. 어렵지는 않았다. 할아버지가 일러준 대로만 하면 되는 요리였다. 묵은 김치를 씻어서 잘게 썬 다음, 마늘을 넣고 참기름에 볶다가 밥통에 든 밥을 넣어 물을 붓고 오래 끓이면 끝. 돈 들일 필요가 없는 쉽고 간편한 조리법이었다.

나는 죽을 끓여 안방으로 밥상을 들여갔다. 통증으로 이마를 구기고 있던 할아버지는 숟가락을 들기도 전부터 푸념을 쏟아 내기 시작했다.

"휴우! 어쩌다가 요 모양이 됐는지…… 구신이 씌었던 갑서……."

"어서 밥이나 먹어요."

하지만 할아버지는 내 말에 아랑곳하지 않고 계속 주절거렸다. 한번 시작되면 좀처럼 멈추지 않는 푸념. 슬슬 짜증이 치밀어 오르기 시작했다.

"차라리 그때 죽어 버렸어야 했는디……."

죽어 버리면 만사가 끝장이라는 할아버지의 생각. 어쩌면 나와 이리도 같을까. 모처럼의 의기투합이다.

"나도 그래. 차라리 함께 콱 죽어 버릴까……."

조손이 다정하게 머리를 맞대고 점심밥을 먹는 풍경. 그 속에서 나누는 살풍경한 대화.

"그놈이 사람이냐? 정신병자제. 잡아 죽이지도 못하고 살리지도 못하고 도대체 어째야 쓸까 모르겠다…… 웬수여, 웬수!"

할아버지 입에서 갑자기 튀어나온 그놈! 우리의 이 모든 불행은 언제나 그놈에게서 비롯된다. 흥분해 목소리를 높이는 할아버지의 입에서 으깨어진 밥알들이 튀어나왔다. 나는 반찬에 튄 알갱이를 젓가락으로 집어내며 짜증을 냈다.

"말 좀 그만하라고!"

"그놈 아니면 우리가 이 고생을 하겠냐 그 말이다……."

"제발 그만하라니까!"

그러나 할아버지의 입을 닫게 만들기엔 이미 늦어 버렸다. 한번 꺼낸 이야기를 줄줄이 사탕으로 늘어놓는 습성이 도진 까닭이었다.

"잊을 만하면 찾아와 네 엄마를 내놓으라고 행패를 부렸던 놈이여! 마누라를 쥐패서 내쫓은 놈이…… 지가 그러면 쓰겄냐고!"

이게 뭔 소린가? 갑자기 머릿속이 하얘졌다.

"내쫓았다고? 제 발로 나간 게 아니고?"

집 나간 엄마 이야기였다. 불현듯 가슴이 두서없이 방망이질을 시작했다.

"살 수 있었으면 나갔겄냐? 내 딸을 그렇게 만든 그놈을 생각할 때마다 이가 갈린다."

평소에 못다 한 이야기. 드디어 때가 온 거다. 나는 심상한 목소리를 가장하며 물었다.

"그러면…… 엄마는 어딨어? 어떻게 살아……?"

바닥에 남은 죽을 숟가락으로 긁어모으고 있던 할아버지의 손이 멈칫했다. 자신도 모르게 내뱉은 말에 발등을 찍힌 형국인가. 할아버지의 시선이 밥상 언저리에 머물러 있을 뿐 움직이지 않았다.

"죽었다고 했잖아. 그러니까 한 번도 나타나지 않지…… 악마 같은 인간도 잊을 만하면 모습을 드러낸다는데 엄마란 사람이…… 죽지 않고서야…… 이렇게 모른 척할 수 있어?"

할아버지가 멀뚱한 시선으로 중얼거렸다.

"……죽었다고 생각혀."

뜨거운 기운이 명치끝을 향해 치솟았다. 나도 모르게 말을 더 듣고 있었다.

"그럼 진짜로 죽은 게…… 아니었어? 그걸 어떻게…… 알아?"

할아버지가 마침내 숟가락을 놓았다.

"그냥…… 죽었다고 생각허자니까."

할아버지가 나를 다독이듯 목소리를 낮췄다.

"그게 말이 돼? 죽지도 않았으면서…… 어떻게…… 이럴 수가 있냐고!"

나는 숟가락을 탁, 소리가 나게 내려놓으며 소리쳤다.

"아니면 진짜로 죽어 버리던가!"

마침내 할아버지가 밥상을 밀어냈다. 붉으락푸르락 흥분해 어쩔 줄 모르는 나를 물끄러미 바라보다가 나직이 말했다.

"니 애비가 찾아낼까 봐 도망갔단 말여. 멀리멀리. 끝내 못 찾을 곳으로…….."

할아버지가 밥상머리를 내려다보며 힘없는 눈빛으로 중얼거렸다.

"어찌어찌 미국으로 건너갔던 모냥이여. 넘의 집 가정부로 들어가 살았대야. 그러다 어떤 놈하고 눈이 맞았고. 지금은 애기 둘 낳고 산대. 나도 거기까지배께 몰라. 무탈하면 되지 뭣이더……."

"……."

"저도 살기 팍팍할 것인디 우리 생각이 나겄냐? 나는 애비로

122

그년 한이나 안 서게 너를 키우는 거고……."

눈앞이 텅 비면서 흐릿한 장면 몇 개가 영화 속 화면처럼 눈앞을 떠돌았다……. 이걸 나더러 믿으라고? 싸구려 영화 같은 이야기를?

인디언의 달력, 8월

　집을 탈출해야겠다. 할아버지와 얼굴을 계속 맞대고 있기가 힘들다. 병원비로 한층 곤궁해진 할아버지의 짜증이 부쩍 늘었다. 푸념, 울화의 모든 화살이 내게로 온다. 온전히 받아넘기지 못하는 나도 마찬가지다. 7월 한낮의 더위는 점점 기승을 부리는데 집 안에 고인 꿉꿉한 공기에 질식할 것만 같다. 무엇보다 곰팡이처럼 퍼져 가는 우울은 더 견디기 힘들다.

　일없이 거리를 헤매다가 아르바이트 자리를 얻었다. 집 앞 재래시장 구석에 위치한 국숫집이다. 그곳은 겨울에는 팥죽을 팔고 봄가을에는 잔치국수를 팔다가 여름에는 콩물국수를 팔았다. 계절에 맞춰 특화된 메뉴만 만들어 내는 만큼 손님들이 제법 끊이질 않았다.

　도시 외곽에 위치한 이곳 재래시장은 이고 지고 온 노인들의 봇짐에서 나온 푸성귀들로 노점이 풍성하게 형성되는 곳이었다. 싱싱하고 값도 싸다고 소문이 난 터라 사람들로 많이 붐볐다. 국숫집도 마찬가지였다. 위치가 좋은 탓도 있지만, 무엇보다 주인 내외의 천성이 부지런한 데다 붙임성이 좋고 친절했다. 아주머니는 주방을 지키고 아저씨는 주로 배달 일을 맡았다. 나는 콩물국수 주문이 많은 여름 한철, 가게를 지키며 홀 서비스를 하게 됐다.

주문이 많은 점심 무렵이면 정신이 나갈 정도로 분주했다. 주로 시장을 보러 온 중년의 여자들이나 일찌감치 물건을 털고 나가는 시골 노인들이 고객이었다. 빵 두 개 가격으로 먹을 수 있는 만큼 박리다매로 승부를 보는 식이랄까. 주인 내외에겐 평생 이 일만 해 온 사람들답게 노하우도 있었다. 그래서 한번 들른 손님을 절대 놓치지 않아 단골이 많았다. 이른 아침부터 아주머니가 밤새 불려 놓은 콩을 삶아 껍질을 벗겨 내고 밑반찬을 준비하는 동안, 아저씨는 가게 앞에 물을 뿌려 말끔하게 비질을 했다. 나는 탁자와 가게 바닥을 쓸고 닦았다. 손님이 하나라도 들기 전에 모든 준비는 마쳐 놓아야 한다는 신념을 가진 사람들이었다. 주문이 정신없이 밀려들어도 변함없이 친절을 유지할 수 있는 까닭이었다.

나는 이들 부부에게서 처음으로 제 몸 놀려 일하는 사람의 건강한 행복을 느꼈다. 내 안에 선함이 있다면 그지없이 닮고 싶은 모델이랄까. 우직하면서도 서로를 잘 챙겨 주는 살뜰한 모습이 보기 좋았다. 주인 내외는 할아버지와 단둘이 사는 내 처지를 안타까워하며 남은 반찬이나 국수, 콩물 등을 챙겨 줬다. 할아버지는 지루하게 하루를 보내다가 내가 가져온 음식을 받아 들 때면 언제나 반색을 했다. 늦은 밤참이라도 꼭 챙겨 먹었다. 후루룩 소리까지 내 가며 맛있게 먹었다. 할아버지의 부러진 갈비뼈와 허리 꼬리뼈가 이들의 정성으로 조금씩 아물어 갔다.

아침이면 말끔하게 쓸어 놓은 가게 앞으로 하나둘 노점들이 늘어서기 시작했다. 시골 담장에서 막 딴 애호박이며 이슬이 채 마르지 않은 오이와 부추, 양파, 호박잎 들이 주인공이었다. 길가 양쪽에 죽 자리 잡은 노인들은 소중한 자식을 어르듯 몇 번이나 제 물건을 쓰다듬으며 지나가는 사람들의 시선을 붙들어 맸다. 한낮의 햇살을 피해 그늘 쪽으로 옮겨 앉기도 했다. 햇볕이 이우는 방향에 따라 엉덩이 걸음도 따라 움직였다. 하지만 그것도 잠시, 싱싱한 푸성귀를 그늘 속으로 밀어 넣고 노인들은 뜨거운 햇볕 속으로 나앉기 일쑤였다. 쥐어 봐야 한 줌도 안 되는 푸성귀들이건만 그들에겐 눈에 넣어도 아프지 않을 자식이었다.

쨍쨍한 햇볕이 노인들의 골 패인 이마 주름 속으로 깊이 이빨을 박았다. 그들은 그렇게 날 뜨거운 길바닥에 나앉아 챙겨 온 밥과 반찬을 내놓고 먹었다. 어쩌다 일찌감치 털고 일어나는 날엔 흡족한 표정으로 국수를 시켜 먹는 게 유일한 호사였다. 바닥까지 달게 비우고 나서야 어깨에 두른 수건으로 몸빼를 털며 가게를 나섰다.

나는 손님이 들고 날 때마다 잽싸게 반찬과 그릇을 치우고 식

126

탁을 정리했다. 그런 내 모습을 탐탁하게 지켜보고 있던 노인이 웃으며 말했다.

"아따, 그놈의 머시매, 겁나게 일을 잘한다이."

"네?"

내가 놀란 얼굴로 노인을 돌아보자, 탁자에 앉아 멸치 대가리를 따고 있던 아주머니가 웃으며 물었다.

"할매, 머시매가 어딨다요?"

노인이 턱으로 나를 가리키며 대답했다.

"어딨기는, 요거이제."

"아따, 그런 말씀 마시오. 머시매가 아니고 가시내라요."

"엥? 니가 머시매가 아니라고야? 어따 똑 머시매같이 생게 불었네. 나는 뭔 머시매가 이라고 일을 잘 헌다냐 했제."

내가 머쓱해 뒤통수를 긁적이는 사이, 가게에 있던 노인들이 휑한 입속을 드러내며 한바탕 웃음을 터트렸다.

빗방울이 후드득 떨어지던 어느 날 오후.

나는 바삐 외출하게 된 주인아저씨를 대신해 배달 그릇을 수거하러 나갔다. 갑작스럽게 내리는 비를 피해 푸성귀를 거두어들이는 노인들의 손길이 분주했다. 가 보니 노인이 빗속에서 국수를 먹고 있었다. 들과 산으로 쏘다니면서 직접 꺾어 말린다는 고사리와 취나물, 시래기, 무말랭이, 오이, 고추, 호박 등을 파는 노인이었다. 비가 오자마자 허겁지겁 물건 먼저 챙기느라 배달된 국수를 먹지 못하고 미뤄 놓은 모양이었다. 노인은 비닐로 꽁꽁 싸맨 봇짐을 옆에 두고, 봇짐을 싸는 동안 통통 불어 터진 국수를, 우산도 없이 굵게 떨어지는 빗속에서, 늘어진 파마머리 위로 비를 맞아가며, 빗물이 섞여 더욱 심심해진 국수를 먹고 있었다. 노인은 다가서는 나를 보더니 얼굴을 우그러뜨리며 웃었다.

"그릇 찾으러 왔제? 쪼매만 지달려, 내 후딱 먹고 줄게."

"걱정 마시고 천천히 드셔요, 할머니."

나는 노인의 머리 위로 우산을 받쳐들고 앉았다. 우산 위로 후드득 빗방울이 떨어졌다. 마시듯 떠넘기는 노인에겐 통통 불은 국수가 나쁘지 않겠다는 생각이 들었다. 이가 성하지 않은 노인들이 국수를 많이 찾는 이유였다. 주위를 돌아보다 노인의 짐수레를 발견했다. 증조할머니가 떠올랐다. 몸이 부서져도 일을 놓지 못하는 이들에게 삶은 어떤 것일까. 죽지 않고서는 고된 노동에서 벗어날 수 없는, 죽지 못해 살아가는 삶은.

"할머니, 이렇게 일하다 집에 가면 피곤하지 않으셔요?"

"암만! 힘들제. 글제만 세상에 힘들지 않은 사람이 어디 있간디? 모다 힘들어. 나만 힘든 게 아녀."

"이렇게 일하시면…… 자식들은 뭐라 안 하세요?"

"뭐라 헐갑시 맨날 논다 그래. 일허러 감서도 화투치러 간다 그라제."

128

히죽 웃는 노인의 입속이 동굴 속처럼 컴컴했다.

"내가 아들 둘에 딸 둘을 뒀는디…… 모다 시집 장가갔어. 착하기는 오살나게 착헌디 으째 사는 게 다들 폭폭해. 그래도 으쩧게든 살아 보려고 허제. 그것이 고마워서 닿는 데까지 힘을 보태 주고 잡고."

노인은 자신의 물건들을 가리키며 말을 이었다.

"다 울 애기들 챙겨 주고 남은 거시여. 돈 벌어야 쓰겄다 그런 생각은 해 보들 안 해. 장사는 취미로 하제. 손주덜 용돈 챙겨 주는 재미도 있고. 죽을 때까지 꼼지락거려야 살아 있는 사람이제, 늙었다고 가만히 자식들 보라꼬만 앉아 있으면 어디 사람이겄어? 죽은 송장이제."

"건강은 괜찮으신가 봐요?"

"내 나이가 팔십 허고도 너이여. 저승에 가 있어도 시원찮을 나인디 안 아픈 데가 어디 있겄어? 글고 암것도 안 하고 있으면 더 아퍼. 그렁께 나오제. 여기 나오면 옆에 노인들이랑 이약이약 함께 시간 가는 줄도 모르고 잼 있어. 긍게 갠찮해."

노인이 국물을 마시다 말고 나를 돌아보며 웃었다.

"비 맞으며 일하면 감기 드실 텐데요."

노인이 손사래를 쳤다.

"암시랑토 안 해. 어디 비 한두 번 맞아 보간디? 우리는 논에서든 밭에서든 일할 때마다 숱허게 맞고 일해. 비 요깐 것이야 암것도 아녀."

나는 왠지 부끄러워졌다. 노인도 하루하루의 삶이 지겨워 날짜를 정해 놓고 살아가는 나를 꾸짖지나 않을까.

마지막 남은 국물까지 야물게 들이켠 노인이 내게 빈 그릇을 건네주며 열적은 얼굴로 웃었다.

"내가 설거지하게 좋게 맨들어 부렀네. 배가 고플 때는 뭣이라도 감탕이여."

노인은 허리춤에 찬 전대를 벌려 꾸물꾸물 천 원짜리 석 장을 내밀었다. 꼬깃꼬깃한 지폐가 고구마 순을 벗기느라 시커멓게 물이 밴 손 안에 들려 있었다. 나는 공손하게 돈을 받아 들었다.

"고맙습니다."

"그런 소리 말어. 삼천 원 갖고 으쩧게 내가 이 국시를 만들어 먹것능가? 가만히 앉아 있으면 코앞까지 갖다 주제, 요로코롬 맛있게 만들어 주제, 그러니 내가 고맙제."

머리카락은 물에 푹 빠진 생쥐처럼 달라붙어 있건만, 노인의 미소는 보름달처럼 환했다.

가게에 오니 점심시간이 지난 데다 비가 오는 탓인지 한산했다. 여자 하나가 국수 그릇을 앞에 두고 앉아 있을 뿐이었다. 이따금 손으로 눈가를 훔치는 걸 보니 우는 것 같기도 했다. 긴 생머리를 하나로 묶어 얼굴이 조막만 하게 보이는 삼십 대 후반의 여자였다.

주인아주머니는 여자를 힐끔거리며 주방으로 들어갔다. 이어 열무단을 가지고 나와 다듬기 시작했다. 나는 주방으로 들어가 수거해 온 그릇을 설거지했다. 말끔하게 먹은 그릇이라 설거지도 쉬웠다. 나는 말없이 열무를 다듬고 있던 아주머니 옆에 앉아 손을 보탰다. 이윽고 여자가 코맹맹이 소리로 물었다.

"저기요……."

"네?"

나는 잽싸게 일어나 여자에게 다가갔다.

"뭐 필요한 거 있으세요?"

여자의 얼굴이 비 오는 하늘만큼 낮게 가라앉아 있었다. 눈자위가 벌겠다. 국수는 반도 넘게 남아 있는데. 여자는 아주머니를 향해 자꾸 고개를 힐끔거렸다. 무언가 묻고 싶은 눈치였다.

"이 근처에…… 어디 용한 점집…… 없을까요?"

내가 난감한 얼굴로 아주머니를 돌아보자, 아주머니가 고개를 들고 망연하게 여자를 쳐다봤다.

"점 보실라요?"

"네……."

여자가 말끝을 흐렸다.

"글씨, 잘 보는 디가 으디 있으까……."

곰곰이 생각하던 아주머니가 문득 생각났다는 듯 눈을 반짝였다.

"예전에 잘 보는 사람이 하나 살았는디 얼마 전에 이사를 갔어요. 연락처가 나한테 어디 있을 거인디…… 연락해 보실라요? 여기서 보냈다고 하면 잘 봐 줄 것이요만."

여자가 고개를 주억거렸다. 아주머니는 들고 있던 열무를 내려놓고 계산대로 와서 뒤적거리기 시작했다. 서랍 속까지 깊숙이 들여다보던 아주머니는 마침내 찾았다는 듯 신문지 귀퉁이를 찢어 전화번호를 적어 주었다.

"여기로 연락해 보씨요. 늙은 처녀 보살인데 사연 있는 삶을 살아서 그란지 잘 본다고 소문났던 사람이요."

여자는 아주머니가 내민 종이를 물끄러미 바라보더니 곧 주머니에 넣었다. 그러고는 음울한 얼굴로 빗속으로 사라졌다. 아주머니는 여자의 뒷모습을 바라보다가 혼자 중얼거렸다.

"젊은 여자가 뭔 일로 그라까…… 짠허네."

아주머니는 멀뚱히 서 있다가 정신이 났다는 듯 다시 쭈그려 앉아 열무를 다듬기 시작했다.

"세상에 신간 편하게 사는 사람이 어디 있간디……."

아주머니는 다듬은 열무의 중동을 톡톡 끊어 함지에 담으며 길게 한숨을 내쉬었다.

"아주머니도 고민이 있으세요?"

"나한테 고민이 뭐가 있겄어…… 남편이 성가시럽게 안 한디."

아주머니는 제 말이 헐거운 듯 나를 향해 풀썩 마른 웃음을 지었다. 나는 아주머니의 까칠한 얼굴에 패인 주름을 물끄러미 바라보았다. 엄마 나이쯤이나 될까. 자궁을 선택할 수만 있었다면 나는 절대로 집 나간 여자의 딸로 태어나지 않았을 것이다.

"죽을 때까지 어떻게 잊었어? 십 년이 넘은 지금도 으쩔 때는 가슴에 뜨거운 기운이 불뚝불뚝 솟구친다……."

아주머니는 임신 중독증이 심해 유산을 거듭하다가 어렵게 딸 하나를 얻었는데, 그 딸이 초등학교 2학년 때 교통사고로 목숨을 잃었다고 했다.

"내 팔자에 자식이 없었던 모냥이여. 어렵게 얻은 자식마저 기어이 조물주가 데려가는 걸 보믄……."

아이는 가진 것 하나 없는 부모에게 사고 합의금으로 식당을 차려 주고 떠났다. 그러기에 딸만 생각하면 하루도 허투루 살 수 없다고 했다.

"가슴팍에 뜨거운 기운이 오를 때마다 쓰다듬으며 말허제. 네가 거기 있구나…… 가지 마라, 가지 마라. 내가 죽을 때까지 남아 있다가 나랑 함께 가서 묻히자 허제."

아주머니는 답답한 기운을 토해 내듯 한숨을 깊이 몰아쉬었다.

"모질고도 험한 꼴 가리지 않고 일어나는 것이 세상이제만…… 자식 먼저 가는 일은 절대 안 일어나야 써. 살아도 사는 게 아니거든. 평소에 술 좋아하고 사람 좋아하던 우리 아저씨도 딸아이 죽고 나서 정신 차렸으니까. 사람들은 딸 잃고 남편 얻었던 갑다 그라제만, 말 맨들기 좋아하는 사람들이나 허는 소리제. 세상일이라는 것이 하나를 얻으면 하나를 잃는다고 말이여. 허지만 세상을 다 얻은들 자식 잃으면 뭣 허겄어? 비할 데다 비해야지. 아무리 자기들 일 아니라고들 해도…… 쯧!"

아주머니는 자기도 모르게 흘러나온 신세 한탄이 부끄럽다는 듯 서둘러 일어났다. 그리고 주방으로 들어가 함지에 수돗물을 가득 틀어놓고 열무를 씻기 시작했다. 가끔 눈자위로 손등이 올라가는 걸 보니 눈물보가 터졌나 보다. 오늘은 비가 와서 그런가. 뚝뚝 떨어지는 처마의 빗물이 세상의 눈물처럼 느껴졌다.

"너 돈 번다니, 나한테 국수 한 그릇은 사 주겠지."

미수가 찾아왔다. 한창 손님들로 붐비던 시간이 지난 뒤 주인 내외와 내가 늦은 점심을 먹고 막 일어서던 참이었다. 미수가 열적은 표정으로 양손의 검지와 중지를 추켜들고 빙글빙글 돌리면서 가게 안으로 들어섰던 거다.

"고작 맥주 한 캔 사 주고 생색내기는."

그러자 주인 내외가 영문을 모르겠다는 듯 나를 쳐다보며 눈을 동그랗게 떴다. 시장 골목골목을 헤매느라 힘들었는지 미수의 얼굴이 발갛게 상기되어 있었다.

"우선 배부터 채우자. 아, 배고파!"

아주머니는 미수와 내가 나누는 대화에 재미있다는 듯 웃으며 주방으로 들어갔다. 미수는 주방에서 고개를 내밀고 있는 아주머니를 향해 큰 소리로 말했다.

"뭐라도 좋으니 제일 비싼 걸로 주세요!"

나는 미수의 맞은편에 앉으며 말했다.

"여긴 먹을 게 한 가지뿐이야. 싫으면 관두고."

그래? 미수가 고개를 갸웃하더니 벽에 대각선으로 붙은 '냉 콩 물국수 개시'를 가리켰다.

"그럼 저걸로 주세요. 곱빼기로요."

미수는 국수 그릇을 받아 들자마자 설탕을 듬뿍 뿌려 쓱쓱 젓더니 후루룩 소리를 내 가며 맛있게 먹었다.

"주희랑 같이 오려고 했는데 하필이면 부모님이랑 휴가를 갔다지 뭐니?"

나는 삐딱하게 고개를 외로 꼰 채 물었다.

"학원에 돈 지랄은 잘 하고 있고?"

"잘되고 있으면 여기까지 올 생각을 했겠니?"

"그러면 왜 다녀?"

"내 인생이 불쌍하게 될까 봐."

미수가 큭, 소리를 내며 웃었다. 콩물이 입술에 하얗게 묻어났다. 하얀 얼굴 속에서 붉은 입술이 꽃잎처럼 도드라져 보였다. 미수를 특별하게 만드는 것은 어쩌면 저 입술, 그 속에 번지는 미소인지도 모른다. 나는 냅킨을 뽑아 미수에게 건넸다. 미수가 얼른 입술을 닦았다.

"얼마 전에 문쌤이 전화하셨더라. 뭔 지랄 하고 사는지 너한테 한번 가 보라고 해서 말야."

병원에서 만났던 문쌤, 함께 바라보던 주차장의 어둠, 가로등 불빛 주변을 떼 지어 날던 하루살이들을 보며 나누었던 이야기들이 단숨에 머릿속을 스쳐 갔다.

"보다시피."

흠, 미수가 고개를 끄덕였다. 어색한 침묵이 이어졌다. 내가 물었다.

"글쓰기는 잘돼?"

"문장이 정돈되고 깔끔해졌다는 생각은 드는데, 뭔가 의무감에 쓰는 것 같아서 힘들어."

"그러면 힘들지 않은 게 뭔데?"

나는 입안에 가득 콩물국수를 밀어 넣고 있는 미수를 향해 입술을 비틀었다.

"먹는 거나 숨 쉬는 건 괜찮아."

미수가 제 말에 킥, 소리를 내며 웃었다.

"넌 글쓰기에 목숨 걸었잖아. 그래서 학원도 네 발로 찾아간 거고."

미수가 웃으며 고개를 끄덕였다.

"그렇지만 입시용으로 맹훈련하는 건 재미없어."

"그러면 다니지 말든가."

국물을 후르르 들이켠 미수가 그릇을 내려놓으며 중얼거렸다.

"개학하면 대학마다 백일장이 시작될 거야. 그때까지는 진전이 있어야 할 텐데 고민이야."

"어떤 식으로 공부하는 건데?"

"형용사 다섯 개를 주고 다섯 개의 문단을 만들어 내라고 하는 숙제도 있어. 첫 문장이나 상황을 주고 그에 맞게 소설을 쓰게 하기도 하고. 사진을 보고 묘사하는 글을 쓰게 하거나 은유와 상징을 활용해 시 쓰기를 요구하기도 하고 말야. 이런 걸 몇 번 하다 보니 글쓰기가 마치 짜맞추기 식 공법이라는 생각을 하게 돼. 그게 좋은 건지 나쁜 건지는 모르겠지만, 작가로서 글쓰기의 자세를 갖추게 하는 데는 도움이 되는 것 같긴 해."

나는 팔짱을 끼고 몸을 뒤로 기댔다. 열기 가득한 미수의 눈망울이 힘 있게 느껴졌다.

"우리가 새 볼펜을 살 때 여백에 갈겨 보고 사잖아? 막막 휘갈기다 보면 잘 나오게 되니까. 이런 훈련을 계속하다 보면 없던 길이 만들어지면서 뭔가 주행한다는 느낌이 들거든. 구상을 하고 거기에 맞게 내 안의 감춰진 감성과 에너지를 뽑아내는 훈련을 한다고나 할까. 뭐 그런 느낌이야."

어쨌든 하면 된다는 거다. 열심히 하다 보면 뭐든 이뤄 낼 수 있다는 것. 한 번의 실패도 겪어 본 적이 없는 사람만이 누릴 수 있는 저 의심 없는 긍정!

"학원에서 배우는 방식은…… 딴 거 없어. 퇴로를 막고 무조건 뽑아내는 거지. 문제는 그게 무척 인위적이라는 거고. 에너지가 고갈될 때까지 뽑아내는 혹독한 훈련이거든. 그렇게 해서 과제를 제출하면 빨갛게 첨삭해서 돌아와. 고치고 또 고쳐서 각종 공모전에 응모하는 거지. 그래서 상을 받는 거고. 그 방식으로 얼마나 오래 버틸지는 모르겠지만, 당장은 입시가 급하니까 통하는 거지."

도대체 저 열정은 어디서 오는 걸까?

"언제 처음으로 글을 쓰고 싶었던 거야?"

"글쎄."

미수가 고개를 갸웃하며 눈을 가느스름하게 감았다. 기억을 더듬는 듯했다.

"……울 언니가 독종이라고 했잖아? 뭐든 일등만 하는 독한 성격이라고."

"그래서?"

"뭐가 그래서야, 그것 때문에 스트레스 많이 받았다는 거지. 엄마의 불같은 성격 때문에. 티브이 못 보는 건 당연하고, 어쩌다 공부 안 하고 딴짓이라도 하다 걸리면 그 즉시 폭발했지. 늘 감시했으니까. 잔소리로 사람을 깎아 내리는데…… 장난 아냐. 언니 앞에선 난 언제나 '바닥'이었거든. 책 읽기만 좋아했지, 공부에는 별 관심이 없었으니까."

"책 읽는 게 뭐가 나빠?"

"문제는 엄마가 그렇게 상식적이지 않다는 거지. 지금도 기억
나. 만화책을 보다가 엄마한테 뺏긴 적이 있었어. 친구한테 빌려
온 거였는데, 돌려 달라고 우니까 내 앞에서 북북 찢어 버리더라."

"그래서?"

"그때가 초등학교 4학년 때였는데, 글쓰기 숙제에 그 이야기
를 썼어. 그랬더니 다음 날 선생님이 나를 부르더라. 잘 쓴 글이
니 아이들에게 읽어 주면 좋겠다고. 읽고 나니까 선생님이 아이
들 앞에서 내 머리를 쓰다듬었어. 처음으로 인정받는 사람이 된
기분이 들었지. 누군가 눈을 동그랗게 뜨고 나를 들여다봐 준 일
생일대의 사건이었거든."

미수의 눈이 반짝였다. 미수는 지금 이 순간 맞은편에 앉은 상
대가 눈을 동그랗게 뜨고 자신을 쳐다보고 있다는 것을 알기나
할까?

"그러면 글쓰기는 네 존재를 인정받기 위한 수단인 거야? 표
현의 욕구가 아니고?"

"둘 다지. 내 글이 누군가의 마음을 움직인다는 건 무엇과도
바꿀 수 없는 기쁨이니까."

나도 모르게 고개를 끄덕였다. 어쩐지 경이로운 느낌마저 들
었다.

"그 뒤부터는 책 읽기와 글쓰기에 대한 애착이 더 강해졌어. 마음에 든 글을 읽으면 노트에 그대로 옮겨 적기 시작한 거야. 적어 놓은 글을 보면 마치 내가 쓴 것처럼 뿌듯했거든."

책을 읽다 마음에 든 글귀가 있으면 노트에 옮겨 적는다? 그런 일이 글쓰기에 도움이 된다고? 문예반에서 시 필사하는 것처럼?

"문장만 그런 게 아니고 단어장도 만들었어. 글에 잘 어울린다 싶은 멋있는 단어나 모르는 단어, 새로운 단어가 있으면 식물 채집, 곤충 채집을 하는 것처럼 모았지. 사전에서 찾아 뜻을 적고 예문을 곁들여서 어떤 상황에서 이 단어가 쓰이는지 알기 쉽게 말이야. 그런 다음 사전처럼 가나다순으로 정리해 놓았어. 찾아보기 쉽게 하려고."

"그때가 언제야? 단어 채집을 시작한 때가?"

"중학교 1학년 때인가? 그 뒤로 이사를 여러 번 해서 노트를 잃어버렸어. 지금은 없지만 그때 익혔던 단어나 문장 들은 내 가슴에 그대로 남아 있지."

"예를 들면?"

"제일 기억나는 건 이거야…… 인디언들이 일 년 열두 달을 자기들 식으로 표현해 놓은 게 있었어. 그때가 3월이었는데 인디언의 문장을 만난 거지. 3월은 '한결같은 것은 아무것도 없는 달'이래. 우리가 생각하는 3월은 싹이 돋고 이른 봄꽃들이 들과 산에 피어나는 때잖아. 긴 겨울에 지쳐 새순과 꽃에만 온통 관심을 쏟을 때니까. 그런데도 '한결같은 것은 아무것도 없는 달'이라니 넘 멋지지 않니? 그 뒤부터 열두 달을 다 찾아 달달 외웠지."

"지금은 8월이니…… 인디언의 8월은 뭐야?"

"다른 모든 것을 잊게 하는 달."

"오!"

나도 모르게 환호가 튀어나왔다.

"그러면 2월은? 6월은?"

"2월은 '홀로 걷는 달', 6월은 '말없이 거미를 바라보게 되는 달'이야."

미수는 마치 암기 시험을 치르는 듯 술술 읊어 댔다.

"정말 멋지지? 막연하긴 하지만 찾으려 들면 얼마든지 더한 보석을 찾아낼 수 있어. 글쓰기로 단어를 고르다 보면 보물찾기 하는 기분이 들거든. 원하는 단어를 찾아냈을 때의 기쁨, 그것은 어떤 보물보다 귀하니까."

나는 미수의 눈빛을 오래오래 바라봤다. 멋진 아이구나. 행복해 보였다. 이런 아이라면 어떤 어려움이 닥친다 해도 나처럼 죽을 날만 세고 있지는 않을 것이다.

미수가 그런 나를 빤히 바라보며 물었다.

"넌?"

"뭐?"

"글 써 보려는 생각은 없어?"

나는 당황하여 얼버무렸다.

"내가 무슨……"

"문예부원이잖아. 교주인 문쌤의 열렬한 신도들 중 하나."

미수는 제 입으로 꺼내 놓고도 우스운지 깔깔댔다. 그러다 문득 벽에 걸린 시계를 보더니 깜짝 놀라며 몸을 일으켰다.

"벌써 시간이 이렇게 됐네?"

나도 미수를 따라 일어섰다. 돌아서려던 미수가 내게 말했다.

"부지런히 벌어서 다음엔 술 사. 이 몸이 단숨에 마셔 줄 테니까."

뭐야? 내가 손을 치켜들자 미수가 낄낄대며 몸을 피했다. 아주머니에게 깍듯이 인사를 마친 미수가 문을 나섰다. 내가 배웅하러 나가자 미수가 손사래를 쳤다.

"나오지 마. 어디서 친구 핑계 대고 뭉개려고 해, 알바생 주제에. 업무에 충실해야지."

도망가는 미수를 따라가 기어이 등짝을 때렸다. 미수가 다시 깔깔깔 웃으며 손을 흔들었다.

"할아버지 간호 잘해. 돈 번다고 퉁치지 말고. 돌아가시면 너만 추우니까. 불쌍한 노인네 괴롭히지 말고. 알았지?"

미수가 등을 보이며 빠르게 멀어졌다. 망치로 머리를 한 대 두들겨 맞은 느낌이었다. 문쌤과 미수는 나에 대해 무슨 이야기를 나누었던 것일까.

카페 시생사

일을 마치고 가게를 나섰다. 컴컴한 하늘을 올려다보며 언덕을 걸어 올랐다. 등줄기에 땀이 주르르 흘러내렸다. 강철도 녹여 버릴 듯 뜨거웠던 한낮의 더위는 한밤중이 되어도 좀처럼 가라앉지 않았다. 티브이에선 휴가철을 맞아 해외여행객으로 북새통을 이룬 공항의 모습을 연일 쏟아 내는 중이었다. 와이키키 해변의 수상 스키가 시원스레 물보라를 가르는 장면도 이어졌다.

하지만 노점에 늘어앉은 노인들은 화로를 머리에 인 듯 햇볕에 얼굴을 데이면서도 고스란히 앉아 불볕을 견뎌내야 했다. 고작 부채나 활활 부쳐 댈 뿐이었다. 어쩌다 가게를 기웃거리는 노인들도 있었다. 잠깐 앉아만 있다 가도 되냐고 묻는 이도 있었다. 그럴 때마다 주인 내외는 흔쾌하게 맞아들였다. 오늘 못 오면 내일은 올 것이고, 내일 못 와도 모레는 올 손님들이라고, 장사란 오늘 손해 봐도 내일은 이익을 볼 수 있는 것이니 그게 그거라고 생각하는 사람들이었다. 어차피 틀어 놓은 에어컨이니 맘껏 쐬다 가시라고 말하는 주인 내외의 친절에 감동한 노인들의 표정은

밝았다. 고마움을 따뜻한 말로 갚았다.

"젊은 사람들이 참말로 기특허제. 지 복을 지가 맨드니 장사가 잘 될배끼."

"자고로 장사허는 가게는 항시 복닥거려야 맛이여."

"암만, 사람이 사람을 몰고 오기 마련인게."

성실하고, 친절하고, 부지런하고, 손끝 야문 주인 내외의 가게에서 일한 지 어느덧 한 달. 몸은 힘들고 피곤했지만 마음은 언제나 가벼웠다. 배울 게 많고 느낄 게 많은 고마운 사람들이었다.

휴대폰이 울렸다. 주희였다.

"미수 만났어?"

"응!"

"여긴 안면도야. 아빠가 펜션 예약해 놓은 게 있었거든. 하필이면 겹쳤지 뭐냐? 돌아가면 보자."

"그럴 거 없어. 좀 있으면 개학할 텐데, 뭐."

"하긴. 알바는 재밌어?"

"뭐가 재밌냐? 힘들지."

"그래도 돈 버니까 맘대로 쓸 수 있잖아?"

"말 돌리지 마. 한턱 쏘라는 거지?"

"오, 고선우!"

주희가 큰 소리로 웃었다. 문득 바람 소리가 휴대폰 속으로 파도처럼 밀려들었다. 한여름 해변에서 맞는 바람은 어떤 느낌일까. 나는 한 번도 가 본 적 없는 가족 여행, 그리고 휴가. 생각을 털어내듯 서둘러 주희에게 물었다.

"뭐 하나 물어볼 게 있는데⋯⋯."

"뭔데?"

"예전에 미수가 인터넷 카페에서 활동했다고 했잖아?"

"응!"

나는 내친김에 질문을 이어 갔다.

"지금도 해? 거기가 어디야?"

"안 해. 학원 다닌 뒤로는 탈퇴했나 봐. 왜, 너도 하게?"

"아니⋯⋯ 뭐 좀 알아볼 게 있어서⋯⋯ 어디야?"

"가만, 그게 어디였더라. 맞다! 시생사."

"시생사?"

"응, '시에 살고 시에 죽는 사람들의 모임'이라는 뜻이지. 검색창에 띄워 보면 금방 찾을 수 있을 거야. 제일 큰 동호회니까."

시생사, 시생사⋯⋯ 몇 번이고 중얼거렸다. 전화를 끊으려다 주희에게 다시 물었다.

"참, 넌 학원 어떻게 했어? 미수랑 같이 등록한다고 하지 않았어?"

"그거? 개학하면 시작하려고. 아직은 방학이니까 놀아야지."

"넌 평소에도 놀잖아?"

주희가 전화 속에서 킥킥댔다.

"제대로 놀아야지. 늘어지게 잠도 자고, 먹을 것도 마음껏 먹고…… 이렇게만 살면 난 인생이 절로 행복해지는 사람이야."

주희가 유쾌하게 하하, 웃음을 터트렸다.

집에 도착하자마자 곧바로 인터넷에 접속했다. 카페 시생사. 회원 수가 자그마치 오천 명이 넘는 카페였다. 가입을 위한 신상 정보란에 모두 가짜로 적어 넣었다. 가입 동기는 '배팅'. 일단 부딪쳐 보는 거다.

곧이어 등업 됐다는 쪽지가 왔다. 가입 동기가 마음에 들어서라고 했다. 나는 정회원이 되어 게시판의 문을 열고 들어갔다. 기성 시인들의 추천시, 낭송시, 신작시를 비롯해 시 평론과 회원들의 자작시로 가득한 수많은 방들이 늘어서 있었다. 눈이 휘둥그레졌다.

개학이 다가오고 있었다. 나는 허겁지겁 문예반 방학 과제를 확인했다. 원고지 오십 매 이상의 창작 소설을 제출하되, 창작이 어려운 사람은 필사로 대신하는 과제였다. 게시판에는 벌써 여러 편의 창작 소설이 올라와 있었다. 서연, 재연, 유진, 미수, 1학년 지연이까지. 이들의 작품은 합평을 통해 수정한 다음 공모전에 보내질 것이다. 글쓰기 재간이 없는 나로선 필사로 대신할 수밖에. 여름방학 때는 작가들의 단편소설 한 편, 겨울방학 때는 시인들의 시집 두 권을 원고지에 베껴 제출한다고 했다. 소설의 경우 원고지 백 매 넘게 베껴 쓰는 악명 높은 과제임에도 졸업하고 나서는 두고두고 추억으로 떠올린단다.

필사를 신봉하는 사람들이야 필사가 문장의 맛, 표현법이나 띄어쓰기, 원고용지 사용법이나 작품 깊이 읽기 등의 다양한 학습 효과가 있다지만, 그건 말이 안 되는 거였다. 과제는 그저 과제일 뿐이니까. 과제로 부과되는 순간 세상의 모든 학습은 단순하고 지겨운 노동으로 변한다. 그래서 과제가 많다는 게 문쌤을 향한 나의 최대 불만이다.

단단히 각오를 하고 의자를 당겨 앉았지만, 막상 원고지 앞에 펜을 들고 보니 한숨이 절로 나왔다. 개학 때까지 마칠 수 있을까 싶었다. 제일 분량이 적으리라 싶은 작품을 골라 베끼기 시작했다. 아무래도 창작 소설보단 낫겠지 생각했지만, 곧 판단 착오임을 깨달았다. 개학 전날까지 날밤 까느라 피똥 쌀 뻔했다.

처음에는 또박또박 시작한 필체가 두어 장 지나면서부터는 필기체가 되고 흘림체로 이어졌다. 기계적으로 베끼는 동안 뇌는 멀리 소풍 가 버리고 손가락만 움직이게 됐다. 그러기에 다 쓰고 난 뒤에도 어떤 내용인지, 무엇을 말하고자 했는지, 어떤 표현이 좋은지, 원고용지는 어떻게 쓰는지, 띄어쓰기는 제대로 됐는지 하나도 기억나지 않았다. 그래도 모처럼 긴 글을 마쳤을 땐 내가 작가라도 된 양 성취감 같은 게 조금 남기는 했다.

마침내 개학날.

알람을 맞춰 놓았지만 아침에 일어나기는 쉽지 않았다. 학교에 도착해서도 좀처럼 잠이 깨지 않았다. 다른 아이들도 마찬가지였다. 방학을 보내고 온 아이들이라고는 믿기지 않게 표정들이 모두 후진 배춧잎처럼 시들시들했다. 방학이면 뭐 하나. 학원이다, 과외다, 독서실까지, 제대로 쉴 수도 없는 고등학교 2학년들의 여름방학인 것을. 오히려 방학 커리큘럼에 시달리느라 더 피곤해진 얼굴들이었다. 조회는 개학 첫날답게 담임의 일장훈시로 시작됐다.

"너희들도 알다시피 오늘부터 2학기다. 이제부터는 1학기 때 못다 한 내신 챙길 시기이니 긴장 풀지 말도록 해. 수시 원서 접수까지 딱 일 년 남았다. 그러니 이때를 어떻게 보내느냐에 따라 인생이 갈린다는 거, 꼭 명심해! 알았지?"

담임이 교실을 나서자마자 여기저기에서 푸념을 쏟아 내기 시작했다.

"여기가 교도소냐. 교도관이 따로 없구만."

"맞아. 우리가 공부하는 기계냐고."

"이제 우린 죽었어!"

"그래도 2학기 땐 체험학습이랑 축제가 기다리고 있으니 좀 낫지 않을까……."

"순진하기는! 축제라고 해 봐야 그럴듯한 아이들 생기부 스펙

쌓기밖에 더 되냐."

"사는 게 뭐가 이리도 거지 같냐? 첫날인데도 벌써부터 지겨우니⋯⋯."

옹기종기 모여 내뱉는 푸념들. 활기라곤 찾아볼 수 없는 아이들의 표정이 일찌감치 늙어 버린 노인들 같았다. 방학 내내 잘 놀고 왔음에 틀림없을 주희까지 푹 꺼진 얼굴을 하고 있으니까.

불현듯 국숫집으로 돌아가고 싶어졌다. 가만히 앉아 있는 지금보다 몸 놀려 일하던 그때가 더 좋았다는 생각이 들었다.

담임이 잊었다는 듯 다시 앞문으로 고개를 내밀었다. 아이들의 수다가 딱 멈췄다. 담임이 큰 소리로 나를 찾았다. 나는 깜짝 놀라 복도로 나갔다.

"오랜만에 학교에 나왔으면 와서 보고를 해야지, 내가 먼저 알현을 해야겠니?"

짜증스러운 말투. 하긴 선생이라고 다를까. 개학증후군은 아이들만 겪는 게 아닐 테니까. 그래도 2학기 첫 만남인데⋯⋯. 구긴 얼굴은 구긴 얼굴로 되비춰 줄 뿐이다. 담임은 굳어진 내 얼굴을 보고서야 농담이었다는 듯 표정을 바꿨다.

"몸은 좀 어떠니? 괜찮아진 거지?"

"네."

나는 못 이긴 척 겨우 대답했다.

"그동안 푹 쉬었으니 다시 시작해 보자. 이번에는 잘할 수 있지?"

뭘 잘해야 하는 건지 모르겠지만, 상황을 모면하기 위해 일단
은 패스.

"아, 네."

여전히 변치 않는 담임의 오엑스 화법. 그 화법이 바뀌지 않는
한, 학년이 끝난다 해도 우리의 거리는 좀처럼 좁혀지지 않을 것
이다. 원치 않게 주어진 담임과 학생이라는 물리적 관계, 그 이상
도 이하도 아닌 일 년짜리 인연에 겨우 버텨 갈 뿐이다. 담임이
알았다는 듯 뒤돌아섰다.

"저기……."

내가 미적거리자 담임이 나를 돌아봤다.

"2학기 때는 야자를 못 하게 될 것 같아요."

"왜?"

"과외를 하나 더 하게 돼서요…… 학원 알아보고 있는 것도 있
고요."

담임이 의아한 표정을 지었다. 도대체 성적이 오르지 않는 이
유를 모르겠다는 얼굴이다.

"진짜? 엄마한테 확인 안 해도 되겠지?"

담임이 미심쩍은 얼굴로 물었다.

"하셔도 돼요."

일부러 세게 나갔다. 그래야 의심하지 않으니까. 담임으로선

일일이 확인해야 하는 일도 귀찮을 것이다. 담임이 고개를 끄덕였다. 두고 보겠다는 표정이다. 물론 달라질 것은 없다. 할아버지 몸이 예전 같지 않아 알바를 더 해야겠다고 생각한 것뿐이다.

수업이 시작됐다. 학교 생활은 변함없이 졸음과 멍 때리기의 연속이지만 1학기 때와 달라진 것이 있다면 내게도 설렘과 기다림이 생겼다는 거다. 유일하게 기다려지는 동아리수업은 금요일 5교시. 다행스럽게 개학에 맞춰 할아버지도 다시 일을 시작했다. 드디어 예전의 일상으로 돌아온 것이다. 지루한 일상의 반복은 무사한 하루가 이어지고 있다는 증거. 그러니 안도해도 된다.

점심시간. 화장실에 다녀오다가 복도에서 아이들과 마주쳤다. 재연과 유진, 솔비, 주희와 수다를 떨고 있던 미수가 나를 향해 손을 번쩍 들었다.

"고선우!"

그러자 재연과 유진이 나를 돌아봤다.

"잘 지냈냐?"

나는 고개를 끄덕이며 손으로 화답했다. 아이들이 의아한 눈빛으로 번갈아 봤다. 미수가 내 손을 잡더니 아이들을 돌아보며 말했다.

"잔디밭으로 나가자. 5교시 시작되려면 시간 좀 남았지?"

"그럴까?"

미수의 부드러운 손가락이 내 손바닥을 간질였다. 나는 손을 쥐지도 놓지도 못한 채 엉거주춤 미수를 따라갔다. 잔디가 푸릇하게 깔린 교정이 싱그러웠다. 짙푸른 벚나무 이파리들이 벤치에 넓은 그늘을 드리우고 있었다. 바람이 불 때마다 이파리들이 쏴쏴 소리를 내며 일렁였다.

재연이 우리를 바라보며 실실 쪼개듯 말했다.

"야, 그 손 놔. 어째 수상한데? 둘이 사귀냐?"

나는 슬그머니 손을 뺐다. 당황하는 나와는 달리 미수는 긍정도 부정도 하지 않은 채 깔깔댈 뿐이었다.

"맘대로 생각해."

나는 하릴없이 얼굴을 붉히며 잔디밭으로 시선을 돌렸다.

"유진이 아팠대."

미수가 나를 돌아보며 말했다. 그러고 보니 유진의 얼굴이 핼쑥해 보였다. 유진이 입술을 비틀며 웃었다.

"꾀병이지, 뭐."

그러자 미수가 대뜸 큰 소리로 나무랐다.

"뭐가 꾀병이야? 너 못 볼 줄 알고 얼마나 가슴을 졸였는데……."

"너나 그러지, 내가 없어지면 좋아할 사람 많아."

유진이 쓸쓸한 얼굴로 고개를 돌렸다. 하늘을 올려다보는 유진의 눈가가 촉촉이 젖어 들었다. 미수가 내게 눈을 찡긋하며 모른 체하라는 시늉을 보냈다. 그러자 재연이 유진의 어깨를 다독이며 다정하게 말을 붙였다.

"요즘 세상에 우울증 없는 사람이 어딨냐? 약 먹고 치료하면 금방 좋아질 거야."

"맞아. 혼자 가기 힘들면 우리가 병원에 함께 가 줄게. 소풍 가는 것처럼 신나게 몰려가는 거야."

장난 섞인 미수의 말에 낮게 가라앉은 유진의 입술이 치켜 올라갔다. 그러자 재연이 속상하다는 듯 팔짱을 끼며 인상을 찌푸렸다.

"왜 다들 나이 처먹어 가지고 그 모양들인지 모르겠어. 치고받고 싸우면서 사네 못 사네…… 그럴 거면 애초에 결혼을 하지 말든가!"

"내 말이!"

솔비가 맞장구를 쳤다.

"그런 부모는 차라리 없는 게 나아."

그러자 유진이 우울한 얼굴로 중얼거렸다.

"경찰이 오기도 했어. 한밤중에 죽일 듯이 싸우니 옆집에서 신고했던 모양이야."

문득 익명 게시판에 올라와 있던 글 하나가 떠올랐다. 엄마를 두들겨 패던 아빠가 싸움을 말리던 딸의 머리카락을 잡아 쥐고 엄마와 박치기를 시켰다던 이야기.

한참 동안 생각에 잠겨 있던 나는 미수가 유진의 어깨를 툭 치는 바람에 정신을 차렸다.

"죽을 생각만 하지 말고 필요하면 언제든 우릴 불러. 빛의 속도로 달려갈 테니까. 알았지?"

"맞아!"

아이들은 일제히 결의에 찬 얼굴로 눈에 바짝 힘을 주었다. 잠시 침묵이 이어졌다. 이윽고 솔비가 아이들을 둘러보며 걱정스러운 듯 물었다.

"참, 너희들 물리 보고서 다 썼어? 이번 중간고사 수행평가에 반영한다던데……."

그러자 재연이 빙긋 웃으며 말했다.

"걱정하지 마. 내가 물리학과에 다니는 오빠한테 부탁해서 다 정리해 놨으니 필요한 사람은 갖다 써. 단어 몇 개만 바꿔서 내면 될 거야."

"오올! 땡큐, 땡큐."

솔비가 엄지를 추켜들며 환호했다.

"우리가 남이니?"

"그치, 그치! 호호호!"

아이들이 박수를 치며 웃었다. 넓게 그늘을 드리우고 있던 벚나무 이파리들도 바람에 쏴쏴 소리를 내며 신나게 몸을 뒤틀었다. 도대체 이런 유대감은 어디서 오는 것일까.

그때 4층 교실 창문에서 누군가가 손을 흔들어 대며 소리쳤다.

그 옆으로 파고드는 얼굴도 있었다.

"언니들, 여기요! 저 좀 봐 주세요!"

"저도요!"

우리는 놀란 얼굴로 허공을 올려다봤다.

"쟤들 누구야? 누구? 어? 1학년 지연이랑 민지 아냐?"

"맞아, 맞아!"

"아, 그래! 안녕?"

우리들은 신이 나서 과장되게 손을 흔들었다. 좀 있으니까 민지와 지연이 잔디밭으로 튀어나왔다. 우리들은 학년에 상관없이 마음껏 수다를 떨었다.

따사로웠다. 세상에 태어나 누군가와 함께하는 즐거움. 이런 기분 처음이다.

시생사에 가입만 했지 딱히 글을 올리지는 못했다. 뭔가를 쓰려고 하면 머리가 바짝 굳어 버리는 것 같았다. 게시판의 시를 읽어 봐도 무슨 말인지 알 수 없었다. 그저 겉멋만 잔뜩 부린 현학과 관념의 언어 조합이라는 생각만 들었다. 괜한 곳에서 헛힘 쓰고 있는 게 아닐까.

문쌤은 폴 발레리의 말을 빌려 '시가 무용이라면 산문은 보행'이라고 설명했다. 시는 생략 가운데서 비약과 확대가 허용되지만, 산문은 착실하게 한 걸음씩 내딛지 않으면 없는 것과 같다는 것이다.

"시는 압축과 상징이 생명이야. 두 번 읽을 필요가 없는, 한 번만 읽어도 뜻이 다 파악이 되면 그건 시가 아니지. 시는 바짝 마른 미역 줄기, 부패되지 않는 정신의 흰 뼈, 따뜻한 물에 넣으면 미역 풀어지듯 넘치는 상상력을 가동케 하는 것이라고."

설명을 들어도 좀체 이해가 가지 않는 시를 어떻게 써 보겠다고 감히 나서고 있나 싶다. 엉성한 문장 하나도 제대로 완성해 보지 못한 내가 말이다.

이리저리 클릭하다가 문득 글 하나 던져 볼까 싶어졌다. 개발이든 새발이든 어차피 익명이니 부담도 없다. 돌멩이를 하나 던져보면 어딘가에 부딪치겠지. 소리가 나면 깊이를 가늠할 수 있을 테니까. 문쌤에 대한 이야기 하나 끼적여 볼까.

〈사악한 교주〉

문학이 종교가 될 수 있을까? 납득할 수 없고 이해되지 않는 맹신으로 빠져드는 곳이 종교라면, 우리 학교에는 소수의 맹신도를 거느린 '교주'가 있다. 교주는 내가 속한 문예반 선생님을 가리키는 말인데, 학교 부적응자들의 '대부'라 불리기도 한다. 개인의 상처를 모두의 상처로 만드는 데 탁월한 그가 버릇처럼 하는 말은 '글은 상처의 기록'이라는 거다. 우리는 용기 있는 글쓰기를 통해 자신의 상처를 치유해 간다. 그리고 서로의 고통에 공감함으로써 우리들만의 끈끈한 유대를 만들어 간다. 그는 문학이라는 글

배에 올라타 함께 항해하며 방향을 지시해 주는 '선장'이다. 우리는 그의 말을 등대처럼 믿고 따르며 절대교리처럼 받든다. 그의 치명적인 매력은 자신이 교주임을 모른다는 것.

쓰고 나니 여지없이 고양이 털 몇 가닥이 목에 걸린 듯 심하게 간지러웠다. 곧 댓글이 따라붙었다.

↳ 다시 오지 않을 학창 시절의 추억입니다. 오래오래 간직하세요.

↳ 고교 문예반 시절이라면 인생에 화인(火印)을 찍는 때죠. 부럽네요.

↳ 꿈 깨세요! 신격화, 우상화는 문학의 독입니다.

↳ 졸업하면 왜 그리도 학교 담장이 낮게 느껴질까요? 곧 깨닫게 될 겁니다. ㅋㅋㅋ

의례적인 칭찬과 독설. 인터넷 댓글 문화는 이 두 가지로 이루어진다는 생각이 들었다.

이틀쯤 지나 다시 글을 올렸다. 나의 생일이벤트. 얼굴을 가리고 장난스럽게 툭 던지듯.

〈번지점프를 좋아하세요?〉

나의 생일잔치에 초대합니다. 우리 함께 창망한 허공을 안고 날아 봐요. 떨어져도 튀는 공처럼 당신은 발랄하게 튀어 오를 테죠. 하지만 나는 중력만을 사랑해요. 등허리에 전생으로 얹힌 바윗덩어리가 순순히 중력을 따라

갈 테니까요. 공과 바위가 벌이는 우리들의 황홀한 이벤트, 내 생애 단 한 번의 퍼포먼스. 오세요, 당신!

↳ 오! 죽음의 번지점프…… 상상력 좋습니다.

↳ 저는 어쩐지 으스스……하네요.

↳ 맞아요, 한 번도 죽음을 생각하지 않는 사람을 의심하라 했습니다.

↳ 말로만 드립 치는 거죠?

↳ 허세 쩌시네요.

몇 개의 댓글이 따라붙었지만 나는 딱히 응수하지 않았다. 상상력 좋다는 말은 올린 글에 대한 의례적 칭찬일 테고, '허세 쩐다'는 말은 사실이니까 군이 반박할 것도 없었다. 혼잣말에 반응이 따라붙는다는 사실이 새삼스러울 뿐이다. 돌멩이가 부딪치면 그 어딘가에서 딱, 소리가 난다는 걸 알게 됐으니까. 그것만으로 충분했다.

컴퓨터를 끄고 자리에서 일어났다. 할아버지가 귀가하지 않은 집 안은 고요했다. 거실로 나와 냉장고 문을 열었다. 끄윽, 소리가 났다. 문의 아귀가 녹슬어 뻑뻑해진 탓이었다. 눅눅하고 시큼한 냄새를 풍기는 냉장고 안에는 오래된 반찬통 몇 개와 말라빠진 사과 두 알이 뒹굴고 있을 뿐이었다.

냉장고 문을 닫고 돌아섰다. 다시 끄윽. 할아버지가 버릇처럼 입에서 내는 소리를 닮았다. 교통사고 뒤 제대로 치료받지 못한 채 약으로만 버티는 할아버지는 수시로 허리를 접으며 신음을 토해 냈다. 외손녀 키우느라 죽어라 일만 하다 죽게 될 게 뻔한 불쌍한 홀아비 인생.

라면을 끓일까 하다가 그것도 귀찮아 방으로 들어섰다. 의자를 당겨 앉아 책상 위에 놓인 책을 펼쳤다. 도서관에서 빌려 온 『천일야화』라는 책이었다. 미수가 요즘 정신 못 차릴 만큼 빠져 지내는 책이라고 했다. 수업 시간에 교재 사이에 숨겨 놓고 몰래 읽을 정도란다. 노란 표지의 두툼한 책. 손에서 놓을 수가 없어 화장실에 갈 때도 가지고 간다고 했다.

"오버하지 마."

내가 입술을 비틀며 비아냥대자 미수가 손사래를 쳤다.

"서사의 힘을 공부하기에는 이만한 게 없거든."

"그것도 학원 추천도서야?"

"아니, 내가 찾아서 읽는 거야. 시리즈로 된 책인데 게을러질까 봐 한 권씩 사서 읽고 있어."

멀뚱히 바라보고 있던 내게 미수가 덧붙였다.

"읽고 싶니? 빌려줄까?"

나는 고개를 흔들었다.

"관심 없어!"

그렇게 말해 놓고 슬그머니 도서관에 가서 책을 빌려 온 거였

다. 그런 만큼 학교에서는 읽지 않았다. 주희를 비롯한 누구에게
도 들키고 싶지 않았다. 미수를 '따라 하는' 것처럼 보일까 봐 신
경 쓰였다.

'서사의 힘을 공부하기에는 이만한 게 없거든.'

미수의 말을 되뇌며 『천일야화』를 읽기 시작했다. 아내의 정절
을 믿을 수 없게 된 두 형제의 이야기로 시작되는 책은 첫 장부터
시선을 확 잡아끌었다. 미수가 말했던 '서사의 힘'이란 이처럼 손
에서 놓을 수 없게 만드는 스토리 라인, 흥미진진한 이야기에서
시작되는 것일까.

2학기 동아리 첫 시간. 주희와 나는 점심을 먹자마자 일찌감치
도서실로 갔다. 자료실을 두리번거리며 이리저리 거니는 주희의
모습이 서가의 칸칸 사이로 나타났다 사라지곤 했다. 책들의 숲
속에 파묻히고 보니 더없이 평화로워졌다. 아이들의 소음이 멀리
물러났다. 마음의 뜰에 고요와 여백이 자리잡는 느낌이랄까.

유진과 미수, 지연이 왔다. 그들과 인사를 나눴다. 나도 반응하
는 인간이 된 것이다. 뿌듯하다. 마치 내 몸이 가뿐한 공기 속에
서 부드럽게 헤엄치는 느낌.

우리는 화면에 띄워 놓은 시인의 시를 소리 내어 읽으며 문쌤
을 기다렸다. 교탁 위에는 문쌤께 드리는 쪽지와 초콜릿, 커피,
음료가 잔뜩 놓여 있었다. 드디어 문쌤이 모습을 드러냈다. 아이

들은 환호성을 지르며 손뼉을 쳤다. 역시 교주를 맞는 맹신도들 다웠다.

"쌤, 오랜만이에요!"

활짝 웃는 얼굴로 들어선 문쌤. 개학맞이용 염색을 한 걸까. 한결 상큼해졌다. 문쌤이 교탁 앞에 서자마자 출석부를 펼쳤다.

"오랜만에 정다운 이름들 한번 불러 볼까?"

강지윤! 김다율! 박지선! 아이들의 이름을 한 명씩 부르며 눈맞춤하는 문쌤의 얼굴이 환했다. 방학 과제를 안 해 온 사람은 한 명도 없었다. 문예반이 학교 부적응자들의 조합이라는 오명치고는 안 어울리는 그림이었다. 하긴 나 같은 사람도 밤잠 안 자고 끝냈으니 더 말할 나위가 없지. 문쌤은 기분 좋은 듯 미소를 띤 채 방학과제 중 첫 번째 게시물을 띄웠다. 미수의 소설, 「자각몽(自覺夢), 두 개의 꿈에 관한 이야기」였다.

……수면은 죽음의 연습이렷다. 부쩍 많아진 잠 때문에 간혹 내가 잠에 먹혀 영원히 눈을 뜨지 못하면 어쩌지 하고 생각한다. 잠을 좋아하긴 했지만 이렇게까지 정신을 못 차릴 정도는 아니었다. 나는 점점 잠에게 먹혀들어 가고 있었다. 몽롱한 기운에 취해 졸린 눈으로 세상을 바라볼 때마다 무기력한 나 자신이 못나 보였다. 이대로 가다간 잠에 잡아먹힐 거야, 잡아먹히고 말 거야. 난 필사적으로 잠에 먹혀들어 가지 않으려 따귀를 때리고 머리를 흔들고 허리를 곧추세워 자세를 바로잡는다. 그럼에도 쏟아지는 잠의

유혹을 떨치지 못한 채 스르르 빠져든다······.

꿈속에서 화자는 자신에게 말을 거는 난쟁이를 보면서 '꿈이 구나'라고 생각한다. 그를 따라 난쟁이 왕국으로 간 화자는 그곳 난쟁이들의 엄청난 환대를 받으며 행복한 시간을 보낸다. 이윽고 꿈에서 깰 시간이 되었다고 생각한 화자는 돌아가야겠다며 자리 에서 일어난다. 그러자 난쟁이들이 화자를 붙잡으며 가지 말라고 애원한다. "당신이 떠나면 우리의 세상은 끝나고 말아요. 당신이 꿈에서 깨면 이 나라는 영영 사라져요"라고 통곡한다. 화자는 그 들의 통곡을 외면하고 도망치듯이 그곳을 빠져나온다. 꿈에서 깬 화자는 자신이 그들의 나라를 망쳤다는 죄책감으로 괴로워한다.

다시 이어지는 꿈.

처음 만난 남자가 있다. 그는 사랑스럽게 화자의 볼을 쓰다듬 어 주고 이마에 키스한다. 웃어 주고, 책을 읽어 주고, 손등을 어 루만져 준다. 화자는 꿈에서 깬 후에도 '남자의 왈칵 튀어나올 것 만 같은 커다란 눈망울'을 계속 떠올린다. "내 이름은 ○○야, 잊 으면 안 돼!"라던 그의 외침에도 불구하고 이름을 기억하지 못한 다. 어느 날 카페 유리창에서 거리를 바라보고 있던 화자는 "○○ 야!"라고 부르는 소리에 흠칫 놀란다. 커다란 눈망울이 왈칵 하 고 튀어나올 것만 같은 남자가 옆 테이블로 걸어가고 있다······.

나는 연신 고개를 갸웃했다. 뭘 말하고 싶은지 전혀 감이 잡히지 않았다. 그런데도 아이들은 거듭거듭 찬사를 토해 냈다.

"멋진 작품인 것 같지 않니?"

"맞아! 말로는 표현할 수 없는 그 무언가를 절묘하게 드러냈다고 생각해."

"문제는 '그게' 뭐냐는 거지."

더 이상 토론은 이어지지 않았다. 그저 꿈꾸는 듯한 눈빛으로 화면을 물끄러미 응시할 뿐이었다. 그러자 1학년 정은이 혼잣말로 중얼거렸다.

"우리는 왜 꿈을 꾸는 걸까요?"

그러자 기다렸다는 듯 너도나도 한마디씩 내뱉기 시작했다.

"꿈과 현실의 관계는 무엇일까?"

"꿈은 무의식의 표현이라던데…… 어떤 무의식이 드러난 걸까?"

나는 오버하듯 감탄하는 아이들을 우스운 듯 지켜보다가 기어이 한마디 뱉고 말았다.

"무의식은 개뿔…… 제가 쓰고도 뭘 쓴 줄 모르는 거지."

아이들의 표정이 단번에 굳어 버렸다.

"아니면 대우받을 만큼 대단한 사람이 되고 싶거나."

아이들은 입을 꾹 다문 채 서로의 얼굴을 바라볼 뿐이었다. 도대체 이 아이들은 왜 미수 글이라면 지레 꼬리를 흔드는 걸까.

드디어 전체 토론이 시작됐다. 아이들은 딱 집어낼 수 없는 이야기를 중구난방으로 늘어놓았다. 나는 물끄러미 그런 모습을 지켜봤다. 드디어 미수의 이야기를 들을 차례가 됐다.

"저는 이 글을 쓸 때 딱히 주제를 의식하고 쓴 건 아니에요. 우연하게 자각몽으로 생각되는 꿈을 연속으로 꿨기에 재미있겠다 싶어 써 본 거예요. 실망인가요?"

미수가 겸연쩍게 웃으며 자리에 들어갔다. 문쌤이 미소 띤 얼굴로 교탁 앞에 섰다.

"미수 말이 맞다. 우리는 어떤 작품을 읽을 때마다 해석하려는 강박을 갖고 있지. 의미를 찾아내고 주제를 맞추지 않으면 제대로 읽지 못한 게 아닌가 생각하니까 말이야. 물론 평론가들은 프로이트나 융의 심리학을 예로 들어 가며 꿈에서 이런저런 의미를 찾아내 의미를 부여하겠지만, 독자 입장에서는 어떤 틀에 얽매이지 않고 편하게 감상하고 싶을 때도 있지 않겠니?"

잠시 말을 끊은 문쌤이 주위를 한번 둘러보더니 다시 말을 이었다.

"과제 하듯 독해의 의무를 안고 작품 감상을 하면 문학이 멀어지기 쉽다. 그러니 손에 잡히면 잡히는 대로, 안개처럼 뭉글뭉글한 느낌이면 그대로 느끼는 것도 의미가 있을 거야. 구름은 손으로 잡을 수 없지만 존재하는 것처럼, 문학은 그런 존재들을 대변하는 장르니까."

나는 문쌤의 말이 끝나기를 기다려 손을 번쩍 들었다.

"선우, 말해 보렴."

나는 미수를 한번 흘깃 돌아본 다음 입을 열었다.

"작가가 자신이 쓰고도 뭘 썼는지 모르는 경우도 있나요? 이 글이 그런 것 같아서요."

역시 분위기가 싸늘해졌다. 나는 분위기를 바꿀 요량으로 재빨리 말을 이었다.

"아니면…… 대우받는 사람이 되고 싶은 욕망? 예를 들면 인정받는 작가가 되고 싶다든지요."

그러자 문쌤이 웃으며 대답했다.

"작품은 작가 무의식의 산물이기도 해. 하지만 그 무의식 또한 고도로 훈련된 작가 의식의 총합인 거고. 게다가 인정 욕구는 누구에게나 있지. 문제는 인정을 받으려는 게 나쁜 게 아니라, 진정성 없이 화려한 수사나 기교로 인정받으려고 하면 안 된다는 거지."

문쌤의 미소는 부드러웠다. 상대의 말을 수정하고 보완하면서도 질책하지 않는 저 눈빛. 교실에서는 한마디도 하지 않으면서 내가 동아리시간만 되면 말이 많아지는 이유는, 되는대로 내뱉는 말에도 귀를 열어 주고 소중한 의미를 부여해 주는 문쌤이 있기 때문일 것이다. 아빠든 할아버지든 지겨운 남자들만 봐 왔던 나로서는 생각지 못한 일이다.

미수에 이어 유진의 소설 합평이 이어졌다. 끝종이 울리자 문쌤이 합평을 서둘러 마무리하며 공지 사항을 전달했다.

"카페에 몇 군데 공모전과 백일장 소식을 올려놓았다. 신청할 사람이 있으면 기한 확인해서 댓글로 신청하도록 해. 학교장 추천으로 참가하는 것이니 결재받는 데 착오 없도록 미리미리 신청하라고. 그동안 우리가 공부한 것들을 써먹어 볼 좋은 기회이니 이왕이면 많이 참가하면 좋겠다. 알았지?"

바코드로 읽는 세상

일요일 오후, 집 근처 시립도서관을 어슬렁거리다 돌아오는 길이었다. 한결 서늘해진 바람이 생각을 몰아왔다. 고개를 수그린 채 발끝에 차이는 생각을 걸어 내며 천천히 걷던 나는 문득 노점이 늘어선 시장 어귀에 이르러 고개를 들었다. 사람들의 옷차림이 대부분 긴 팔로 바뀌어 있었다.

불현듯 뜨거운 여름을 함께 보냈던 사람들이 그리워져 국숫집을 찾아갔다. 파장 무렵이라 그런지 가게가 몹시 붐빈 참이었다. 주문받으랴, 계산하랴, 정신없이 몸을 놀리고 있던 주인아저씨가 나를 보더니 반색을 했다. 나는 도서관에서 빌려 온 책을 내려놓고 소매를 걷어붙였다. 손님이 나간 탁자의 그릇을 치우고 행주로 닦아 냈다.

"여기 두 개요!"

아주머니가 주문받은 국수 그릇을 내밀다 주방에서 나를 발견하고 함박웃음을 지었다.

이윽고 북적이던 손님들이 하나둘 빠져나갔다. 밖은 이미 어둑

해져 있었다. 저녁을 먹고 가라는 아주머니의 청에 나는 못 이긴 척 주저앉았다. 곱빼기로 내놓은 잔치국수가 꿀맛이었다. 하루하루가 잔치 같았던 그때, 그리웠던 아주머니의 손맛 그대로였다.

설거지를 마친 아주머니가 앞치마를 걷어 내며 내 앞으로 와 앉았다.

"왜 한 번도 안 왔어? 학교 다니느라 바빴어?"

나는 냅킨으로 입을 닦아 내며 겸연쩍은 듯 웃었다.

"할아버지는 좀 어쩌시고?"

"일 다시 시작하셨어요."

"다행이네그랴."

아주머니가 고개를 끄덕이다 생각났다는 듯 물었다.

"참……."

말하다 말고 입을 다물었다. 내가 의아한 눈으로 바라보자 아주머니가 웃으며 얼버무렸다.

"너도 공부해야지, 뭐……."

계산대에 앉아서 텔레비전에 눈길을 주고 있던 주인아저씨가 한마디 거들었다.

"아, 말을 허다 말믄 어쩌? 사람 궁금하게."

나는 아주머니에게 물었다.

"무슨 일 때문에 그러세요?"

"딴 게 아니고……."

아주머니는 큰길을 가리키며 말을 이었다.

"저쪽 길가에 편의점 하나 있는 거 알제?"

내가 고개를 끄덕이자 아주머니가 기다렸다는 듯 말을 쏟아내기 시작했다.

"내 사촌 동생이 거기 점장으로 있는디 여지껏 손주를 봐줬던 친정어머니가 아프대야. 그래서 애기를 종일반에 보낼라는디 끝나고 봐줄 사람이 없디야. 지가라도 껴안고 있어야 쓰겄는디 그러면 편의점 일을 봐줄 사람이 또 읎어. 그래서 저녁 시간에만 일해 줄 알바를 구한디야. 지가 필요해서 사람을 구한 건께 지 수당에서 나눠멕이 허겠지 뭐. 어뗘, 한번 안 해 볼 텨? 학교 끝나면 얼추 시간도 맞을 것 같은디. 집도 가까운께 차비도 애낄 수 있고. 열한 시까지만 봐주면 돼야. 그 시간이면 심야 알바가 온다니까. 그러잖아도 니가 했으면 싶었는디 딱 맞게 왔네그랴. 어뗘?"

눈이 번쩍 뜨였다. 내 처지에 공부는 무슨!

"네!"

내가 고개를 끄덕이자 일은 일사천리로 진행됐다. 통화를 끝낸 아주머니의 성화에 못 이겨 곧장 점장을 만나러 갔다. 점장은 다섯 살 딸을 둔 삼십 대 후반의 싱글맘. 화장기 없는 수수한 얼굴에 귀밑으로 딱 잘라 붙인 단발머리 점장을 보는 순간, 어딘지 낯이 익다는 생각이 들었다. 국숫집에 다녀갔던 얼굴들 중의 하나가 틀림없었다. 점장도 나를 기억하는지 알은체를 했다. 아주머니와 친척이라더니 역시 선하기 그지없는 얼굴이었다. 점장이 말했다.

"언니가 굉장히 칭찬하던데."

"아주머니가 좋은 분이세요."

"하긴."

점장이 고개를 끄덕이며 웃었다.

"사장님한테도 말해 놨어. 마땅찮은 기색이지만…… 어쩌겠어, 일을 관둘 수는 없으니."

어두운 얼굴로 혼잣말을 내뱉던 점장이 내게 어깨를 으쓱해 보이더니 다시 목소리에 활기를 섞었다.

"일은 어렵지 않아. 시간 잘 지키고 돈 계산만 착오 없이 하면 되니까."

점장이 겸연쩍게 웃었다. 웃는 점장의 눈이 초승달처럼 감겼다. 상대에 대한 배려가 몸에 밴 편안한 웃음이었다. 이곳에서만 이 년 넘게 일을 해 왔다는 점장을 버티게 해 준 건 저 미소가 아니었을까.

일은 내일부터 하기로 했다. 면접도 없이 무사통과되는 느낌이다. 내게도 세상을 건네줄 배후가 생긴 것일까. 한 인연이 다음 인연으로 이어진다는 게 신기했다.

일요일 오후인 만큼 당장 일을 배우기로 했다. 나는 점장을 따라다니며 지시를 받았다. 맨 처음 해야 할 일은 청소. 손님을 상

대하는 사이사이, 즉석 음식을 먹느라 너저분해진 탁자를 치우고, 흘러넘친 라면 국물을 행주로 닦아 내고, 바닥을 쓸고 밀걸레로 닦는 일, 재활용 쓰레기를 분류하고, 일반 쓰레기통과 음식물 쓰레기통을 비우는 일이다. 그러다가 저녁 물품이 들어오면 명세서에 맞춰 검수를 하고, 정해진 공간에 맞게 진열하는 일을 하면 된다.

나는 점장에게서 바코드 찍는 법, 카드와 현금, 기프티콘과 쿠폰으로 결제하는 방법, 버스 카드 충전하는 법, 유통기한이 지난 과자의 반품 처리법, 유통기한이 지난 도시락과 음식을 폐기하는 법을 배웠다. 그 모든 것은 바코드를 통해 기록됐다.

점장과 함께 아이스크림 저장고를 들여다보며 종류별로 수납하는 동안, 야구모자를 쓴 청년 하나가 매장으로 들어왔다. 나는 잽싸게 계산대로 들어가 섰다. 청년이 담배를 주문했다.

"말보로 라이트!"

여기저기 살피며 허둥거리는 나를 보던 청년이 손가락으로 위치를 가리켰다.

"저깄네요."

점장이 아이스크림을 정리하다 나를 돌아보고 있었다. 계산을 마친 내가 쑥스러운 몸짓으로 청년에게 카드를 돌려줬다. 식은땀으로 등이 후줄근해졌다. 청년은 새끼손톱으로 능숙하게 비닐 포장을 벗겨 내며 매장을 나섰다. 청년의 뒷모습을 바라보던 점장이 웃으며 내게 다가왔다.

"처음엔 다 그래. 알바생들이 일 배울 때 가장 힘들어하는 게 담배거든. 어차피 알게 되겠지만……."

점장이 담배 진열대를 가리키며 말을 이어 갔다.

"담배 이름과 패키지 디자인에 일정한 패턴이 있다는 게 내 생각이야."

니코틴이 셀수록 포장의 색상이 진하다는 것. 열 개 포장들이 한 보루가 종이 포장이면 국산, 비닐 포장이면 수입 담배다. 사람들은 담배 이름을 제멋대로 불러 알바생을 헷갈리게 하는데, 그건 고객들이 변하기 이전의 익숙한 이름으로 부르기 때문이라는 거다. 담배는 똑같은 브랜드에도 여러 종류가 있어 다 외우려면 힘들지만, 손님들이 찾는 것은 몇 가지에 한정된 편이다. 많이 팔리는 이름을 기억해 두면 편하다는 것. '말보로 라이트' 하면 골드를 찾아내 주면 되고, '레종' 하면 레종 블루를 준다. '에쎄'는 프라임, '메비우스'는 마일드세븐이나 스카이블루를 찾아 주면 된다. 젊은 층이 많이 찾는 디스는 '몰라'인지 '룰라'인지 발음이 헷갈리기 쉬우니 특히 주의할 것. 헤매다 보면 자칫 고객이 짜증 낼 수 있다는 거다.

"오늘은 이 정도만. 어차피 말해 봐야 다 기억할 수도 없으니."

나는 열적은 표정으로 진열장으로 다가가 브랜드를 읽어 봤다. 포장지마다 흡연의 해로움을 알리는 경고와 함께 섬뜩한 그림이

붙어 있었다.

후두암, 폐암, 구강암, 심장 질환, 심장병, 뇌졸중…… 피투성이 폐, 절개한 목, 썩어 버린 이…… 그래도 피우시겠습니까? 유산과 기형아 출산, 발기부전, 수명 단축, 노화, 치아 변색…… 흉하게 일그러진 얼굴, 연기에 고통스러워하는 아이의 얼굴…… 그래도 피우시겠습니까?

나는 여전히 그림에서 눈길을 떼지 못한 채 점장에게 물었다.

"이렇게 하면…… 담배를 진짜 덜 피우게 될까요?"

"글쎄, 외국에선 줄었다는 연구 결과가 나왔다는데…… 난 아니라고 생각해."

"담뱃값도 인상하잖아요…… 비싸면 피우지 말라고."

점장이 짐짓 화난 얼굴로 목소리를 높였다.

"그건 불쌍한 사람들 호주머니 걸어 가는 날강도 같은 짓이야! 담배 사러 오는 사람들 면면을 보면 그런 생각 안 할 수 없거든."

점장의 가라앉은 눈빛을 보며 내가 가만히 물었다.

"혹시…… 담배 피우세요?"

"오, 노!"

점장이 고개를 흔들었다.

"하지만 유혹에 언제 넘어갈지 몰라 두렵긴 해."

드문드문, 그러나 쉬지 않고 손님들이 이어졌다. 이어폰을 낀 여자가 생수를 사 가고, 축구공을 든 사내아이가 아이스크림을,

무표정한 얼굴의 청년이 삼각김밥과 주스를, 점퍼 차림의 중년 사내가 맥주와 오징어포를 샀다. 이어지는 담배와 컵라면, 또 생수와 담배, 다시 담배와 캔 커피, 그리고 막걸리와 담배. 사람들은 출입문 사이로 쉴 새 없이 나타났다가 무언가를 손에 들고 사라졌다. 사람의 목숨을 이어 가는 데 이렇게나 많은 것이 필요했던가 싶다.

아이스크림 정리를 마무리한 점장이 계산대 안으로 들어와 손에 낀 장갑을 벗었다.

"사장은 내키는 대로 들락거리는 편이니 잠시도 한눈팔면 안 돼."

퇴직금으로 편의점을 차린 사장은 칠십 대 전직 교장 출신인데, 자식들은 모두 외국으로 이민을 가고 병든 아내와 단둘이 산다고 했다. 본래 자기 의견을 굽히려 하지 않는 데다 융통성이 없는 성격이니 사장이 무슨 억지를 부려도 그러려니 하라는 거다. 그러니 절대 해서는 안 되는 것은 사장 말에 토를 다는 것이란다.

내가 놀란 눈으로 바라보자 점장이 쓸쓸한 얼굴로 웃었다.

"남의 돈 받아먹기가 어디 쉬운 일이겠어?"

하긴, 나도 모르게 고개를 끄덕이고 말았다. 잠시 침묵이 이어졌다. 어색해진 내가 주위를 둘러보며 화제를 돌렸다.

"근방이 다 시장인데도 장사가 되나요?"

그러자 점장이 고개를 끄덕이며 대답했다.

"나도 처음엔 그렇게 생각했어. 하지만 이틀만 있어 보면 그게 아니라는 걸 알게 돼."

이곳에 싸고 싱싱한 물건들로 이루어진 재래시장이 있다는 건 지역 사람이면 다 안다. 그런데 주변은 낡은 빌라나 고시원, 원룸이 모인 오래된 주택가여서 근처에 살면서도 시장을 이용하지 못하는 사람들이 의외로 많다는 거다. 이들은 파장을 넘긴 시간이 돼서야 어깨를 축 늘어뜨린 채 도깨비처럼 출몰해 편의점에서 술과 담배, 라면을 사 간다.

"그 사람들이야말로 단골인 셈이지."

"단골이요?"

점장이 고개를 끄덕였다. 사람들은 대부분 편의점 손님이 뜨내기인 줄 아는데 그렇지 않단다. 게다가 물건 사는 것을 보면 살아가는 패턴을 짐작할 수 있다고 했다. 항상 막걸리만 사 가는 사람, 비슷한 시간에 라면을 사 가는 사람도 있다. 술과 담배도 마찬가지다. 한 달에 한 번 비슷한 시기에 생리대를 사 가는 여자도 있고, 똑같은 상표의 아이스크림만 찾는 여자아이, 보라색 비닐 포장의 츄파춥스가 없으면 되돌아 나가는 청년도 있다. 하늘의 별만큼이나 다양한 사람들의 이야기가 이곳 편의점에 압축되어 있는 것이다.

나는 흥미롭다는 듯 연신 맞장구를 치며 들었다. 그러자 점장이 그게 뭐 대단하냐는 듯 씩 웃더니, 돌연 계산대 아래에 놓인 쓰레기봉투에 발을 집어넣어 꾹꾹 누르기 시작했다.

"학교 끝나면 바로 올 거지? 저녁밥은 어떻할 거야?"

"컵라면 같은 거 먹을게요."

부풀어 올라 있던 쓰레기가 점장의 발길에 반으로 쑥 줄어들었다. 점장은 만족스럽다는 듯 쓰레기봉투를 구석으로 밀어 넣었다.

"계산 찍고 먹어. 정산 틀리면 난리 나니까."

"네."

말을 마치자마자 트럭 한 대가 가게 앞에 멈추더니 운전사가 잽싸게 내려 플라스틱 박스를 밀고 들어왔다. 명세서가 얹힌 박스 안에는 점장이 낮에 주문한 물품들이 들어 있었다.

나는 점장과 함께 맞게 물품이 입고되었는지 확인하며 검수를 시작했다.

"진열하기 전에 유통기한 잘 봐. 기존의 것은 앞에 배치하고 방금 들어온 건 뒤쪽에 둬. 오래된 물건 먼저 사갈 수 있도록."

나는 점장이 시키는 대로 앞쪽에 빽빽하게 배치되어 있는 우유와 핫초코, 주스 뒤편으로 방금 들어온 물건들을 쓰러지지 않도록 조심조심 세워 놓았다.

점장은 남아 있던 도시락 하나를 이리저리 뒤집으며 꼼꼼히 살폈다. 유통기한이 지난 것을 알고는 곧장 폐기 처리했다. 이어 핫바 두 개와 우유 한 통도 폐기물 바구니 안으로 던져졌다.

"모아서 음식물 쓰레기통에 버리면 돼."

나는 바구니를 자꾸만 힐끔거렸다. 점장이 그런 나를 보고 있다가 물었다.

"왜, 아까워?"

"아뇨,"

나는 깜짝 놀라 고개를 흔들었다.

"사실 나도 아깝긴 한데…… 예전에 된통 당한 적이 있어서 그래. 누군가 유통기한 지난 걸 알고 배탈 났다며 신고했거든. 신고한 사람은 도시락 몇 배의 보상금을 챙겼고, 나는 식품위생법 처벌 규정이 어쩌고저쩌고하는 구청 직원들을 수차례 만나야 했지. 꼼꼼히 확인하지 못한 실수였다고 아무리 강변해도 소용없더라고. 도시락 회사에서 조사 나오고, 본사에서 경고 먹은 사장이 나를 겁주는 통에 죽는 줄 알았지 뭐야. 그 뒤부터는 아무리 멀쩡해 보여도 손을 안 대게 됐어."

점장은 그때를 떠올리며 진저리 치듯 고개를 흔들었다. 폐기물 바구니를 돌아보며 나는 속으로 뇌까렸다. 멀쩡해 보이는데…… 그대로 버리기에는…… 너무 아깝다…… 아까워.

그때였다. 자동차가 출입구 앞에 멈춘다 싶더니 작달막한 노인 하나가 매장 안으로 들어섰다. 계산대에 앉아 있던 점장이 자동인형처럼 몸을 일으켜 노인을 맞이했다. 사장이었다. 키는 작은데 수박을 품은 것처럼 되똥하니 나온 아랫배, 몇 가닥 남은 머리카락으로 두피를 에두른 대머리 노인이 근엄하게 굳은 얼굴로 점장 옆에 선 나를 가리키며 물었다.

"얘가 걔냐?"

"네, 사장님."

사장이 이마의 주름을 모으며 나를 훑어보았다.

"여자애라더니…… 남자애네?"

점장이 웃으며 대꾸했다.

"아닙니다."

"몸이 저렇게 비리비리해서 일이나 제대로 하겠어?"

"걱정 안 하셔도 됩니다."

"흐음."

사장은 눈살을 찌푸리더니 뒷짐을 지고 매장을 돌아보기 시작했다.

김 양아, 여기 봐라, 물건이 이렇게 비어 있으면 어떡하냐? 비어 보이면 안 된다고 그렇게 이야기를 해도 도대체 말을 먹어 버리냐? 김 양아, 여기는 왜 이렇게 틀어졌냐, 반듯하게 해 놔야 사고 싶은 마음이 들 거 아니냐. 김 양아, 김 양아.

정신을 쏙 빼놓을 만큼 요란하게 매장을 빙빙 돌던 사장이 이윽고 계산대 안쪽으로 들어와 개수대 주변을 살폈다. 빨아 놓은 행주와 손걸레와 밀걸레를 들춰 보기도 했다. 전자레인지 문을 열어 천장까지 들여다봤다.

"김 양아. 저쪽 약국 아래 편의점, 영업 정지 삼 개월 먹고 문 닫은 거 알지?"

"네."

점장이 고개를 끄덕였다.

"그 꼴 안 나려면 똑바로 허란 말이다! 알았냐?"

단단히 다짐을 받아 낸 사장이 마침내 매장을 나섰다. 점장과 나는 문밖으로 나가 사장을 배웅했다. 점장이 자동차 뒷좌석을 향해 고개를 숙였다. 나도 따라 목례를 했다. 늙은 여자가 뒷좌석에 앉아 있다가 기운이 달린다는 듯 힘없이 고개를 끄덕였다. 자동차가 떠나자 점장은 길 건너 맞은편을 가리키며 말했다.

"저기 봐 봐, 편의점 하나 문 닫은 거 보이지?"

내가 고개를 끄덕이자 점장은 쓴웃음을 지으며 매장 안으로 들어섰다.

"미성년자한테 담배 팔아 적발된 거래. 하필이면 판 사람이 주인이지 뭐야? 원망도 못 하게 됐지, 뭐."

어떤 남자애가 담배를 사러 왔는데 딱 봐도 고등학생이더란다. 주인은 당연히 주민증을 보여 달라고 했다. 그랬더니 생쥐처럼 쬐끄만한 놈이 인상을 팍 구기면서 지금 자기를 의심하는 거냐며 핏대를 세우더란다. 주인이 어처구니없어하면서 '됐다, 됐어. 너한테는 안 팔 테니 가라, 가!'라고 했단다. 그러자 녀석이 주민증 사진으로 보여 주겠다며 호기를 부리더란다. 주인도 호락호락

물러설 사람이 아니었다. 주민번호 검사기에 입력하는 척하면서 그딴 거 필요 없으니 주민번호나 대라고 했고. 그러자 그놈이 갑자기 목소리를 확 높이며 '아, 씨발 좆같네!'라고 내뱉었단다. 순간 꼭지가 돌아버린 주인이 '너 이 새끼, 죽어 볼래?'하면서 계산대 밖으로 쫓아 나오니 어느새 도망가 버리고 없더라는 거다.

"그래도 팔지는 않은 건데…… 뭐가 문제예요?"

"내 말 들어 봐. 이야기 안 끝났으니까…… 문제는 그다음이거든. 이놈이 가긴 갔는데 무색하게 당한 화가 안 풀렸던 거야. 그래서 꾀를 냈어. 친구 중에 몸집이 황소만 한 놈을 불러낸 거지. 인상이 조직폭력배 깍두기처럼 험악하고 늙어 보이는 놈이었어. 생쥐처럼 쪼깐한 놈이 미련하고 덩치 큰 황소에게 담배 심부름을 시킨 거야. 아무것도 모르는 주인은 황소에게 담배를 팔았고, 생쥐는 그 길로 신고해 버린 거지."

아! 내 입에서 탄식이 쏟아졌다. 이곳이야말로 천일야화의 산실이 아닌가.

"그래서 사장이 올 때마다 나한테 상기시키는 거야. 된서리 맞으면 그 길로 내 목도 잘릴 거니 절대 실수하지 말라고…… 너도 알았지?"

점장은 손님들이 여자라 만만하게 보고 우기면 사장님 핑계를 대라고 했다.

"괜히 말싸움하지 말고. 우리 사장님이 민증 없으면 절대로 팔지 말라 했다고, 팔면 내 모가지가 날아간다고 해."

점장이 손으로 쓱싹 목 자르는 시늉을 했다.

"근데 궁금하긴 해."

점장이 생각났다는 듯 수납장에서 몇 보루의 담배를 꺼내 빈 공간에 차곡차곡 채워 넣으며 말했다.

"뭐가요?"

"우리는 이토록 깐깐하게 생쥐들과 전투를 치르는데, 밖에 나가 보면 골목골목마다 모여서 담배 피우는 생쥐들이 정말 많거든. 그건 뭐지?"

"편의점 주인까지도 물 먹일 줄 아는 애들이겠죠. 뛰는 놈 위에 나는 놈!"

"하긴 주민번호 검사기까지 비치해 놓고 압박해 보지만 보란 듯이 빠져나가는 생쥐들을 무슨 수로 다 걸러내겠어?"

"빨리 어른이 되고 싶은 건지도 몰라요."

그러자 점장이 장난기 가득한 눈으로 나를 돌아보더니 물었다.

"너…… 혹시……?"

"네? 전 아니에요!"

나는 두 손을 저으며 소리쳤다. 그러자 점장이 큰 소리로 웃었다.

"농담이야. 농담!"

점장과 나는 컵라면으로 늦은 밤참을 먹은 뒤 교대 시간을 기다렸다. 시간이 되어 들어선 심야 알바는 모자를 깊숙이 눌러쓴 이십 대 후반의 청년이었다. 신입인 내가 꾸벅 인사를 했음에도 전혀 반응이 없었다. 무표정한 얼굴이 마치 마네킹처럼 느껴졌다. 긴 밤을 버티는 데 이런저런 감정 따윈 거추장스럽다는 것을 일찌감치 터득해 버린 사람 같았다. 그는 점장이 출근하는 아침까지 밤새 매장을 지키게 될 것이다.

집으로 돌아와 씻고 누웠다. 갑자기 오후에 생긴 일을 생각하니 얼떨떨하기만 했다. 내가 받게 될 돈을 헤아려 봤다. 시간당 받을 최저임금에다 하루 여섯 시간을 곱한다. 그리고 다시 삼십 일을 곱하면? 머릿속으로 감당이 안 되는 계산이었다. 마음이 허공으로 솟구쳤다.

아침밥을 챙겨 주지 못하는 할아버지가 학교까지 왕복 차비를 포함해 내게 주는 용돈은 하루 삼천 원. 그 돈으로 나는 학교 앞 편의점에서 우유나 삼각김밥으로 빈속을 때운다. 그 외에 무언가를 하려면 그 돈만큼 굶거나, 걸어서 버스비를 아껴야 했다. 그러니 삼천 원은 내 하루치의 목숨값인 셈이다.

지난번 국숫집 알바비는 병원비로 속앓이를 하던 할아버지에게 뺏기다시피 했다. 그러니 이번 알바는 비밀로 해야 한다. 귀가 시간이 늦어지면 눈치채게 되겠지만. 알고도 시치미 떼겠지. 대신 용돈을 줄일 게 분명하다. 할아버지는 그러고도 남을 사람이니까.

나는 벌떡 일어나 인터넷 검색을 시작했다. 담배 종류를 찾아 익혔다. '편의점 알바생 담배 익히기'라는 글도 있었다.

알바 일주일째. 주눅 들었던 담배 판매도 많이 익숙해졌다.

어젯밤에는 생쥐 한 마리가 메비우스를 달라고 하기에 신분증을 보여 달라고 했더니 군말 없이 돌아갔다. 성공하고 나니 어깨에 힘이 바짝 들어갔다.

나는 컵라면에 뜨거운 물을 부으면서 바구니에 폐기 처분된 김밥을 몇 번이나 들었다 놓았다. 현란한 포장지에 담긴 치즈불고기와 볶은김치김밥은 보기만 해도 먹음직스러웠다. 아침에 배달된 김밥이니 먹어도 되지 않을까. 지금껏 내가 먹은 어떤 음식도 저 김밥보다 나은 것은 없었다고 해도 과언이 아니었다. 그러니 내 배 속은 이미 불량으로 단련되어 있을 거다. 삼각김밥 두 개와 핫바 하나, 소시지 하나. 어떤 날은 도시락이 남아있기도 했다. 마음이 흔들렸다. 그럴 때마다 나는 과장된 몸짓으로 코를 싸쥐며 음식을 쓰레기통에 처박았다. 그런 다음 내가 먹을 컵라면 값을 지불한 후 망연한 눈빛으로 라면발이 붇기를 기다렸다.

생각해 보면 국숫집 알바가 행복했던 것도 음식 덕분이었다. 일이 끝날 때마다 그날그날 남은 음식들을 아주머니가 챙겨 줬기 때문이다. 국숫집에서 일하는 동안 할아버지와 나는 끼니 걱정을 하지 않아서 좋았다. 팔다 남은 콩물이나 삶은 국수, 거기에 잘 익은 열무김치까지 배 속을 편안하게 해 줬다. 좋은 사람들을 만나 즐거웠고 맛있는 음식이 있어 더 좋았다.

나는 뚜껑을 떼어 내자마자 허겁지겁 컵라면을 비웠다. 용기를 치우고 다시 계산대에 앉은 나는 습관처럼 휴대폰에 얼굴을 들이밀었다. 매장에는 진열대로 살짝 가려진 탁자에 허리를 겹쳐 앉듯 들러붙은 남녀 한 쌍뿐이다. 그들은 컵라면과 핫바, 캔 커피를 하나씩 사서 번갈아 가며 나눠 먹더니, 다 먹은 지금은 나를 힐끔거리며 서로의 몸을 더듬고 있다. 간간이 입을 맞추는 기색이다. 시간이 갈수록 그들의 행위는 과감하고 진해졌다.

그때 딩동 소리와 함께 문자가 들어왔다. 주희였다.

– 알바 재밌어?

– ㅠㅠ

– 왜?

– 모텔 무드야.

– 뭐가, 어디?

– 딥 키스. 떨어지지 않아. ㅋㅋ

– 지랄! 모텔로나 갈 것이지. ㅋㅋㅋㅋ

– 돈이 없나 봐. ㅋㅋ

– 당장 가서 모텔비 내놓으라고 해.

– 컵라면 하나에 핫바 하나 나눠 먹고 저 지랄들을 하고 있다니까.

– 아, 맞아! 「가난하다고 해서 어찌 사랑을 모르겠는가」 그런 시도 있지, 아

　마? ㅋㅋㅋㅋ

– 어쭈!

문자는 거기서 끊어졌다. 자동차 한 대가 출입문 앞에 멈추더니 아는 얼굴이 매장 안으로 쑥 들어왔기 때문이었다.

"앗, 쌤!"

놀란 내가 소리를 지르자 덩달아 놀란 연인들이 황급히 옷깃을 여미고 소지품을 챙겨 들었다. 나를 향해 웃으며 다가오던 문쌤이 허둥지둥 빠져나가는 그들에게 길을 비켜 주었다.

"지나가다 들렀다. 주희가 너 여기서 알바 한다기에."

문쌤은 매장을 쓱 둘러보더니 아이스크림 저장고를 가리키며 물었다.

"아이스크림 먹을래?"

문쌤이 아이스크림 두 개를 계산하고 연인들이 앉았던 탁자로 가 앉았다. 나도 맞은편에 앉아 문쌤이 건네는 아이스크림을 받아 들었다.

"지금 한창 바쁘실 때 아니에요?"

"바쁘지. 곧 3학년들 수시 지원이 시작되잖아. 자기소개서 봐 달라고 난리야. 추천서 요청도 여럿이고."

나는 고개를 끄덕였다. 다음 해엔 우리 차례지. 딱 일 년 남은 거다.

"문제는 자기소개서든 추천서든 딱히 쓸 만한 게 없다는 거지. 부모 뒷바라지 잘 받고 공부만 했던 아이들이라서 말이야. 고통도 갈등도 다 만들어 내는 판이니 '자소설'이랄 수밖에."

문쌤이 허탈하게 웃었다.

"너라면 차고 넘칠 텐데 말이야. 걱정하지 마라, 네 추천서는 내가 써 줄 테니. 그것도 아주 멋지게."

나는 씁쓸하게 웃으며 문쌤의 말을 되받았다.

"그러실 거 없어요. 저 대학 안 가요."

"물론 대학을 꼭 가야만 하는 건 아니다만……."

문쌤이 말꼬리를 낮췄다. 나는 미안한 마음에 애써 명랑한 척 목소리를 높였다.

"할아버지가 공장 가래요. 돈 벌어야 시집갈 수 있다고."

내가 웃자 문쌤도 따라 웃었다.

"농담이시겠지."

"농담 아니에요. 쌤이 모르셔서 그래요. 할아버지가 얼마나 지독한 사람인데…… 사겠다는 사람만 있으면 저라도 내다 팔려고 할 걸요?"

"선우야……."

모르는 건 오히려 너라는 듯, 나를 불러 놓고 가만히 바라보기만 하던 문쌤이 나직이 입을 열었다.

"지난번에 학교 앞에서 택시를 탄 적이 있었어. 교육청 가자고 했더니 기사님이 나더러 여기 학교 선생님이냐고 묻더라. 맞다고 했더니 반가운 얼굴로 우리 손녀도 여기 다닌다고 하지 않겠니? 그 손녀가 바로 너였어……."

"아…… 네."

"그래서 지난번 다치신 데는 어떠냐고 여쭤 봤더니…… 할아버지가 깜짝 놀라시면서 어떻게 그런 걸 다 아냐고 물으시더라."

평소 좋지 않던 허리에다 교통사고로 골절당한 가슴뼈가 완쾌되지 않아 줄곧 한숨 쉬던 할아버지는 예기치 못한 문쌤의 따뜻한 안부에 감동받아 묻지도 않는 말까지 줄줄이 쏟아 냈다.

우리 선우, 부모도 없이 늙은 할애비 하나 믿고 사는데…… 그래도 대학은 보내 줘야 제 앞가림을 하지 않겠느냐고, 그래야 편히 눈을 감을 수 있겠다고. 그러려고 악착같이 돈을 모으다 보니 우리 선우 용돈 한번 푼푼히 못 줘 가슴이 아프고 저리다고 하더란다.

불현듯 눈자위가 뜨거워졌다. 교활한 늙은이, 문쌤 앞에서 연기를 다 하다니. 말 같잖은 소리 믿지 말라고 소리치고 싶었다. 나는 주먹을 쥔 채 눈두덩에 바짝 힘을 주었다. 문쌤의 말이 계속 이어졌다.

"선우야, 공부 잘하는 아이들, 책상 앞에만 앉아 있는 아이들

부러워하지 마라. 그들 중에는 자기가 왜 대학을 가는지, 무엇을 좋아하는지 모르는 애들이 태반이야. 난 목적 없이 공부하는 애들보다 너처럼 치열하게 자기 삶을 버티는 것도 나쁘지 않다고 생각해. 그래야 나중에 좋은 글이 나올 테니 말이다."

나는 기다렸다는 듯 픽, 소리를 내며 웃었다.

"쌤은 세상일 모두가 다 글쓰기로 연결된다고 생각하시나 봐요? 기, 승, 전, 글쓰기!"

"그런가?"

문쌤이 겸연쩍게 웃더니 이내 정색을 하고 말을 쏟아 냈다.

"그냥 하는 말이 아니야. 선우야, 난 네가 글 쓰는 사람이 되었으면 좋겠어. 내가 지금까지 오랫동안 문예반 아이들을 지켜봐 왔잖니? 넌 모르겠지만 네 안에는 화산처럼 잠재된 에너지가 있어. 정제되지 않는 야생의 힘. 난 그게 부럽다. 너는 지금 내 말이 믿기지 않고 두서없이 여겨지겠지만……."

문쌤이 깊은 눈빛으로 나를 바라보았다. 나는 어찌할 바를 몰라 다른 곳으로 시선을 돌리고 말았다.

이윽고 문쌤이 몸을 일으켰다. 나는 문밖으로 나가 문쌤을 배웅한 뒤 자동차가 보이지 않을 때까지 서 있었다. 흥! 선생이란 족속들은 교묘한 희망으로 아이들의 능력을 과도하게 포장해 현혹시키는 사람이라는 걸 내가 모를 줄 알고? 그러니 속으면 안 된다. 사탕발림, 그 이상도 이하도 아닌 말에 넘어가서는 안 된다.

문득 쌀쌀한 기운에 정신을 차렸다. 거리를 질주하는 자동차들의 움직임이 한결 줄었다. 나는 팔뚝을 감싸 안으며 돌아서다 문득 휘황하게 불 밝힌 간판을 올려다봤다. 조도가 밝아서 아무 생각이 없었는데 자세히 보니 군데군데 낀 거미줄에 죽은 날벌레들이 까맣게 달라붙어 있었다.

나는 출입구 옆에 세워진 기다란 빗자루를 들고나와 거미줄을 향해 추켜들었다. 양각된 글자 사이로 빗자루를 휘저으며 간판에 붙은 날벌레를 털어 냈다. 고개를 쳐들고 있는 내 얼굴 위로 먼지와 날벌레가 떨어졌다. 입을 다문 채 힘껏 휘저었다. 그러다가 빗자루를 거두려고 뒷걸음치는 순간, 나도 모르게 휘청했다. 무언가 내 다리 사이를 휙 스치고 지나갔기 때문이다.

뭐지? 놀란 가슴을 지그시 누르며 서 있자니 건물 모퉁이로 사라졌던 실체가 슬그머니 고개를 내밀었다. 고양이였다. 매장 안을 호시탐탐 엿보고 있어서 종종 마주치곤 했던 그 고양이 맞다.

나는 매장 안으로 들어와 빗자루를 다시 출입문 쪽에 기대 놓았다. 그러자 고양이가 살금살금 다가와 열어 놓은 출입문 앞에 서서 빤히 나를 올려다보았다. 나도 고양이와 눈을 맞추었다. 눈길을 거두지 않는 고양이. 나는 가만히 고양이에게 다가가 빈손을 내밀었다. 고양이가 뒷걸음쳤다. 그러더니 멈춰서 다시 나를 바라봤다. 고양이는 쭈그려 앉은 나를 무심히 바라볼 뿐 도망가지는 않았다.

나는 매장 안으로 들어와 바구니 안에 들어 있던 핫바를 꺼내 고양이 앞으로 다가가 내밀었다. 고양이의 눈이 반짝 빛을 냈다. 고양이는 껍질을 까는 내 앞에 다소곳이 쭈그리고 앉아 기다렸다.

"배고프지? 조금만 기다려. 맛있는 거 줄게."

내 말을 알아들은 건지 고양이는 꿈쩍도 안 하고 나를 지켜봤다. 너도 배고프면 안 되지. 나는 혼잣말로 중얼거리며 포장을 벗겨 냈다.

고양이는 내가 내민 핫바를 단숨에 잡아챘다. 그러고는 천천히 어둠 속으로 사라졌다. 나는 고양이가 사라진 어둠을 물끄러미 바라보고 있다가 담배를 사러 온 청년과 함께 매장 안으로 들어왔다.

고양이는 다음 날에도 나타났다. 이번에는 한 마리가 아니라 두 마리. 차츰 세 마리로 늘었다. 녀석들은 나란히 서서 매장 안의 나를 바라보았다. 좀처럼 물러서지 않았다. 나는 바구니를 뒤져 손에 잡히는 대로 가지고 나갔다. 삼각김밥을 뜯어 주기도 했고 소시지를 까 주기도 했다.

물론 갈등이 없었던 것은 아니다. 고양이에게 줄 바에야 내가 먹는 게 낫지 않나 싶었기 때문이다. 그런 내가 마치 폐기된 음식을 놓고 고양이와 다투고 있는 것처럼 느껴지기도 했다. 굶주린 고양이에게 내가 할 수 있는 것이라곤 다만 그뿐이면서도 그랬다.

그러던 어느 날, 고양이에게 조미오징어포 비닐 포장을 뜯어 주고 돌아서던 밤이었다. 나는 고양이가 먹이를 물고 사라진 곳으로 무심코 시선을 돌렸다. 순간, 건물 모퉁이에서 고개를 빼꼼히 내밀고 있던 사내와 눈이 마주쳤다. 덥수룩한 머리칼, 더러운 얼굴, 찬바람을 막기엔 지나치게 얇고 너덜거리는 옷차림. 나는 알 수 없는 두려움에 얼른 매장 안으로 들어와 버렸다.

다음 날, 고양이들에게 건넨 도시락의 포장 용기를 치우려고 밖으로 나갔을 때였다. 그곳에는 아무것도 없었다. 고양이도, 도시락도 없이 말끔했다. 고개를 갸웃하다 돌아본 건물 모퉁이에서, 나는 덩치 큰 고양이처럼 웅크리고 앉아 있던 사내를 발견했다. 놀랍게도 그의 손에 도시락이 들려 있었다. 나는 기절할 듯이 놀라 매장 안으로 들어와 버렸다.

이어지는 손님들에게 아이스크림을 팔고, 담배를 팔고, 생리대를 팔고, 생수를 팔고, 소주를 팔고, 과자를 팔면서도 어찌 된 일인지 내 촉수는 고양이 사내를 향해 점점 뻗어 갔다.

다음 날부터 나는 알바를 시작할 때마다 폐기될 음식부터 확인하게 됐다. 물론 고양이에게 주려는 건 아니었다. 고양이는 손님이 들고 날 때면 도망쳤다가 다시 나타났지만 나는 그들을 외면했다. 그러면서 여전히 알바가 끝나기 전 바구니에 든 음식을 살뜰히 챙겨 놓았다.

일과가 끝나 매장을 나온 나는 주위를 둘러본 뒤 건물 모퉁이로 돌아섰다. 그러고는 어둠 속에 가만히 서서 기다렸다. 어디선가 고양이 사내가 나를 지켜보고 있을 거였다. 나는 선 자리에 들고 간 음식 봉지를 가만히 내려놓고 맞은편 골목에 몸을 숨겼다.

사내는 내가 자리를 떠난 후에야 고양이처럼 슬그머니 다가가 음식 봉지를 끌어당겼다. 그런 모습을 멀찍이 지켜보면서 나는 속으로 되뇌었다. 어차피 쓰레기통으로 들어갈 음식이라고. 그러니 고양이가 먹든, 고양이 사내가 먹든 상관없는 일이라고.

그렇게 며칠이 지났다. 어느 날, 점장이 매장 안으로 막 들어서는 나에게 기다렸다는 듯 물었다.

"요즘도 저녁에 컵라면 먹어?"

점장의 물어보는 눈빛이 깊었다. 뭔가 알고 있는 것 같은 느낌이었다. 도둑이 제 발 저린다더니 내가 예민해진 걸까.

"폐기된 김밥이나 도시락을 먹을 때도 있어요……."

"그래?"

점장은 걱정스러운 듯 고개를 갸웃했다.

"나중에 문제 생기면…… 어쩌려고 그래?"

배탈을 말하는 거라면 그건 괜찮다.

"하도 나쁜 것을 많이 먹어 내성이 생긴걸요."

나는 점장을 향해 일부러 웃어 보였다. 어쩐지 어색한 느낌. 점장은 걱정스러운 듯 혼잣말로 중얼거렸다.

"사장이 알면 안 될 텐데……."

"사장님께는 잘 처리했다고 말씀드릴게요."

"어쨌든 조심해. 너한테 문제가 생기면 나까지 곤란해지니까."

점장이 걱정스러운 얼굴로 퇴근을 했다. 나는 곧바로 청소를 시작했다. 탁자와 바닥을 깨끗하게 쓸고 닦았다. 걸레를 빨아 선반 구석구석까지 꼼꼼히 먼지를 닦아 냈다. 적어도 하루 한 번은 매장 곳곳이 내 손길을 받게 되는 거다. 편의점 일은 생각보다 재미있었다. 손님이 뜸한 시간에는 책을 볼 수도 있었다. 그럴 때마다 나는 가방에서 『천일야화』를 꺼내 읽었다.

캄캄한 어둠 속. 나는 사내의 뒤를 밟고 있었다. 뭘 어쩌려고 그러는 것은 아니었다. 음식을 놓아둔 자리가 항상 말끔하게 치워져 있어 이후가 궁금했기 때문이었다. 그 자리에서 먹기에는 자꾸만 다가드는 고양이가 귀찮았던 것일까. 하릴없이 그의 뒤를 따르고 있자니, 불현듯 게임에 미친 한 인간이 떠올랐다. 그 인간은 밥이나 먹으면서 게임을 하는 것일까. 그렇다면 저 고양이 사내도 게임에 미쳐 집을 나온 것은 아닐까. 하루 종일 게임만 하다가 밤이 되면 저렇듯 고양이처럼 배고픈 눈을 부라리며 먹이를 찾아 거리로 나서는 것인지도 모른다.

그러자 갑자기 다리에 힘이 쫙 풀리면서 금방이라도 주저앉고 싶어졌다. 그런 인간이라면 밥 한 톨도 아깝다. 그냥 굶어 죽는 게 나아. 다음에는 절대로 주지 말아야지. 이윽고 사내가 지붕 낮은 허름한 주택 앞에 멈춰 섰다. 불현듯 사내가 뒤를 돌아봤다. 아! 그의 얼굴을 보는 순간, 내 입에서 비명이 터져 나왔다.

누군가 어깨를 흔들고 있었다. 주희였다. 책상에 엎드려 잤나 보다. 잠이 덜 깬 눈꺼풀에 고양이 사내의 눈빛이 계속 어른거리는 느낌이었다.

"선우야, 아까부터 계속 네 휴대폰이 울리고 있어. 어서 받아 봐."

주희가 내 휴대폰을 가방에서 꺼내 줬다. 점장이다. 무슨 일일까. 나는 시끄러운 교실을 벗어나 복도로 내달렸다.

"큰일 났다! 너, 지금 이곳으로 올 수 있니?"

"무슨 일인데요?"

"유통기한 지난 거 팔았다고 신고가 들어갔단다. 사장님이 노발대발 난리 났어!"

"네? 그런 적 없는데요?"

"어쨌든 당장 와서 해명해. 사장은 너랑 나, 모두 잘라 버린대. 바쁘니 이만 끊어!"

점장이 다급하게 전화를 끊었다. 나는 아프다는 핑계로 조퇴를 한 뒤 곧장 편의점으로 달려갔다.

의자에 앉아 있던 사장이 나를 보자마자 벌떡 몸을 일으켰다. 뒤편에 서 있던 점장의 눈자위가 벌겠다.

"이거 네가 팔았냐?"

사장이 내민 것은 음식이 반 정도 남은 김밥 포장지였다. 먹다 남은 치킨 데리야키 손말이김밥. 더럽고 끔찍해 보였다. 왜 맛있는 음식도 있어야 할 장소와 시간을 벗어나면 이처럼 천박해지는 것일까.

"김 양은 안 팔았단다. 심야도 안 팔았대. 그러니 마지막으로 너한테 확인하는 거야."

나는 고개를 저었다.

"판 건 아니에요."

"그러면?"

"……."

"어서 말해!"

서릿발같이 닦달하는 사장의 말에도 나는 굳게 입을 닫았다. 점장은 짐작이 간다는 듯 눈을 질끈 감았다 떴다. 이윽고 사장의 입을 막듯 서둘러 말했다.

"모두 제 불찰입니다. 제가 책임지겠습니다."

사장은 점장의 말에는 아랑곳하지 않은 채 소리쳤다. 관자놀이 핏줄이 벌겋게 꿈틀댔다.

"너, 지금 나 망하는 꼴 보려고 이러는 거야? 엉?"

사장이 몸을 뒤로 젖히는가 싶더니 비틀거리며 뒷목을 짚었다. 놀란 점장이 사장을 부축해 의자에 앉히고 물을 마시게 했다. 사장은 한동안 눈을 감고 등받이에 몸을 기댄 채 쓰러지듯 앉아 있더니 천천히 몸을 일으켰다. 출입문을 향해 걸음을 옮기던 사장이 뒤를 돌아서며 다시 소리쳤다.

"둘 다 그만둬! 너희들 없으면 일할 사람 없을 줄 알아? 다들 그만두라고!"

사장이 비틀거리며 밖으로 나갔다. 점장이 사장을 배웅한 뒤 우울한 낯빛으로 돌아왔다. 나는 점장에게 기어들어 가는 목소리로 사과했다.

"죄송해요……."

점장이 긴 한숨을 내쉬며 말했다.

"사장이 네가 누군가에게 준 음식이라는 걸 알게 됐어. 신고가 들어와서 추적해 보는 과정에서 폐기된 기록을 확인했거든."

점장은 자신의 빈손을 내려다보며 혼잣말로 중얼거렸다.

"사람이 어떻게 그럴 수 있냐. 보상금을 바라고 신고하다니…… 은혜를 원수로 갚는 꼴이지 뭐야. 세상 참…… 야박하다."

나는 어둠 속 고양이 사내의 눈빛을 떠올렸다. 당장이라도 찾아가서 따져 묻고 싶었다. 배신감에 온몸이 졸아드는 것 같았다. 나는 기어들어 가는 목소리로 점장을 향해 주절거렸다.

"그러면 점장님도…… 저 때문에 그만두시게 되는 건가요?"

"방법이 없어…… 벌써 두 번째인걸."

"이번 건은 점장님 잘못이 아니잖아요?"

"너를 데려온 건 나니까…… 책임지라는 거지."

"제가 사장님께 사정해 볼까요?"

"쓸데없는 일이야…… 다른 데 또 구해 보지, 뭐."

점장이 낮게 중얼거렸다. 얼굴에 짙은 그늘이 내려앉았다.

세상의 일들 중에 선의를 베푼 뒤 뒤통수 맞을 확률은 얼마나 될까? 지금껏 살아오는 동안 피해자라고만 생각했던 내가 본의 아니게 누군가의 뒤통수를 치게 될 줄은 몰랐다. 나로 인해 일자리를 잃게 된 점장님. 세상은 알면 알수록 더 이해하기 힘든 거대한 블랙홀이다.

내게 천일야화를 만들어 줄 것으로 기대했던 편의점 알바는 보름 만에 그렇게 막을 내리고 말았다.

다른 반 학생 출입금지

한동안 아무것도 하지 못했다. 아니, 하기 싫었다. 그러는 동안 10월 24일이 점점 가까워지고 있었다. 몸과 마음이 땅속으로 꺼져 들어가는 기분이었다. 편의점 알바가 좋지 않게 끝난 것을 안 주희는 주변을 얼쩡거리며 나를 챙겨 주려 애썼다. 처음으로 백일장에 참가하게 된 것도 주희가 바람을 넣은 까닭이었다. 기분 전환도 할 겸 이번 기회에 대학 캠퍼스 구경이나 실컷 하고 오자고 했다. 백일장에 점도 찍어 보지 않고 어찌 문예부원일 수 있겠냐는 말까지 덧붙였지만, 내게는 문쌤의 인솔 소식이 불을 댕겼다. 너도나도 신청해 단체로 소풍 가는 분위기가 됐다.

"대충 써서 미수에게 상을 몰아주자는 거지."

하나 마나 한 소리를 지껄이는 주희의 얼굴엔 설렘이 가득했다.

드디어 결전의 날이 밝았다. 우리는 학교장 추천을 받은 대표 선수들답게 으스대듯 학교를 나섰다. 출근 시간이 지난 시내버스는 온통 우리들 차지였다. 주희가 미수를 향해 말했다.

"상 받으면 한턱 쏘는 거 잊지 마, 알았지?"

"부담 주지 마."

미수가 눈을 흘겼다.

"이번에도 산문 쓸 거지?"

"아마도. 시는 자신 없어……."

"파이팅!"

주희가 미수를 향해 주먹을 불끈 쥐었다.

버스는 시내를 가로질러 금세 우리를 대학 정문 앞에 내려놓았다. 육중한 건물들이 시야를 가로막고 서 있었다.

"멋지다! 난 어떻게 여기 대학생이 한번 되어 보냐……."

누군가의 푸념이 들려왔다.

"난 작년에 여기 캠퍼스 투어로 왔었거든. 안내 도우미들이 동행하면서 설명해 주더라. 부러워서 죽을 뻔했다니까."

"도우미라면 이 학교의 얼굴들 아냐? 홍보 모델 말야."

"당근이지."

그러자 솔비가 중얼거렸다.

"나도 도우미 하고 싶다……."

옆에 서 있던 재연이 솔비의 귀에 대고 속삭였다.

"내가 도우미 되는 방법 알려 줄까?"

솔비가 눈을 동그랗게 떴다.

"어떻게?"

"너한테만 가르쳐 줄 테니까…… 잘 들어."

"응!"

"공부를 죽어라고 한다, 이곳 대학에 지원한다, 합격한다, 도우미를 신청한다, 도우미에 선정된다."

"뭐얏?"

재연이 낄낄대며 도망쳤다. 솔비가 재연을 쫓아가 기어이 등짝을 때렸다.

"말로 안 될 게 뭐니? 코끼리도 냉장고에 넣는데…… 킥킥킥."

잔디밭 곳곳에 자연스럽게 앉아 이야기를 나누는 학생들의 모습이 보였다. 삼삼오오 걸어가는 대학생들, 커플인 듯 서로의 허리를 꼭 껴안고 가는 남녀도 있었다. 화보에서나 보았음 직한 풍경이다. 우리는 흘깃거리며 대회장 안내 표지판을 따라 걸어갔다.

"옴마…… 기죽어."

"기다려라, 내가 오는 그날까지! 내 블링블링한 미모로 이곳을 평정해 줄 테니!"

우리는 낄낄대며 깔깔대며 걸었다. 하늘은 구름 한 점 없이 맑았고, 넓은 운동장을 휘돌고 가는 바람도 기분 좋게 살갗을 간질였다. 덥지도 춥지도 않은 전형적인 초가을 날씨였다.

접수를 마친 문쌤이 우리를 모아 놓고 다짐을 놓았다.

"긴장하지 말고 써. 심사위원들은 식상한 글보다는 서툴러도 참신하거나 진솔한 글에 점수를 더 주니까 말이야."

문쌤의 말에 오히려 아이들의 표정이 더 굳어졌다.

"이왕이면 글씨 또박또박 쓰는 거 잊지 말고, 맞춤법도 유의하고, 또 뭐더라…… 상징이나 은유 같은 문학적 장치도 활용할 수 있으면 하고. 산문 쓰는 사람은 논술문 쓰듯 주장만 내세우지 말고 일화를 활용해 주제에 접근하면 더 좋겠지. 논리와 감성의 조화, 알았지?"

우리는 문쌤과 헤어져 강의실로 들어갔다. 먼저 온 학생들이 자리를 꽉 채우고 있었다. 상 받으려고 온 건 아니니 괜찮다고 나를 다독이며 수험번호가 적힌 자리를 찾아 앉았다. 미수는 대각선으로 보이는 자리에 앉아 허리를 꼿꼿이 세웠다.

나도 허리를 곧추세우다가 불현듯 나의 이런 행동마저 미수를 '따라 하고' 있는 건 아닌가 생각했다. 미수가 활동했던 카페에 가입하고, 미수가 읽는 책을 찾아 읽고, 미수가 가는 백일장에 함께 가는 일. 따라 하고 따라가다 보면 마침내 나도 미수처럼 되리라고 믿는 것일까. 이런 생각을 하는 내가 낯설었다. 어쩐지 예전의 내가 아닌 것만 같았다.

시간이 되자 담당자가 원고용지를 품에 안고 강의실 앞문으로 들어섰다.

"주어진 시간은 두 시간입니다. 물론 다 쓴 사람은 제출한 뒤에 먼저 퇴실해도 좋습니다."

그는 대학 마크가 찍힌 원고용지를 나눠 준 다음 칠판에 커다랗게 썼다.

시 - 멈추다

산문 - 이끼

꼿꼿하게 앉아 있던 미수의 어깨가 바짝 굳어졌다. 나는 창밖으로 고개를 돌렸다. 푸른 하늘이 프레임에 담긴 색지 같았다. 맑고 창망한 하늘을 보면서 고뇌하듯 중얼거렸다.

이끼, 이끼, 이끼…….

내가 비록 축축하고 그늘진 곳에서 살지만 '이끼' 같은 인간은 되지 말자고 다짐한 적이 있다. 이끼가 되기 전에 생을 마감하는 거다. 그러던 어느 날, 우연한 기회에 나는 이끼야말로 지구의 가장 험한 환경에서도 끝까지 살아남는 생존 능력이 뛰어난 식물이라는 것을 알게 되었다. 이끼가 내게 말한다. 살아남으라고, 끝까지 살아남아야 한다고 말한다. 제일 마지막까지 살아남는 사람이 최후의 승자라고. 우주 공간에서도 지낼 수 있을 만큼 생명력이 대단하다는 이끼. 이끼 같은 인간이 된다는 것은 어떻게 살아가는 것일까. 내일도 기약할 수 없는 나에게 이끼는 말한다. 끝까지 살아남으라고, 살아남아야 한다고…….

더 이상은 끼적이지 못한 채 멍하니 앉아 있었다. 이미 자리가 반쯤이나 빈 뒤였다. 미수 쪽을 향해 슬쩍 곁눈질해 봤다. 미수는 턱을 짚은 채 멍하니 앉아 허공만 바라보고 있었다. 입술을 악물고 있는 품이 좀처럼 글발이 풀리지 않는 모양이었다.

미수는 마지막 십여 분을 남기고서야 원고지에 뭔가를 적었다. 겨우 몇 줄을 적은 듯했다. 볼펜을 놓고 원고지를 노려보고 있는 품이 심상치 않았다.

마침내 미수가 자리에서 일어섰다. 원고지를 제출하고 급하게 강의실을 빠져나갔다. 나도 따라 일어섰다. 필통과 소지품을 아무렇게 가방에 쑤셔 넣은 다음 잰걸음으로 미수를 쫓았다.

하지만 미수는 이미 자취를 감춘 뒤였다. 화장실에도 들러 보고 복도 끝까지 가 봤지만, 미수의 흔적은 찾을 수 없었다. 전화를 걸었다. 휴대폰도 꺼져 있었다. 무슨 일이지?

본관 앞에서 아이들을 만났다. 재연이 내게 물었다.

"왜 혼자 나와? 미수랑 같은 강의실 아니었어?"

"급하게 따라 나왔는데…… 안 보여."

학교로 돌아왔다. 학교에도 미수는 보이지 않았다. 주희가 어디서 들었는지 미수의 소식을 전했다.

"조퇴했다더라. 아파서 곧바로 집으로 간다고 담임한테 문자 했대."

소풍이랍시고 나온 외출의 말미가 어쩐지 시큰둥해져 버렸다. 우리는 창작에 모든 에너지를 소진해 버린 사람처럼 오후 내내 책상에 엎드려 잠만 잤다. 수업이 끝나자 주희와 함께 가방을 챙겨 교실을 나왔다. 교무실에 들러 문쌤에게 간단히 상황 보고를 했다.

"다들 열심히 썼겠지?"

우리는 겸연쩍게 서로의 얼굴을 바라보기만 할 뿐이었다.

"미수는?"

"끝나자마자 조퇴한 것 같아요."

"그래?"

문쌤의 얼굴에 근심이 어렸다.

"심사 결과는 시상식 일정과 함께 학교로 연락해 준다고 했어요."

문쌤이 무심히 고개를 끄덕였다. 미수 생각에 붙잡혀 있는 게 틀림없었다.

"우리 뭐 좀 먹고 갈까?"

교문을 나서자 주희가 생글대며 내 팔을 붙잡았다. 지난여름에 내가 알바비 받으면 한턱 쏘겠다던 약속을 떠올린 모양이었다.

"물론이지!"

나는 호기롭게 대답했지만 목소리가 떨려 나왔다. 주희는 망설이지 않고 나를 학교 앞 카페로 데려갔다. 메뉴판을 꼼꼼히 들여다보는 주희의 눈빛이 반짝였다. 보기만 해도 침이 고였다. 나는 자꾸 가격표를 힐끗거리며 메뉴를 살폈다. 주희가 가리키는 메뉴를 결정하고 주문하면서도 떨림은 좀처럼 멈추지 않았다. 사람들은 어떻게 아무런 가책도 없이 매번 이런 비싼 음식들을 먹으며 사는 건지 모르겠다.

주문한 빵과 아이스크림이 나오자마자 우리는 눈 깜짝할 사이에 먹어치우기 시작했다. 입안 가득 풍성하고도 감미로운 맛이 퍼졌다. 황홀했다. 역시 달콤한 음식만이 내장을 위로한다는 말은 진리가 틀림없었다. 주희가 바쁘게 오물거리며 말했다.

"망했다. 다이어트해야 하는데……."

"품!"

나도 모르게 웃음을 터트렸다. 다이어트, 그 말이 왜 안 나오나 했다. 주희는 생크림이 묻은 입술을 혀로 단단히 핥으며 말을 이었다.

"너랑 함께 있으면 남자친구와 있는 것처럼 든든하다니까."

"뭔 개소리야?"

"그냥 그렇다고."

주희가 고개를 젖히며 깔깔댔다.

"난 여자 싫은데?"

뱉어 놓고도 오글거려 나도 모르게 얼굴이 붉어졌다. 음료수 잔에 박힌 빨대를 쭉쭉 소리 내며 빨았다. 주희가 바닥에 남은 생크림을 박박 긁으며 물었다.

"오늘 백일장 어땠어?"

"뭐가?"

주희가 질렸다는 듯 고개를 흔들었다.

"오늘 참가자들 보니 장난 아니더라. 완전 의욕 상실."

"단지 머릿수에만 질린 거라면…… 그럴 거 없어."

"엥? 그게 무슨 말이야?"

"도서관 가 봐! 병원, 기차역…… 여기저기마다 사람들 천지인데 백일장이라고 다르겠냐?"

"하긴…… 그래도 이게 뭐냐. 글쓰기로 대학 가는 게 바늘구멍이니 말야."

"그래 봤자 우리처럼 머릿수 채우러 오는 아이들도 많아. 골빈 허수들."

"그럴까?"

"좀 나은 애들이라야 수상 실적이나 바라고 집적대는 애들일 텐데…… 뭘 바라냐?"

주희가 경이로운 눈빛으로 나를 물끄러미 쳐다봤다.

"너를 보고 있으면 세상이 하나도 안 무섭게 느껴져."

아차, 또 센 척하다 들키고 말았다. 나는 유리컵에 남겨진 얼음을 입안으로 밀어 넣었다. 주희가 그런 나를 보며 다시 물었다.

"그래도 상 받으면 입학 특전이 있는 거지?"

"아마도."

나는 얼음을 이로 야물게 부서뜨리며 우물우물 대답했다.

"그럼 미수는 꼭 받아야 하는 거네. 걔는 여기에 목숨 걸었잖아……."

주희가 우울해진 낯빛으로 중얼거렸다.

"근데 오늘 낌새는 이상해…… 망쳤나 봐."

『천일야화』를 읽다 보면 자주 공상에 빠지게 된다. 셰에라자드처럼 이야기를 잘하는 사람이 부럽다는 생각 때문이다. 그녀의 이야기는 하루 한 명씩 젊은 처녀를 죽이던 술탄의 마음도 녹였으니까. 셰에라자드가 내게 묻는다. 이야기가 목숨을 살리는 것을 보지 않았느냐고, 자신을 한번 따라 해 보지 않겠느냐고 말이다. 이야기가 글이 되고, 글이 목숨이 되는 과정이라면 문쌤과 미수가 주연이지만, 그들의 확신에 비하면 나는 아직도 행인1에 지나지 않는다. 나는 언제쯤 『천일야화』 속 셰에라자드가 될 수 있을까. 이야기가 글이 되고, 글이 목숨이 될 수 있다는 확신을 가지게 될까.

백일장 이후, 미수를 보기가 힘들었다. 복도에도 잔디밭에도 좀처럼 모습을 드러내지 않았기 때문이다. 마침내 주희가 내 손을 끌고 미수네 반을 찾아갔다. '다른 반 학생 출입금지' 팻말에 주춤하며 빼꼼히 뒷문을 열고 교실을 들여다봤다. 미수가 책상에 엎드려 있었다.

"미수야!"

주희가 속삭이듯 미수를 불렀다. 하지만 미수는 꼼짝하지 않았다. 뒤에 앉은 아이가 주희 대신 큰 소리로 미수를 불러 줬다. 그제야 미수는 고개를 들고 우리를 돌아봤다.

"여기야."

미수는 마지못한 얼굴로 일어서서 뒷문으로 나왔다.

"많이 아프니? 통 연락이 안 되더라……."

"괜찮아."

미수가 힘없이 겨우 대답했다. 주희가 어깨를 토닥이며 말했다.

"다음에 더 잘하면 되지, 뭐. 힘내!"

"다음은 무슨……."

미수가 고개를 돌렸다. 어색한 침묵이 흘렀다.

"나, 들어가도 돼?"

미수가 교실을 향해 돌아섰다. 당황한 주희가 고개를 끄덕였다. 미수는 힘없이 문을 닫고 교실 안으로 들어갔다.

"진짠가 봐. 힘들어 보이는데 어떡하지?"

나는 주희와 함께 맥없이 교실로 돌아왔다. 왠지 학교 생활 모두가 시들해져 버린 느낌이다.

다음 날, 백일장 심사 결과가 전해졌다. 미수가 장원을 받았다는 소식이다! 그것도 시 부문에서 말이다. 우리는 환호하며 미수에게 달려갔다. 하지만 교실에는 미수가 없었다. 문쌤과 함께 시상식에 갔다고 했다. 문쌤이 미수 덕에 지도교사상을 받게 되었기 때문이다. 미수는 자신 없던 시 부문마저 평정해 버린 거다. 미수의 능력은 과연 어디까지인가. 시생사 활동에다 학원에서의 글쓰기 수업이 미수의 재능을 북돋워 줬겠지. 열망과 노력으로 이룬 눈부신 성과를 어찌 내가 짐작이나 할 수 있을까.

"이제 특기자 전형도 따 놓은 당상이겠지?"

"맞아, 장원을 받았으니 아예 장학생으로 모셔갈걸?"

"에궁, 부럽다……."

우리는 잔디밭 벤치에 모여 휴대폰으로 미수에게 축하 메시지를 날려 댔다.

동아리시간이 됐다. 문쌤이 한턱을 쐈다. 아이들은 아이스크림을 입에 물고 축하의 말을 이어 갔다. 재연이 미수의 팔을 툭 치며 한 마디 던졌다.

"애는! 이렇게나 큰 상 받을 거면서 다 죽어 가는 얼굴을 하고 있었단 말야? 우린 망쳐 버린 줄 알았잖아?"

미수가 입을 크게 벌리며 웃었다. 하지만 표정이 자연스럽지 않았다. 웃고 있지만 울고 싶은, 무언가에 잔뜩 짓눌린, 의무감이 느껴지는 과장된 웃음이었다. 아이들은 아이스크림을 먹으며 떠들썩하게 수다를 이어 갔다. 마침내 문쌤이 입을 열었다.

"역시 열정을 기울이는 사람에게 좋은 결과가 온다는 걸 미수가 증명했구나. 그렇지 않니?"

"맞아요!"

"너희들, 미수가 어떤 시를 썼기에 장원을 받았는지 궁금하지?"

"당근이죠!"

"그러면 함께 감상해 보자."

문쌤은 대학교 홈페이지에 들어가 미수의 수상작을 찾아 화면에 띄웠다. 미수가 힐끗 화면을 올려다보더니 입술을 악물고 자세를 곧추세웠다. 우리는 소리 내어 시를 읽기 시작했다.

모악리 느티나무 아래에 멈추다

모악리 느티나무, 수령 오백 년

나이테가 오백 개라니

무거웠겠지요

너무 무거워 성장을 멈춰 버렸는지

그해, 몹시 가물었는지

논바닥이 갈라지고 나이테 사이가 갈라졌을까요

나는 끝까지 시를 읽지 못했다. 가슴이 턱 막히는 기분이었다. 무어라 형언할 수 없는 부러움에 기가 죽는 느낌이랄까. 과연 나의 미수 '따라 하기'는 가능할 것인가. 아무리 부지런히 발을 디딘다 해도 절대로 따라잡을 수는 없을 것 같았다.

문쌤의 얼굴에 미소가 가득했다.

"아래 심사평을 보니 '유형화된 백일장용 작품이 아니어서 좋았다. 덜 다듬어졌지만 사물을 바라보는 따뜻한 시선과 건강한 감수성이 돋보이는 작품이다'라고 장원에 선정한 이유를 밝혔구나."

아이들이 다시 박수를 치는 동안 문쌤은 화면을 끄고 분위기를 정돈했다.

"자, 이제 백일장 이야기는 이만하고 오늘의 주제로 들어가 볼까?"

아이들이 허리를 곧추세우며 문쌤의 말에 귀를 세웠다.

"너희들도 알다시피 두 달 후면 학교 축제가 시작될 거야. 우리는 그때 시화전을 열 예정이고. 알고 있지?"

물론이죠! 아이들이 모두 입을 모아 합창했다.

"그러면 나머지 시간을 이용해 시화전 준비 회의를 갖도록 하자. 전시장은 작년에 했던 것처럼 두 가지 형태로 꾸며 볼 거야. 모둠별 공동 창작시와 개인 시화를 함께 전시할 생각이거든. 콘셉트에 맞게 전시장을 꾸며야 하니까 준비에 착오 없도록 해. 모둠의 대표들은 준비 상황을 수시로 체크해 주면 좋겠다."

잠시 말을 끊은 문쌤은 이해를 돕기 위해 작년 축제 사진을 화면에 띄워 분위기를 돋우었다. 준비에서 전시에 이르기까지 수십

장의 사진이 활동사진처럼 이어졌다.

"앞으로는 무척 바빠질 거야. 알았지?"

잠깐 말을 끊은 문쌤은 미수를 향해 다짐을 놓았다.

"미수는 작년에도 시화전 해 봤으니 잘 알 거야. 대표니까 총
체적인 진행 상황을 수시로 점검해야 해, 알았지?"

딴생각에 골똘히 빠져 있던 미수가 화들짝 놀라 고개를 끄덕
였다. 망연한 표정이었다.

"자, 그러면 지금부터 공동 창작시 주제를 정해 보자. 단어를
추천해 봐. 예를 들면 이런 것들."

문쌤이 돌아서서 칠판에 '시선'이라고 썼다.

"'시선'이라 하면 대상을 보는 다양한 '관점'이 떠오르지 않겠
니? '왼손과 오른손'으로 부제를 정하고 '좌우'로 세상을 바라보
는 관점을 설정할 수도 있겠고 말이야. 이렇듯 하나의 단어에 다
양하게 의미를 담아낼 수 있는 거면 뭐든 돼."

그러자 재연이 손을 들었다.

"'순간'은 어때요? 기쁨, 슬픔, 분노 등 다양한 감정을 느끼던
순간의 이야기를 쓰면 좋을 것 같아요."

"또?"

"저는 '사진'이요. 갖가지 스토리가 담긴 사진 속 이야기."

"'색'은 어떤가요? 우리들의 다양한 감정을 색으로 표현해 보
는 거죠."

몇 개의 단어가 더 올라왔다. 우리는 열띤 토의 끝에 '색'으로 결정했다. 부제는 '우리들의 희로애락(喜怒哀樂)으로 짠 조각보'. 이어 모둠별로 '색'을 중심으로 소재와 내용을 잡고 어떻게 공동 창작시를 쓸 것인지 토의를 시작했다.

"흠…… 주제가 '색'이니까, 우리 모둠의 소주제는 색의 특성을 잘 보여 주는 소재 중에서 찾는 게 좋겠어."

"그럼 '꽃'은 어때? 다양한 색깔로 피잖아? 그 속에 담긴 슬프고도 아름다운 이야기."

"빙고!"

우리는 모두 고개를 끄덕였다. 그때 1학년 정은이 혼잣말처럼 중얼거렸다.

"길 가다가 예뻐서 꽃을 꺾는다면…… 그 꽃에게 그건 죽음일까요? 황후의 간택일까요?"

"오우, 꺾인 꽃!"

우리는 서로의 얼굴을 바라보며 눈을 반짝였다.

"그 꽃이 흰색이라면?"

"죽음의 이미지가 따라붙는 거지."

"지금은 가을이니까 꽃 중에 구절초는 어때? 흰색인 데다가 아홉 마디로 꺾였다는 이름만으로도 구구절절 한이 느껴지지 않아?"

"한!"

우리는 연신 이구동성으로 탄성을 내질렀다.

"그런 꽃이라면 죽음을 앞둔 여자의 병원 침상에 두면 더 좋겠지."

"맞아! 딱이야."

"꺾인 꽃이 죽어 가는 여자의 침상을 지킨다! 시들어 갈 운명에도 불구하고 끝까지 자신의 위엄을 지키며 상대를 위로하는 숭고한 흰 꽃 구절초 이야기, 어때?"

아이들은 박수를 치며 환호했다. 역시 여럿의 의견은 혼자의 힘을 뛰어넘는다.

정신없는 토의 속에 동아리시간이 끝났다. 뒤늦게 모둠 토의를 갈무리하고 돌아서니 미수는 이미 사라지고 없었다. 시작종 치는 소리에 놀라 뛰다시피 교실에 들어갔다. 교실은 이미 열공 모드에 접어들어 있었다. 완전히 다른 행성 같았다. 2학기 중간고사가 멀지 않은 까닭이었다. 칠판 구석에는 보름도 남지 않은 디데이를 적어 놓았다. 자습에 몰두하느라 숨소리 하나 내지 않는 아이들 속으로 파고들며 우리는 가만히 의자를 당겨 앉았다. 숨이 막혔다.

미수의 생활은 예전 같지 않아 보였다. 특기자 전형으로 대학을 확정지었다고 생각한 것일까? 그저 멍하니 창밖을 내다보거나 책상에 엎드려 있기 일쑤였다. 시샘하고 싶을 만큼 활기찼던 예전 모습은 찾아볼 수 없었다. 투명하게 빛나던 미수의 눈, 도톰

한 볼, 윤기 흐르던 입술. 이제 다시는 볼 수 없는 걸까. 어쩐지 내 몸의 기운마저 빠져나가 버린 듯 까부라지는 느낌이었다. 미수의 우울이 내게까지 침투해 버린 것일까.

집에 돌아와서도 마찬가지였다. 손 하나도 까딱하기 싫어졌다. 미수에게 문자를 보내 볼까 생각했지만, 한 번도 해 보지 않은 일이라 용기가 필요했다.

– 뭐하냐? 아직도 아프냐? ㅋㅋㅋ

눈을 감고 보내기 버튼을 꾹 눌렀다. 빈틈이 있다면 파고들어 가 볼 생각이었다. 조금 지나자 답이 왔다.

– 괜찮아. 잠 못 자는 거 말고는. ㅋㅋㅋ

나는 미수가 보낸 'ㅋㅋㅋ'를 망연히 들여다봤다. 미수는 내게 정말 웃어 보이고 싶긴 한 걸까. 답장을 보냈다.

– 하긴, 불면으로 죽진 않지. ㅋㅋㅋ

– ㅋㅋㅋ

오고 가는 'ㅋㅋㅋ'를 바라보고 있으려니 다리 셋 달린 벌레가 몸속으로 기어드는 것만 같았다. 'ㅋㅋㅋ'가 빛의 속도로 오가는데도 우리의 거리는 좀처럼 좁혀지지 않았다. 미수와 가까워졌다고 느꼈던 건 나 혼자만의 착각이었던 것일까. 아니면 내가 뭘 잘못한 걸까? 늘 그랬듯 세상 불화의 원인이 나 때문인지도 모른다는 생각으로 이어진다. 무력감에 자격지심까지 세트로 따라붙는 기분이다.

흔들리는 너의 눈빛

흐린 탓인지 날은 쉽게 어두워졌다. 마음이 스산해 갈피를 잡을 수 없었다. 하릴없이 창문을 열었다. 쓰레기 더미를 뒤지고 있던 길고양이가 문 여는 소리에 놀라 잽싸게 달아났다. 희미하게 빛을 뿌리고 있는 가로등 뒤편으로 도시의 어스름한 풍경이 내려다보였다.

언덕 아래 우뚝 선 아파트 창문에 하나둘 불이 켜지고 있었다. 창문에 번지는 따뜻한 불빛 속으로 고소한 된장국 냄새와 가족들의 다정한 웃음소리가 들려오는 것 같았다. 내게는 늘 그립고 쓸쓸한 해 질 무렵의 풍경.

한껏 차가워진 공기에 시린 팔뚝을 감싸 안고 돌아섰다. 그때 할아버지가 집 안으로 들어섰다. 귀가 시간도 아닌데 어찌 된 일인지 잔뜩 지친 얼굴을 하고 있었다. 할아버지는 곧장 안방에 들어가 쓰러지듯 드러누웠다. 나는 차가워진 손을 비비며 보일러의 스위치를 올렸다. 윙! 지축이 흔들리듯 요란한 소리를 내며 보일러가 돌기 시작했다. 안방에서 벽력같은 소리가 들려온 것도 그때였다.

"보일러 꺼라! 기름값이 을맨디!"

황급히 스위치를 껐다. 구두쇠 영감탱이. 제 몸 축나는 줄도 모르고 아끼고 아끼다가 얼어 죽을 위인. 나는 구시렁구시렁 속으로 되뇌며 안방을 향해 눈을 흘겼다.

"거, 멀대같이 서 있지만 말고 들어와서 전기장판이나 켜 봐."

나는 안방으로 들어가 코드를 꽂고 계기판의 눈금을 최고로 맞췄다. 이어 손바닥으로 장판을 쓸었다. 사람에게 따뜻함보다 더한 치료제가 있을까. 하지만 할아버지는 미간을 찌푸린 채 눈을 감고 있을 뿐 알은체도 하지 않았다. 이불을 덮어 주고 몸을 일으켰다. 순간, 할아버지의 말이 뒷덜미를 낚아챘다.

"느 애비 만나고 오는 길이여."

내 몸이 얼음장처럼 굳었다. 허름한 야구모자에 검정 마스크, 사내를 생각할 때마다 떠오르는 비루하고 추레한 눈빛이 머릿속으로 파고들었다.

"유치장에서 말이다."

마침내 그 인간이 유치장까지 진출했구나! 하나도 놀랍지 않다. 어차피 세상에 이롭지 않을 인간이니 기왕 들어간 거 콕 박혀서 썩었으면 좋겠다. 나는 못 들은 척 몸을 돌렸다. 그러자 할아버지의 말이 내 발목을 움켜잡았다.

"편의점에서 강도 짓을 한 모냥이여…… 하려면 지대로나 할 것이지, 고작 몇만 원 훔치는 좀팽이 놈이란마다, 그놈이……."

힐끗거리며 일없이 매장을 서성이는 사내, 조용히 다가와 계산대에 물건을 올려놓는다. 순간 계산대 위로 쑥 들이미는 맥가이버 칼날. 티브이 뉴스를 통해 보곤 했던 편의점 범죄 현장의 시시티브이 영상들이 빠르게 뇌리를 스쳐 갔다. 그러자 폐부에 가시가 들어와 박히는 듯 통증이 일었다. 나는 욕지기를 토해 내듯 거칠게 소리쳤다.

"그래서? 어쩌려고? 참 비위도 좋아!"

내 비아냥거림에 할아버지가 벌떡 몸을 일으키며 소리를 질렀다.

"이년이 어디서 함부로 주둥이를 나불거린다냐? 나라고 그러고 싶겠냐? 웬수다, 웬수여!"

"싫으면 안 하면 될 거 아냐! 누가 상 준다고 생색이야, 생색이……."

나도 지지 않고 악다구니를 썼다. 제발 이 악연의 사슬에서 벗어날 수 있기를! 그러자 할아버지도 내 말에 갑자기 억장이 풀리는지 어깨를 늘어뜨리며 한숨을 내쉬었다.

"그러게 말이다…… 전생에 뭔 죄가 그리도 많아서 피 한 방울 안 섞인 놈 뒷감당을 다 하고 사는지 모르겠다……."

할아버지는 끙, 소리를 내며 벽을 향해 돌아누웠다.

"이놈을 어째야 쓸 꺼나…… 악연이제, 참말로 악연이여."

경찰서에서 연락을 받은 할아버지는 동료들 호주머니를 털어도 부족해 회사에서 가불한 돈으로 편의점 주인과 합의하고 왔다고 했다. 사설을 읊듯 할아버지의 말이 계속되었다. 귀를 틀어막고 싶었다.

"지 맘대로 안 되니 저리도 미친 지랄을 허는 것이제. 암만해도 그놈이…… 살기가 폭폭헝게 감옥에 드갈려고 일부러 그런 게 아닌가 싶단마다……."

나는 주먹을 허벅지에 눌러 붙인 채 돌아누운 할아버지의 뒤통수를 노려보았다. 두피가 숭숭 들여다보이는 힘없는 머리칼이 베개에 눌린 채 납죽 엎드려 있었다. 코끝이 시큰해지며 뜨거운 기운이 목울대를 밀고 올라왔다.

"그놈을 어릴 적부터 봐 와서 그런 모냥이여…… 지 부모한테 내돌림당한 놈이 마음 붙일 데 없이 사는 걸 보고 안타까워서 도와줬더만 내 딸년하고 한동네에서 붙어먹을 줄 어찌 알았것냐. 그때 죽자고 말렸어야 했는디…… 다 내 잘못이여…… 늘그막에 그리 못 헌 죄값음을 받는 것이제……."

나는 발딱 일어서서 안방 문을 거칠게 닫고 나왔다. 계속되던 할아버지의 푸념이 문지방을 넘지 못하고 뚝 끊어졌다. 답답함이 목젖까지 차올랐다. 내 방으로 들어갔다.

책상 앞에 멍하니 앉아 있다가 하릴없이 컴퓨터를 켰다. 습관처럼 시생사 카페에 접속했다. 중간고사가 내일모레지만 공부할 마음은 일지 않았다. 시생사 여기저기를 클릭하며 미아처럼 서성거렸다. 한참을 돌아다니다 망연히 앉아 있기도 했다. 이따위 시들이 무슨 소용인가 싶었다.

그때였다. 채팅창이 떠오르며 메시지 하나가 쑥 들어왔다.

– ……뭐 좀 물어봐도 될까요?

내가 엉거주춤 대답을 망설이는 사이 다시 메시지가 이어졌다.

– 지난번에 학생이 게시판에 글을 하나 올렸잖아요? '맹신도를 거느린 교주'라는 글이요.

나는 멀뚱히 메시지를 바라보고 있다가 마지못해 대답했다.

– 그런데…… 왜요?
– 전에도 그 비슷한 글을 올린 학생이 있었거든요. 그래서 같은 학교 학생인가 해서요…….

그의 메시지는 빠르게 이어졌다. 하지만 나는 누구와도 말을 섞고 싶지 않았다. 그가 내 반응을 살피는 듯싶더니 다시 물었다.

－닉네임이 '소행성꽃다지'였어요…… 혹시 아세요?

－모르겠는데요.

나는 여전히 시큰둥한 기분으로 내뱉었다. 그는 답변에 성의를 보이지 않는 나를 기다리지 못하겠다는 듯 초조하게 따라붙었다.

－이름은 오미수…… 그래도 모르시겠어요?

오미수? 단번에 몸이 굳어졌다.

－내가 아는 미수가 맞다면…… 오래전에 탈퇴한걸요.

－아……!

그가 탄식을 쏟아 냈다. 한동안 침묵이 이어졌다.

－무슨 일 때문에 그러세요?

조급해진 내가 물었다. 자판을 치는 손끝에 힘이 들어갔다. 하지만 그는 내가 묻는 말에는 대답도 하지 않고 다시 질문을 이어 갔다.

‒ 그러면 그 학생이 쓴 「모악리 느티나무 아래에 멈추다」라는 시도 알겠네
　요?

‒ 알아요, 그 시로 대학 백일장에서 장원을 받은걸요.

나는 자랑이라도 하듯 의기양양하게 말했다. 그는 아무 말도
하지 않았다. 분위기가 단박에 가라앉았다. 기분 나쁜 침묵이 한
동안 이어졌다. 그만 나가 버릴까. 그러는 사이 또다시 그의 메시
지가 들어왔다.

‒ 확인 고맙습니다. 그럼.

그는 채팅방을 나가 버렸다. 돌연 욕지기가 치밀어 올랐다. 따
라가 한 방 날려 줄까 하다가 그만뒀다. 미수에 대한 이야기가
가시처럼 목에 걸렸기 때문이었다. '「모악리 느티나무 아래에 멈
추다」라는 시도 알겠네요?' 머릿속이 헝클어졌다. 그 시가 어쨌
다고?

컴퓨터를 끄고 곧장 침대에 몸을 던졌다. 이불을 뒤집어쓰고
누웠지만 쉽사리 잠이 오지 않았다. 안방 쪽에서 연신 기침 소리
가 들려왔다. 할아버지도 잠들지 못하고 있는 모양이었다.

다음 날 아침, 1교시가 끝나자마자 교무실을 찾아갔다. 마침
문쌤은 전화를 받고 있었다. 나는 통화가 끝나기를 기다리며 서

있었다. 하지만 문쌤의 표정이 심상치 않았다. 야단맞는 유치원 생처럼 자꾸만 고개를 조아렸다.

"네…… 네…… 그렇습니다…… 절대 나쁜 애가 아닙니다…… 의도하지는 않았을 겁니다. 어쩌다 보니…… 네…… 연락처를 주시면…… 확인해서…… 전화 드리겠습니다. 네…… 고맙습니다. ……아뇨, 아닙니다. 제 불찰입니다…… 죄송합니다."

문쌤이 다급하게 뭔가를 찾더니 메모지에 번호를 받아 적었다.

"곧 연락드리겠습니다."

마침내 수화기를 내려놓은 문쌤이 하얗게 질린 얼굴로 고개를 들었다.

"쌤……."

문쌤이 멍한 눈빛으로 나를 돌아봤다.

"드릴 말씀이 있어서요……."

문쌤이 눈을 동그랗게 떴다.

"어젯밤 인터넷에서 어떤 사람이 미수 상 받은 시가 어쩌고……."

문쌤이 놀란 듯 주위를 둘러보더니 내 팔을 붙잡았다.

"나가서 이야기하자."

복도로 나왔다. 문쌤이 마음을 진정시키려는 듯 눈을 꾹 감았다 떴다. 나는 낮은 목소리로 어젯밤 소식을 전했다.

"미수가 쓴 시 맞느냐고 묻더니 제목까지 확인했어요……. 뭔

224

일이 있는 건 아니죠?"

나는 조심스럽게 문쌤의 표정을 살폈다.

"미수가 그 사람의 시를 베껴서 낸 모양이야…… 그걸로 상을 받은 거고."

"네?"

나도 모르게 목소리가 높아졌다. 문쌤이 놀란 듯 주위를 두리번거리더니 목소리를 낮췄다.

"쉿! 말이…… 새 나가지 않았으면 좋겠구나."

나는 믿을 수 없다는 듯 고개를 흔들었다.

"정말이에요? 그 사람 말을 어떻게 믿어요?"

"믿지 않을 수가 없더구나. 자신의 신분을 밝혔어. 하는 일이 뭔지, 직장까지 말이야. 인터넷으로 치면 자신의 얼굴이 나올 거라고 하면서 말이다. 한 권의 시집을 낸 시인이더구나."

"어떡해요……?"

"물론 사실관계는 본인만이 알 테니…… 미수에게 확인해 봐야겠지."

문쌤이 다시 한숨을 길게 내쉬었다.

"내 불찰이다. 미리미리 주지시켰어야 했는데……."

문쌤이 다시 이마를 짚었다. 자책의 눈빛은 깊고도 어두웠다.

집에 돌아와서도 망연히 책상 앞에 앉아 있었다. 꼬리에 꼬리를 물고 생각이 이어졌다. 그러는 동안 헝클어졌던 생각들이 하나둘 자리를 찾아갔다. 지금껏 내가 발돋움을 해 가며 '따라 하기'를 시도했던 미수의 화려한 모습은 포장에 불과했던 것일까. 불현듯 알 수 없는 울분이 솟구쳐 올랐다.

'미수야, 목숨 걸고 지켜 내고 싶다던 문학이 너에겐 한낱 장식에 불과했던 거니?'

배신감을 들먹일 필요도 없었다. 화려한 빛에 눈 멀었던 사람은 나였으니까.

이제 불빛은 꺼지고 포장은 벗겨졌다. 재투성이 신데렐라로 전락해 버린 미수. 그러자 솟구쳤던 분노는 차차 안도감으로 바뀌었다. 비로소 같은 수준의 인간이 된 느낌이었다. 이제 나는 미수를 따라 하지 않고 『천일야화』를 온전히 읽어 낼 수 있을 것 같았다. 나는 가벼워진 마음으로 『천일야화』를 또박또박 소리 내어 읽기 시작했다.

청소 시간이 끝날 무렵, 수돗가에서 빤 밀걸레를 들고 오다가 잔디밭을 서성이던 문쌤을 발견했다. 때 이르게 붉어진 버드나무 이파리, 그 아래에 선 문쌤은 내가 다가가는 줄도 모른 채 깊은 생각에 잠겨 있었다.

"쌤……."

문쌤이 고개를 들었다.

"미수가 며칠째 결석 중이에요."

문쌤이 우울한 낯빛으로 고개를 끄덕였다.

"그래, 아프다고 결석계를 냈다니까 조금만 더 기다려 보자."

문쌤이 한숨을 푹 내쉬었다. 밀걸레에서 떨어지는 물방울이 햇빛을 받아 반짝였다.

"생각해 보니 지난번 시상식 때도 안절부절못했던 것을…… 어쩐지 평소 같지 않았는데도 내가 그걸 알아채지 못했구나."

나는 아무런 대답을 하지 못했다. 침묵이 이어졌다. 이윽고 나는 밀걸레 자루를 움켜쥐며 돌아섰다. 문쌤이 나를 불렀다.

"선우야! 잠깐만……."

내가 멈칫거리는 사이 문쌤이 나를 따라오며 물었다.

"할아버지는 좀 어떠시니?"

"예전보다는 많이 좋아지셨어요."

"다행이구나."

문쌤이 고개를 끄덕이더니 지그시 나를 바라봤다.

"선우야……."

다시 침묵. 어떻게 말해야 좋을지 모르겠다는 얼굴이었다. 말없이 나를 바라보고 있던 문쌤이 나지막한 목소리로 입을 열었다.

"너에게 힘이 되고 싶은데…… 내가 어떻게 해 주면 좋을까?"

"아…… 네."

나는 당황해 얼버무렸다. 단숨에 열기가 치받고 올라왔기 때문이었다.

"괜찮아요…… 지금도 충분히……."

"뭐든 할 수 있는 데까지 힘을 보태마. 너를 응원하는 사람이 옆에 있다고 생각해 주렴."

"아, 네……."

내 고개는 점점 아래로 수그러졌다. 문쌤이 내 어깨를 따뜻하게 두어 번 토닥이다 돌아섰다.

교실로 돌아오는 동안 내 발은 허공을 짚듯 휘청거렸다. 내 곁에서? 나를 응원해 준다고? 문쌤이? 나를 응원한단다…… 문쌤이. 누군가 내 곁에 있겠다는 사람이 생긴 거다. 가슴이 터질 것만 같았다.

그래서였을 것이다. 내가 미수네 집을 찾은 것은. 다분히 충동적이고 우연이라고밖에 설명할 도리가 없다. 정신을 차려 보니 미수네 집 앞에 서 있었던 거다. 문쌤이 내게 했던 똑같은 말을 미수에게 전하고 싶었다.

'필요하면 언제든 말해. 뭐든 내가 할 수 있는 데까지 힘을 보탤게. 너를 응원하는 사람이 늘 옆에 있다고 생각해 주렴!'

내가 이렇게 충동적인 사람이었던가. 그러나 후회하기엔 이미 늦어 버렸다. 초인종은 눌러졌고 인터폰으로 목소리가 새어 나오고 있었다.

"누구세요?"

"미수…… 친구예요……."

"친구 누구?"

"선우요…… 고선우."

목소리는 잠시 생각하는 듯 뜸을 들이더니 이내 버튼 소리가 났다. 문이 열렸다. 머리 전체를 헤어롤로 휘감은 채 나를 맞이한 사람은 미수 엄마였다. 나이를 숨기기 위해 공들인 흔적이 역력했음에도 축 처진 눈자위와 볼에 스민 권태를 감추기에는 역부족인 얼굴이었다. 못마땅한 얼굴로 위아래를 훑어보는 아주머니의 표정에는 거만함으로 가득했다. 들어오라는 말도 하지 않았다.

"기다려. 미수더러 나오라고 할게."

아주머니가 무뚝뚝하게 내뱉은 후 돌아섰다. 하지만 미수는 나오지 않았다. 방 쪽에서 날 선 목소리만 두런두런 새어 나올 뿐이었다.

"싫다니까요!"

"그럼 어떡해? 너 있다고 말해 버렸는데……."

책망하는 목소리와 하이 톤의 목소리가 어지럽게 섞이더니 잠깐의 침묵이 이어졌다.

"알았어요."

나는 그제서야 아주머니가 손짓하는 대로 주춤주춤 거실로 들어섰다. 검은색의 육중한 가죽 소파와 커다란 탁자가 제압하듯 거실 한가운데 놓여 있었다. 화려하게 치장된 값비싼 장신구들과 그림도 곳곳에 보였다. 지방으로 눅눅하게 쌓아 올린 그곳에선 일 그램의 산소도 느껴지지 않았다. 어쩌면 미수에게 글쓰기는 산소를 찾아 헤매는 안간힘인지도 모른다는 생각이 들었다.

미수가 문을 열고 나왔다. 잠옷 차림의 헝클어진 머리, 만사가 귀찮은 듯 주저앉은 눈빛. 황폐한 몰골의 미수를 못 알아볼 뻔했다. 그토록 싫어한다는 자신의 엄마를 빼다 박듯 닮았기 때문이었다.

"왔니?"

미수가 고개를 돌렸다. 나와 눈을 마주치지 않으려는 눈치가 역력했다. 정말 내 앞에 앉은 아이가 미수가 맞기는 한 걸까?

"문쌤이 네 걱정 많이 하시더라. 뭔 지랄하고 있는지…… 나더러 한번 가 보라고 하셔서 왔어……."

미수가 보일 듯 말 듯 입술을 비틀며 웃었다. 지난여름 국숫집으로 나를 찾아와 뇌까렸던 자신의 말을 떠올렸기 때문일 것이다. 나는 등줄기에 기어오르는 어색함을 떨쳐 내려는 듯 줄줄이 읊기 시작했다.

"도움이 필요하면 언제든 말하래. 뭐든 힘을 보태고 싶으시대. 너를 응원하는 사람들이 옆에 있으니 용기 잃지 말라고 하셨어."

미수가 돌연 고개를 꼿꼿이 들며 나를 노려봤다.

"뭐가? 내가 뭘 어쨌다고? 넌 내가 불쌍해 보이니?"

미수가 안간힘을 다해 소리쳤다. 움켜쥔 손등에 푸릇한 핏줄이 선명했다. 금세 내 눈자위가 뜨거워졌다. 금방이라도 눈물이 쏟아질 것만 같았다. 나는 허둥지둥 자리에서 일어서고 말았다.

"갈게."

미수가 망연한 얼굴로 나를 올려다봤다. 자신을 이해해 달라는 듯, 붙잡아 달라는 듯, 애타는 듯, 낚싯바늘에 꿰인 물고기처럼 버둥거리는 눈빛이었다. 하지만 나는 미수를 돌아보지 않았다. 어서 이 자리를 뜨고 싶다는 생각뿐이었다.

도망치듯 미수의 집을 나섰다. 먹구름이 머리 위까지 내려와 있었다. 머리가 물먹은 모자를 눌러쓰고 있는 것처럼 무거웠다. 탱탱하게 붉어진 눈시울이 기어이 터지고 말았다.

9월이 지나갔고 중간고사도 끝났다. 미수의 긴 결석은 '외국여행 체험학습'이라는 명분으로 대체됐다. 하지만 문쌤에게는 차마 그 뒷이야기를 묻지 못했다. 문예반 아이들은 미수가 선물을 그득히 안고 돌아올 그날을 오매불망 기다렸다. 동아리 임시 대표는 재연이 맡았다.

만날 시간이 여의치 않던 우리들은 시험이 끝나자마자 머리를 맞대고 공동 창작시에 대한 의견을 조율해 나가기 시작했다. 아무도 1연을 맡겠다고 나서는 사람이 없어 가위바위보로 순서를 결정했다. 그런데 웬걸! 첫 번째 순서에 내가 걸리고 만 것이다.

당혹스러워하는 사이 마침 복도를 지나던 문쌤이 준비실에 들어왔다.

"잘되고 있는 거지?"

아이들이 겸연쩍은 듯 서로의 얼굴을 힐끗거리며 웃었다.

"이제 각자 쓰기만 하면 돼요."

"제목이 뭐였지?"

"'꽃의 분절'이요. 들에 핀 구절초가 사내의 우악스러운 손길에 꺾여 병실 창가에 꽂히게 된다는 설정이에요."

음, 문쌤이 고개를 끄덕였다.

"뭘 나타내고 싶은데?"

우리의 시선은 아이디어를 낸 1학년 정은에게로 모아졌다. 정은이 잠시 망설이는 눈치더니 차분하게 설명을 시작했다.

"여기 아무도 봐 주지 않는 흰색 구절초가 있어요. 아홉 마디로 꺾인 매듭 속에는 슬픔이 서려 있고요…… 어느 날 누군가 그 꽃을 예쁘다며 꺾게 된다면…… 그게 황후의 간택인지, 죽음인지를 묻는 시예요. 그런 꽃이 누군가의 병실에 꽂힘으로써 죽어 가는 사람에게 마지막 위안을 준다는 것까지."

"오호!"

문쌤이 놀란 듯 눈을 크게 떴다.

"대단하구나! 그러니까 흰 꽃으로 죽음의 이미지와 생명에 대한 위로를 중첩시키겠다는 거지?"

문쌤이 엄지를 추켜들었다. 우리는 어깨를 으쓱하며 서로를 쳐다봤다. 그러자 정은이 갑자기 풀 죽은 얼굴로 입을 열었다.

"쌤…… 저는 여기 와서 작품 이야기하고 글 쓸 때는 정말 재미있는데요, 교실에만 가면 기가 죽어요. 공부를 못해서 그런지 자신감도 없고요. 뭘 해도 항상 안 될 거라는 생각만 들거든요……."

정은이 끝내 말끝을 흐렸다. 그러자 주희가 우울한 낯빛으로 말을 보탰다.

"저도요…… 다른 아이들은 다 꿈이 분명한 것 같은데…… 저만 뭘 잘하는지, 뭘 하고 싶은지 모르는 것 같아요. 그래서 되게 우울해요."

나는 귀를 막듯 눈을 감았다. 너희들, 도대체 어쩌라는 거냐. 문쌤이 구세주라도 된다는 거냐? 어차피 혼자 해결해야 한다는 거 몰라?

문쌤이 생각에 잠기는 듯 이마에 주름을 모았다.

"그런 생각은 하지 마라. 재능은 누구나 가지고 태어나는 '씨앗' 같은 거란다. 내 마음이 원하는 길을 따라가며 물을 주다 보면 그 씨앗이 언젠가는 싹이 돋고 꽃을 피우게 될 거야. 피우려는 노력을 멈추지만 않는다면 말야. 물론 빨리 필 수도 있지만, 아주 천천히 필 수도 있지. 게다가 모든 꽃이 봄에만 피는 게 아니잖니? 여름에 피는 꽃도 있고, 가을에 피는 꽃도…… 심지어는 겨울에도 피잖아? 그러니 조급하게 생각하면 안 돼."

문쌤은 텅 빈 시선으로 생각에 몰두해 있던 정은에게 가만히 물었다.

"넌 글 쓰는 게 좋니?"

정은이 고개를 끄덕였다.

"그건 네 안에 든 씨앗이 자극을 받아 꿈틀거리는 거야. 글이 아니더라도 마찬가지고. 이것저것 해 보다 '재밌네'라는 생각이 들면 한 번 더 해 보면 돼. 그렇게 꿈틀꿈틀 하다 보면 마침내 씨 앗이 껍질을 깨고 나오게 되지. 그 뒤부턴 정성껏 가꾸면 되는 거 야. 예쁜 꽃이 피어날 수 있도록 말이야……."

정은이 낮은 눈빛으로 다시 물었다.

"공부 못해서 좋은 대학에 못 가면 작가가 되기 어려운가요?"

문쌤이 강하게 고개를 저었다.

"절대 그렇지 않아. 글을 쓰는 데 필요한 공부는 사람들이 말 하는 공부와 다르니까. 세상의 이면에 감춰진 진실, 인간과 삶에 대한 이해, 공감, 감성과 지혜, 그리고 개인을 등쳐먹는 사회의 부조리에 속지 않겠다는 용기와 단호함이 필요할 뿐이지. 우리는 그것을 알기 위해서 노력해야 해. 그건 누구도 가르쳐 주지 않아. 스스로 해야만 하는 공부지."

"책을 읽으면서요?"

"물론 책만 읽어서는 안 되고 다양한 사람도 만나 보고 경험도

해 봐야지. 작가가 되기 위한 공부는 끝이 없으니까."

정은이 배시시 웃으며 말했다.

"그런데도 저는 만날 고민만 하는 게 병통이에요. 차라리 그 시간에 뭔가를 하면 좋을 텐데 공부는 하기 싫고……."

문쌤이 빙긋 웃었다. 그러자 주희가 말을 이었다.

"저도 글을 잘 쓰고 싶은데…… 너무 재능이 없다는 생각이 들어요. 미수처럼 잘 쓰면 좋을 텐데 말이에요……."

문쌤과 내 눈이 동시에 마주쳤다. 하지만 이내 평정을 찾은 듯 문쌤의 목소리는 차분했다.

"아까 말했잖아. 재능은 가꾸는 거야. 우리 문예반의 모토, 기억하지? '열정이 재능이다', 무슨 일을 하건 열정만 잃지 않는다면 언젠가는 꼭 이루어 낼 수 있다는 거지."

문쌤이 시계를 보더니 놀란 얼굴로 몸을 일으켰다.

"내가 너희들 시간을 너무나 많이 뺏은 것 같구나. 어서 가서 나도 일해야겠다."

꽃의 분절

집으로 돌아온 나는 공동 창작시 첫머리를 쓰기 위해 머리를 쥐어짜기 시작했다. 흰색이 주는 죽음의 이미지를 어떻게든 꽃의 아름다움과 연결시켜야 했다. 착상은 좋았는데 막상 시작하려니 너무나 어려웠다. 게다가 꺾인 꽃이라니…….

꽃은 화창한 날에 죽었다.

깊은 밤, 겨우 쓴 게 한 문장. 더 이상은 이어지지 않았다. 머릿속이 발화 직전의 폭탄 같았다. 창문을 열었다. 기다렸다는 듯 차가운 바람이 뺨을 때리고 달아났다.

한참 동안 밖을 바라보던 나는 떨리는 몸을 추스르며 창문을 닫고 돌아섰다. 벽면의 스위치를 내리고 곧장 전기장판 속으로 파고들었다. 꿈도 없이 깊이 잠들고 싶었다. 하지만 몸은 얼음송곳이 박힌 듯 좀처럼 풀리지 않았다. 전기장판의 눈금을 있는 대로 끌어올렸다. 이불을 뒤집어썼다. 눈을 감았다.

그러자 잠옷 차림으로 헝클어진 머리를 흔들던 미수가 눈앞에 어른거렸다. 불안으로 일렁이던 눈빛. 미수는 어떻게 지내고 있을까. 문쌤과 만났을까. 차츰 눈꺼풀이 가물가물 내려앉으며 내 의식은 한 줌의 연기처럼 풀어졌다.

여기가 어딜까. 나는 어두운 골목을 뛰어가고 있었다. 막다른 곳에 이르자 거대한 철문이 끼이익, 요란한 소리를 내며 열렸다. 녹슨 철문 뒤로 폐허가 된 정원이 모습을 드러냈다. 나는 현관을 지나 거실로 들어섰다. 먼지가 부옇게 내려앉은 가죽 소파. 벽지가 너덜너덜한 벽면에는 거미줄이 잔뜩 끼어 있었다. 저기…… 누구 없어요? 내 목소리가 떨렸다. 문득 문 열리는 소리가 나더니 누군가 모습을 드러냈다. 미수였다. 벌거벗은 미수의 몸이 문신을 한 듯 온통 푸른색이었다. 미수는 하늘을 향해 가지를 뻗은 한 그루의 나무처럼 주춤거리며 걸어왔다. '정말로 왔구나! 와 줘서 고마워…….' 미수가 자신의 몸을 가리키며 말했다. '좀 씻고 올게.' 미수가 욕실로 걸어갔다. 이어 욕조에 물 채우는 소리가 들려왔다. 그때였다. 세상을 깨부술 것처럼 천둥 번개와 함께 폭풍우가 몰아치기 시작했다. 커튼이 소복을 입은 여자의 옷자락처럼 펄럭였다. 거실 바닥이 금세 물로 흥건해졌다. 잔뜩 겁에 질린 나는 욕실 문을 두드리기 시작했다. 미수야! 미수야! 문이 벌러덩 뜯겨지며 욕조에 머리를 기대고 누운 미수가 눈에 들어왔다. 욕조를 가득 채운 것은 붉은 피였다……. 미수의 팔목에서 흘러나온 피가 욕조 안을 빨갛게 물들이고 있었다. 아악……!

나는 비명을 내지르며 꿈에서 깨어났다. 끔찍한 풍경이 떠올라 몸서리쳤다. 나는 미친 듯 고개를 흔들었다. 하지만 핏물 가득한 욕조에 누워 있던 미수의 모습은 좀처럼 사라지지 않았다. 시 쓰느라 골몰한 '꺾인 꽃'의 이미지가 이런 식의 악몽을 불러온 것은 아닐까. 그저 꿈이기를! 절대 그럴 리 없기를!

그렇게 벌벌 떠는 동안 비로소 나는 죽음을 한 번도 진지하게 생각해 본 적이 없었다는 데 생각이 미쳤다. 눈꺼풀을 감듯 세상이 막을 내리는 것. 죽음을 영화의 한 장면처럼 생각했을 뿐이었다.

침대에서 몸을 일으켰다. 눈앞에 드리워진 어둠. 세상도 하루에 한 번씩은 죽었다가 깨어나는 것일까. 어둠이 이토록 죽음처럼 느껴지기는 처음이었다. 제발…… 나는 주저흔으로 가득한 손목을 피가 나도록 손톱으로 들이박았다.

모둠의 독촉이 이어졌다. 죽음의 이미지에 사로잡힌 채 손을 놓고 있었던 탓이다. 첫 주자의 게으름으로 공동 창작시를 망칠 수는 없었다. 안간힘을 다해 몇 줄을 이어 갔다.

꽃은 화창한 날에 죽었다
아름다움에 심취한 사내가

땀이 진득하게 배어나오는 손으로

꽃의 허리를 낚아채 분질렀다

왜 죽음의 이미지는 이토록 끈질기게 나를 따라다니는 것일
까. 그럼에도 왜 나는 처연하고도 아름답게 죽어갈 꽃의 이미지
에 집착하는 걸까. 이 시가 꼭 완성되었으면 좋겠다는 생각이 든
다. 한 생명이 한 생명에게 바치는 따뜻한 위로이기 때문이다. 내
가 달라지고 있는 걸까.

토요일 아침, 나는 미수 엄마와 마주 앉아 있었다. 넓은 카페
에는 오전인데도 주말이라 그런지 빈자리가 거의 없을 정도였
다. 차갑고도 맑은 가을 햇살이 눈부시게 부서지는 창가. 너무 밝
아서 마주 앉은 미수 엄마의 눈밑에 내려앉은 다크서클이 선명
하게 보였다. 머리에 헤어롤을 휘감고 있던 지난 이미지와는 완
전 딴판이었다. 며칠 새에 십 년은 더 늙어 버린 듯 얼굴이 초췌
했다.

미수 엄마가 나를 빤히 쳐다봤다. 내 안에서 무엇을 찾아내려
는 것일까. 불신과 원망으로 가득한 눈빛. 강판이라도 뚫을 듯 차
갑고도 매서운 눈초리였다. 이윽고 굳게 닫힌 미수 엄마의 입이
열렸다.

"미수가 죽으려고 했다…… 알고 있었니?"

내 몸이 얼음처럼 굳었다. 왜 불길한 암시는 나를 비껴가지 않는가. 몸이 떨리기 시작했다.

"진짜로 죽었으면 어쩔 뻔했니?"

병원으로 실려 갔지만, 일찍 발견된 탓에 회복이 되었다고 했다. 하지만 병원에서 권했던 정신과 치료를 완강히 거부하는 데다 누구와도 말을 섞으려 하지 않는다는 게 문제였다. 답답해서 미칠 지경이 된 미수 엄마는 그 모든 원인의 한가운데에 문쌤과 내가 있다고 판단했다. 심상찮은 이유로 자신의 집을 찾아왔던 나를 기억해 냈고, 이어진 문쌤의 방문, 납득할 수 없는 미수의 자살 시도까지 삼각 고리로 꿰맞춘 결과였다.

"그동안 어떤 일이 있었던 거니? 넌 알고 있지?"

미수 엄마가 매섭게 다그쳤다. 내 몸은 미늘에 걸린 물고기처럼 꼼짝할 수가 없었다.

"우리 미수가 왜 이 지경이 됐니? 괜히 문학이랍시고 허파에 바람만 잔뜩 밀어 넣은 그 선생 같지도 않은 나부랭이 때문이 아니고 뭐겠니?"

문쌤은 연가를 내고 고향에 내려갔다. 어머니가 위독하다고 했다. 그런 탓에 미수 엄마가 문쌤 대신 나를 불러낸 거다. 그렇다면 미수 엄마는 내게 미수에 대한 이야기를 듣겠다고 온 걸까, 따지자고 온 걸까.

미수 엄마는 연거푸 자신의 말만 쏟아 냈다. 그렇다면 쏟아 내고 싶은 대로 두는 것, 그것이 내가 할 수 있는 일의 전부였다. 사람에게 두 귀가 있는 까닭은 한쪽 귀로 들어온 말을 다른 쪽 귀로 내보내기 위한 것이니까. 내 안으로 들이지만 않으면 그만이다. 침착하자! 미수한테 별일 없다지 않은가. 나는 자세를 고쳐 허리를 꼿꼿하게 세웠다.

"내가 미수에게 들인 공이 얼만데…… 그 선생을 가만두나 봐라!"

미수 엄마가 두툼한 두 볼을 실룩거리며 턱없이 목소리를 높이는 바람에 주변 사람들이 자꾸 우리 쪽을 힐끗거렸다.

나는 치밀어 오르는 욕지기를 누르며 차분히 입을 열었다. 미수 집에 찾아갔을 때 받은 홀대 이후 내공이 생긴 탓이다. 얼음은 차가워질수록 더 단단해진다는 논리 그대로.

"맞아요, 미수는 정말 괜찮은 친구예요. 똑똑하고, 공부도 잘하고, 얼굴도 예쁘고, 성격도 좋아서 친구들에게 인기도 많아요."

미수 엄마가 뜨악한 눈빛으로 나를 쳐다봤다.

"그런 멋진 친구가 생각 없이 맹목적으로 휩쓸렸다고 생각하지는 않아요. 상대가 선생님일지라도 말이에요."

미수 엄마가 눈을 부릅떴다. 흰자위 속 검은 동자가 도드라졌다.

"그러면 지금까지의 모든 일이 다 미수 제 책임이란 말이냐?"

나는 대답하지 않았다.

"어서 대답해 봐!"

미수 엄마가 화를 이기지 못한 듯 쥐고 있던 컵을 탁, 소리 나게 내려놓았다. 컵 속의 물이 소용돌이치며 탁자 위로 어지럽게 흩어졌다. 놀란 사람들이 일제히 우리를 돌아보았다. 미수 엄마가 적개심 가득한 눈빛으로 나를 노려봤다. 그러자 계산대 앞에 서 있던 매니저가 우리를 향해 다가왔다.

"무슨 일인가요?"

"됐어요!"

미수 엄마가 손사래를 쳤다. 한동안 물끄러미 미수 엄마를 쳐다보고 있던 매니저가 식탁 위에 흘린 물을 닦아 내고 돌아섰다. 나는 그때껏 붉으락푸르락 씩씩거리고 있던 미수 엄마를 바라보고 있다가 낮게 입을 열었다.

"그러면…… 제 이야기 들으실 건가요?"

미수 엄마가 나의 침착함에 질린다는 듯 입술을 악물었다.

나는 미수에 관한 이야기를 시작했다. 올해 초, 처음 만났던 때부터 시작해 미수와 나눴던 모든 것을. 미수가 교실에 와서 문예반 홍보를 했던 일, 대표를 맡았던 일, 자신의 진로와 관련해 고민을 나누었던 일, 글쓰기 이외의 다른 길은 생각조차 하지 않는다는 이야기, 친구들의 슬픔과 고통을 보듬어 주는 마음 씀씀이까지. 아는 대로, 느낀 대로, 본 대로, 숨김없이, 꾸밈없이 이야기를 전했다. 그런 미수가 백일장에서 누군가의 시를 표절했고, 그 시로 장원을 수상한 일, 그 뒤에 벌어진 일이 바로 지금 우리가 맞닥뜨린 일이라는 데까지 이어지자, 기고만장했던 미수 엄마의 눈빛이 무겁게 가라앉았다. 깊은 수렁으로 침몰한 듯 신음이 새어 나왔다.

"으음……"

믿을 수 없다는 듯, 받아들이기 힘들다는 듯, 한참 동안 허공을 응시하고 있던 미수 엄마가 낮은 목소리로 물었다.

"표절 사실이 대학 측에 알려지면 입학 특전은…… 어떻게 되는 거니?"

조바심 가득한 미수 엄마의 목소리가 가뭇없이 떨리고 있었다.

"취소되겠죠."

"그 아까운…… 국립대학교 장학생…… 입학을 포기해야 한단 말이지?"

미수 엄마가 실망스러운 듯 어깨를 축 늘어뜨렸다. 눈꺼풀이 바르르 떨렸다. 이윽고 미수 엄마가 주위를 경계하듯 다시 한번 돌아본 뒤 나를 향해 몸을 굽혔다.

"그렇다면 굳이 알릴 필요가 있겠니? 그 시인에게 눈감아 주기를 부탁하고 사례하면 안 될까? 우리끼리만 알기로 말이다. 나중에 밝혀지면 큰일 나는 거니?"

포기할 수 없는 집요함! 당장 시인을 만나 거래라도 할 기세였다. 한번 자신의 수중으로 들어온 보물은 절대 돌려줄 수 없다는 뿌리 깊은 탐욕.

나는 고개를 저었다. 이런 식의 이야기라면 더는 듣고 싶지 않았다. 내게 하는 것처럼 미수 엄마는 미수의 이야기도 들으려 하지 않았던 건 아닐까? 자신의 생각만 강요했던 건지도 모른다. 새삼 미수가 불쌍해졌다.

"미수에겐 능력도, 재능도, 의지도 있어요. 게다가 부모님의 경제적 능력도 충분하고요. 그런데도 어쩐 일인지…… 행복해 보이지 않았어요."

나를 바라보는 미수 엄마의 눈빛이 복잡하게 헝클어졌다.

"저는 미수가 부러워요. 제게는 부모님이 다 안 계시거든요. 엄마는 어렸을 때 집을 나갔고, 아빠도 소식이 끊어져 어디 사는 줄도 몰라요. 택시 운전을 하는 할아버지와 둘이 사는데 날마다 잡아먹을 듯이 싸워요. 밥도 있으면 먹고, 없으면 굶어요."

미수 엄마의 눈동자가 휘둥그레졌다. 순간, 울컥하며 가슴이 뜨거워졌다. 이렇게 막 나가도 되나 싶기도 했지만, 자신들의 안위가 얼마나 호사스러운지를 날것으로 확인시키고 싶은 패악 같기도 했다.

창밖으로 얼굴을 돌린 미수 엄마가 한참 뒤 어깨를 축 늘어뜨린 채 자리에서 일어섰다.

"그래, 살아 돌아온 것만으로도 감사해야겠지……."

미수 엄마는 돌아서다 말고 한참 동안 나를 바라봤다.

아이들은 내가 쓴 다음 연부터 시를 이어 나가기 시작했다. 흰색이 주는 죽음의 이미지와 꽃의 아름다움을 표현해 내기 위해 안간힘을 썼다. 우리는 수업이 끝난 후 빈 교실에 모여 조각보 같은 시들을 이어 붙이며 바느질 자국을 확인했다. 자르고, 깁고, 갈아 내며 초고를 완성해 갔다.

꽃의 분절

꽃은 화창한 날에 죽었다

아름다움에 심취한 사내가

땀이 진득하게 배어나오는 손으로

꽃의 허리를 낚아채 분질렀다

바람에 자유롭게 몸을 내맡긴 그때

풍경에 묻어 가려던 그때

아름다움이 최고조에 달한 그때

그녀는 비명을 지르며 허리를 꺾였다

화창한 날이었다

들썩, 하고 흙들이 아우성치는 소리

꽃줄기가 **뽑**히고 뜯기는 소리

소란스럽고 무참한 소리

밑동뿐인 잔뿌리, 허공에서 달랑거리는 꽃

……

하얀 벽으로 둘러싸인 채 누워 있는 그녀

그녀를 위한 꽃이 아직 환하다

사내는 시들까 얼른 물 담긴 화병에 꽂는다

화병에 갇힌, 하얀 벽 속에 갇힌

애처롭고 아름다운, 그녀들의 분절

얼기설기 이어진 조각보. 왜 안 그렇겠는가. 조각보의 매력은 생생하게 드러나는 바느질 자국에 있다는 것을 어김없이 증명해 보인 것이다.

하지만 고생한 아이들의 눈에는 이불처럼 덮고 잠들고 싶을 만큼 예쁘고 사랑스러운 모양이었다. 시상 연결이 자연스럽지 않을까 봐 노심초사하던 마음이 눈 녹듯 스러진 얼굴들이었다. 공동 창작시가 왜 어렵다는지 실감난다며 아이들은 웃었다. 자신이 낳은 아이를 소중히 어루만지듯 대견하고 뿌듯한 마음으로 읽고 또 읽었다.

우리는 저녁 식사를 빠르게 끝낸 뒤 다시 준비실로 모여들었다. 지금껏 구절을 수정하느라 시간을 보냈다면, 이제는 완성된 시를 전지에 쓰고, 그리고, 꾸미는 일을 할 차례였다. 그들은 전지에 엎드린 채 그리고, 지우고, 또 그렸다. 팔레트에 물감을 짜는 아이는 손에 묻은 물감을 친구의 얼굴에 바르고 낄낄거렸다. 준비실은 여기저기에서 떠들어 대는 수다에 잠시도 조용할 새가 없었다.

하지만 미수도, 문쌤도 없는 축제 준비는 어딘지 모르게 비어 있었다. 아빠 같은 문쌤이었고, 엄마 같은 미수였다. 문쌤이 있는 듯 없는 듯 사랑의 눈길로 지켜본다면, 미수는 다독이며, 타박하며, 독려하며, 눈 흘기며, 깔깔대며 진두지휘했을 것이다.

나도 아이들 틈에 끼어 전지 귀퉁이에 흰빛 구절초를 그렸다. 귀환할 미수에게 안겨 주고 싶은 꽃다발이었다. 아홉 마디로 꺾인 구절초의 꽃말은 '어머니의 사랑'이라 했다. 그동안 미수가 내게 건네준 가슴 따뜻한 말들이 엄마의 품처럼 그리웠다. 미수는 기다리고 있는 내 마음을 알기나 할까. 언제쯤 돌아오게 될까. 구절초 꽃다발 그림을 완성하던 그날 밤, 나는 미수로부터 길고 긴 메일을 받았다. 마디마디마다 눈물로 가득한 이별의 꽃다발을.

내 등껍질로 흘러드는 물방울

너에게 안녕을 고한다.

언젠가는 돌아오리라 말하고 싶지만 기약할 수 없는 인사니까. 나는 곧 지구 어딘가로 떠난다. 어디로 가는지는 말하지 않을게. 야속하다고 생각하지 마. 네가 알고 있는 과거의 미수는 죽었으니까. 새로운 누군가가 되어 떠나는 거니까. 이름을 바꿨거든.

미수라니, 그게 뭐니? 할아버지는 아름다울 미(美), 빼어날 수(秀)를 써서 아름답고 빼어난 사람이 되라고 지어 주신 거지만, 난 고작 미수(未收)에 불과했던 거야. 그 어떤 것도 거두어들이지 못한, 공부도 글쓰기도 어느 것 하나도 이룬 것 없는 인생. 끝내 자살조차 미수로 만들어 버린 이름. 그러니 다시 눈을 떴을 때 얼마나 두려웠겠니? 그런 생이 내 발목을 잡고 놓아 주지 않을까 두려웠어. 어쩌면 내가 이름을 바꾸고 떠나는 것은, 미수 같은 삶에서 도망치고 싶어서인지도 몰라.

내가 너에게 이토록 긴 편지를 쓰는 것은 지난 이야기를 들어 줄 사람이 필요해서야. 그게 너였으면 좋겠다고 생각했고. 그래서 대나무 숲 구덩이에 비밀을 털어놓는 이발사가 되기로 했어. 미수(未收)를 보내는 마지막 제의(祭儀)로써 말이야.

내가 그 시를 처음 만난 건 인터넷 카페에서였어. 산문만 쓰던 나는 같은 글인데도 시에 무지하다는 생각에 본격적으로 배워 볼 욕심으로 유료 교실의 문을 두드리게 됐지. 그러다 만난 시 한 편에 속수무책으로 빠져 버린 거야. 자연을 자연스럽게 표현한 시적 느낌이 너무나 좋았거든. 다이어리에 붙여 놓고 외워 다닐 정도로 좋아했어.

돌이켜 생각하면 내가 왜 그랬는지 도무지 알 수가 없어. 그날도 평소처럼 산문으로 시작했지. 하지만 마음에 들지 않더라. 몇 번이고 고쳐 써 봐도 안 되는 거야. 미칠 것 같더라고. 그러던 중 갑자기 그 시가 생각났어. 그 시를 적고 싶었어. 이미 외웠던 터라 종이에 적는 것은 어렵지 않았거든. 전체의 시 중 한 줄만 시제(詩題)인 '멈추다'에 맞게 고쳐서 제출했을 뿐이야. 마감 시간은 다가오는데 종이에 무엇인가 적어서 내야 한다는 압박감도 있었고, 설마 상을 타서 내가 곤란하게 되지는 않겠지 생각했던 것 같아.

그 시를 좋아했지만 백일장 틀에서 벗어나 있는 시였기 때문에 장원을 수상하리라고는 생각하지 못했어. 수상을 알게 된 후 너무나 곤혹스러웠어. 수상할 때도 두려웠고. 문쌤께 말씀을 드릴까 생각했지만 끝내 그러지 못했어. 문쌤을 실망시키고 싶지 않았거든. 하지만 언젠가는 밝혀질 일이라고 생각했어. 대학 홈페이지에 적힌 내 이름을 검색해 보며 지워지기만을 바랄 뿐이었지.

나는 불안감에 휩싸여 밤마다 잠을 이루지 못했어. 어둠 속에서 누군가 수색대처럼 총구를 들이민 채 나를 찾고 있다고 느꼈거든. 나는 벌벌 떨고 있었던 거야.

때론 알 수 없는 울화에 벌떡거리기도 했어. 상대를 설득시키고 감화시키기 위해서 인용한 사례들, 상황을 적절하고 명료하게 요약해 주던 멋진 구절들도, 모두 알고 보면 늘 어딘가에서 보았던 문구들이 아니었던가. 어제 뜬 아침 해가 오늘도 뜨고, 어제 진 저녁 해가 다시 진다. 아침에 일어나 밥을 먹고, 일을 하고, 잠을 자는 우리의 삶도 똑같은 일상의 반복이 아니던가. 사람들은 똑같은 일상들을 무한복제하고 재생하면서도 왜 한 번도 반성하지 않는가. 천상천하에 새로운 것이 무엇이란 말인가.

이상한 열기에 휩싸여 항변하다 보면 온몸에 힘이 탁 풀리며 기진맥진해지곤 했지. 내가 파렴치한 인간처럼 느껴졌거든. 그때 문쌤이 나를 찾아왔던 거야.

"……너의 솔직하고 진실 어린 고백만이 그분의 마음을 움직일 수 있을 것이라고 생각한다. 우리는 모두 어떠한 잘못도 다 저지를 수 있는 인간이니까. 그러니 너무 아파하지 마라. 몸 상한다. 용기 잃지 말고. 끝까지 너를 지지하마……."

눈시울이 뜨겁게 달아올랐어. 나는 용기를 내어 문쌤이 주고 간 연락처를 꺼냈어. 떨리는 손으로 긴 편지를 쓴 거야. 전화할 용기는 나지 않았거든.

신이여, 나의 고해성사를 들어주소서!

…… 자초지종을 말씀드린다는 게 지금껏 변명만 늘어놓았군요. 저는 참 나쁜 사람입니다. 그렇게 좋아하던 글을 제 것인 양 베껴 썼으면서도 숨기고 상을 받았으니 말이에요. 어떻게 용서를 구해야 할지 모르겠습니다. 제 자신이 부끄럽습니다. 죄송하다고밖에 드릴 말씀이 없어 더 죄송합니다…….

유리창 너머로 부옇게 새벽이 밝아오고 있었어. 나는 보내기 버튼을 누르지 못한 채 한참 동안 창밖을 바라보기만 했어. 두렵고 부끄러웠던 거야. 밤새 몸을 씻고 아침을 맞는 나무들에게, 하늘에게, 땅에게, 바람에게, 공기에게도 말이야. 나는 나를 부끄럽게 만든 그들 모두에게 간절히 기도했어. 부디 이 언어들이 나를 배반하지 않기를!

어이없고 씁쓸했지만 분노는 아니에요. 이십 대라면 절망했을 일도 나이가 들면 사흘 만에 잊는다고 해요. 이상하죠? 그날 왜 갑자기 검색창에 내 시를 입력해 보았는지 나도 잘 모르겠어요.

모악리 느티나무, 수령 오백 년

나이테가 오백 개라니

무거웠겠지요

너무 무거워 제 몸에 허공을 불러들였는지

그해, 몹시 가물었는지

논바닥이 갈라지고 나이테 사이가 갈라졌을까요

......

몇 해 만에 다시 오면

슬며시 옆구리에 새순을 틔워 보기도 하였겠지만

제 몸이 비로소 그릇이라는 걸 알고

햇살이든 빗물이든 다 받아 주기 시작했겠지요

어느새 빗물 위에 달도 뜨고

구름도 떠 가고

소쩍새도 와서 살았겠지요.*

대학 게시판에는 이 시의 4행이 '너무 무거워 성장을 멈춰 버렸는지'로 나

오네요. '너무 무거워 제 몸에 허공을 불러들였는지'로 기억해 주세요. 몸

에 허공을 가진 나무처럼 사람도 누구나 제 몸에 허공을 두고 산답니다. 내

* 이철우의 시, 「파평리 느타나무」에서 차용.

가 내 몸에 두고 사는 허공에 소쩍새처럼 미수 학생이 잠시 와서 살았나 보다 생각할게요. 시 속의 모악리는 사평에 있는 강변이고, 내 어머니의 고향이랍니다.

나는 글을 읽고 또 읽었지. 글씨가 눈물에 가려 보이지 않았거든. 내가 어찌 모르겠니. 그가 말한 4행은 일부러 어색하게 둔 것이었거든. 내가 가장 좋아하는 부분이 '너무 무거워 제 몸에 허공을 불러들였다'로 표현한 4행이었으니 당연히 기억하지. 사실은 일부러 어색하게 둠으로써 내 잘못을 덮어 보려 했던 거야.

'내가 내 몸에 두고 사는 허공에 미수 학생이 소쩍새처럼 잠시 와서 살았나 보다 생각할게요.'

나는 오랫동안 그 문장을 새기고 또 새겼어. 진정한 용서는 허물을 통과의례로 전복시키는 무한한 힘을 가졌다는 것을. 그는 이 말로 평생 짊어지고 살아야 했을 소쩍새의 족쇄를 풀어 주었던 거야.

대학에 표절 사실을 알려 수상을 취소하는 일은 문쌤이 도와주었어. 그렇게 잘 마무리되었지. 그러자 문득 내 삶의 가장 큰 기쁨이 사라지고 껍데기만 남았다는 생각이 들었어. 다시는 글을 쓸 수 없으리라는 불길함에 사로잡힌 거야. 앞으로 내가 쓰게 될 어떤 글도 내 것이 아닐 것만 같았거든. 나는 '문학'이라는 '불멸의 영토'에서 영원히 추방당하리라는 공포와 두려움을 느긴 거야.

언젠가 사람들은 알게 되겠지, 나의 더러운 실체를. 나와 우정을 나누었던 친구들의 손가락질도 이어질 거야, 가식과 허위로 포장을 한 '나'라는 인간의 실체. 너무나 치욕스러워서 이대로 부서져 버리고 싶다는 생각뿐이었어. 글을 잃고서는 살아갈 의미가 없다는 게 더 큰 이유였겠지. 나는 그렇게 눈을 감았어.

나는 지나온 길을 돌아보며 죽음의 의미를 다시 새기고 있어. 어쩔 수 없이 마지막 순간까지 몰려서 죽는 죽음은 아름다워 보이지 않는다고 말야. 비겁한 거지. 나는 용기 없는 겁쟁이였던 거야. 한편으론 우리가 죽음에 집착하는 건 어쩌면 삶에 대한 열망일지도 모른다는 생각이 들기도 했어. 죽고 싶은 만큼 살고 싶은 마음 말야.

그걸 확인하러 나는 떠난다. 어쩌다 한번은 지구 어딘가에서 같은 공기로 숨 쉬고 있을 나를 기억해 주렴. 그러면 이제 정말 안녕!

지독하게 외로웠다. 미수가 진짜 내 곁을 떠나는구나 싶었다. 본래 혼자라고 생각해 왔고 앞으로 혼자 죽어갈 거라고 생각했던 내가 이런 감정을 느낀다는 게 좀 우습지만 정말로 그랬다. 나도 미수처럼 누구든 붙잡아 주절거리고 싶어졌다. 대우받아야 할 내 오랜 슬픔에 대해 이야기하고 싶었다. 그러려면 내 슬픔으로

부터 강해지는 수밖에 없을 것이다. 슬픔은 피하지 않고 온몸으로 맞설 때 진정한 모습을 갖추게 되는 거니까. 그래야 내 슬픔도 대우받을 수 있게 될 것이다.

"어서 인나그라! 어서!"

이불을 젖히며 할아버지가 소리쳤다. 새벽녘에야 겨우 잠이 들었던가 보았다.

"제발 좀 내버려 둬. 오늘은 토요일이라고!"

나는 꽥 소리를 지르며 젖혀진 이불을 끌어다 뒤집어썼다.

"아야, 어서 인나라니까. 나랑 어디 좀 가자."

할아버지가 이불을 빼꼼하게 들추고 말했다.

"어디?"

"가 보면 안다니께. 꾸물거리다 예약 시간 늦는단 말여."

마지못해 끙, 소리를 내며 밖으로 나가니 식탁에 벌써 밥상이 차려져 있었다. 나는 눈을 비비며 잠에서 덜 깬 목소리로 다시 물었다.

"어디 가는데?"

"잔말 말고 후딱 밥이나 먹어."

다짜고짜 말을 자르는 데도 할아버지의 말 속에 생기가 느껴졌다. 할아버지가 노래를 부르듯 혼잣말로 중얼거렸다.

"암만 그래도 감옥보다 낫겠제. 으쩌다 지 발로 걸어 들어갈

생각을 다 혔는지…… 그놈이 대견하고 오지기는 내 생전 처음
이다야."

내가 뜨악한 눈빛으로 할아버지를 쳐다보자, 식사를 마친 할아
버지가 자신의 빈 그릇을 들고 일어나 설거지통에 담갔다. 그때
쿵, 소리를 내며 내 가슴속으로 무거운 돌덩이가 하나가 떨어졌다.

화장실로 들어갔다. 거울 속으로 무겁게 내려앉은 내 얼굴이
보였다. 제멋대로 자란 머리칼, 부풀어 오른 눈두덩이. 할아버지
는 소설의 결말을 처리하듯 한 인간의 삶을 처치하는구나. 행복
한 결말일까, 비극적 결말일까. 좀처럼 가늠이 되질 않았다. 하긴
내 깜냥으로 무슨.

씻고 나오니 할아버지는 이미 나가고 없었다. 서둘러 옷을 챙
겨 입었다. 택시가 출입문 앞에 세워져 있었다. 트렁크에서 꺼낸
먼지떨이로 차체를 문지르고, 입김을 불어 가며 창을 닦는 할아
버지의 손길이 부산스럽게 느껴졌다.

나는 뒷좌석 문을 열고 들어갔다. 오랜만에 할아버지의 차를
타는가 보다. 택시 안을 보니 내가 아는 꾀죄죄한 할아버지가
아니었다. 은은하게 커피 향을 뿜는 방향제 덕분에 집과는 한결
다른 분위기. 한 가지 일을 오래 해 온 사람답게 프로 의식이 느
껴졌다. 할아버지는 자신에게 얹혀사는 나뿐만 아니라, 세상의
모든 사람들을 실어 나르느라 안간힘을 다하고 있었구나 싶었다.

출발한 택시는 도시 외곽의 건물 앞에 멈췄다. 야구모자에 검

정 마스크를 쓴 익숙한 얼굴의 사내가 차를 기다리며 서 있었다. 낡고 두툼한 가방을 어깨에 멘 그는 새벽 인력시장에 나가는 일용노동자처럼 허름해 보였다. 예상 못 한 것은 아니었는데도 막상 사내를 맞닥뜨리고 보니 얼굴이 달아오르며 심장이 제멋대로 날뛰기 시작했다.

사내가 조수석으로 올라탔다. 분명 뒷좌석에 내가 앉아 있음을 알고 있을 텐데 사내는 고개를 돌리지 않았다. 나는 금세 코를 막으며 인상을 찌푸렸다. 눅눅하고 찌든 냄새가 택시 안에 가득 퍼졌기 때문이었다. 그의 몸 구멍마다 시큼한 냄새가 빠져나오고 있는 것 같았다. 머리가 지끈거렸다.

할아버지가 얼른 창을 열었다. 찬바람이 한꺼번에 몰려들었다. 다시 창문을 올렸다. 하지만 사내는 깊숙이 눌러쓴 모자의 차양 밑으로 묵묵히 앞만 노려볼 뿐이었다. 사내가 입은 옷은 터무니없이 바랜 데다 찬바람을 막기에는 지나치게 얇았다. 찌든 때처럼 온몸에 궁기가 흘렀다. 이런 차림으로 어떻게 평생의 추위를 견뎠나 싶었다. 할아버지는 추운 듯 몸을 부르르 떨면서도 창문을 올렸다 내렸다를 반복했다. 창문을 내릴 때마다 찐득하게 고여 있던 냄새가 화들짝 밖으로 달아났다.

냄새와 한 몸이 되어 냄새 속으로 스러져 갈 인생. 어쩌면 그는 아무도 눈여겨보지 않는 죽음, 라면 가닥이 말라비틀어진 냄비 속에 고개를 처박고 처참하게 허물어질 자신의 고독사를 예감했는지도 모른다. 그 두려움이 할아버지의 차에 오르게 했을 것이다.

길가에 선 은행나무 이파리들이 화창한 가을 햇살을 받아 금가루처럼 떨어져 내렸다. 불현듯 미수가 떠올랐다. 어딘가로 멀리 떠난다는 것은 지금껏 함께 보았던 풍경들을 나눌 수 없게 된다는 뜻일 것이다. 미수와 함께했던 지난 시간들이 다시는 돌아오지 않을 창문 밖 풍경처럼 자꾸만 뒤로 밀려났다.

한동안 고속도로를 달리던 할아버지가 교차로를 돌아 시골 국도로 접어들었다. 이리저리 주위를 살피던 할아버지가 허름한 국밥집 앞에 차를 세웠다. 눈을 감고 있던 사내가 잠에서 깬 듯 주위를 두리번거렸다. 할아버지가 사내에게 말했다.

"뭐라도 좀 먹고 가자. 다 왔어. 저 고개만 넘으면 되거든."

우리는 할아버지가 이끄는 대로 국밥집으로 들어섰다. 아침나절이라 그런지 주방에서 고개를 내미는 주인여자뿐, 식당 안에는 손님이 한 사람도 없었다.

할아버지는 돼지국밥 삼 인분을 주문하고 화장실에 다녀온다며 밖으로 나갔다. 나는 사내를 외면한 채 멀어지는 할아버지의 뒷모습을 보았다. 그 어깨너머엔 추수가 끝난 황량한 들판을 배경으로 드문드문 자동차가 지나가는 쓸쓸한 시골 국도 풍경이 이어졌다. 사내는 먼지 낀 선반 위에 놓인 텔레비전 화면을 물끄러미 올려다볼 뿐, 좀처럼 나와 눈을 마주치지 않았다. 할아버지가 바지춤을 추스르며 식당 쪽으로 걸어왔다.

국밥이 나왔다. 사내가 눈빛을 반짝이더니 숟가락을 챙겨 들었다. 마스크를 벗은 사내의 볼 여기저기에 건선이 허옇게 피어 있었다. 사내는 제 앞에 놓인 국밥을 품에 안듯 끌어당겨 정신없이 입속에 욱여넣기 시작했다. 그런 사내를 안타깝게 바라보고 있던 할아버지가 자신의 국밥을 사내에게 밀어 줬다. 아직 허기가 덜 찼다는 듯 사내는 할아버지의 국밥까지 가져가 달게 먹었다.

"많이 먹어라. 내가 너 따뜻한 밥 한 그릇 못 멕여 보내믄 쓰겄냐……."

할아버지의 말끝이 설움에 잠겨 들었다. 이래저래 입맛을 느끼지 못한 나도 국밥을 사내 앞으로 밀어 주었다. 두 그릇을 말끔히 비운 사내는 내가 밀어 주는 국밥을 쳐다보더니 슬그머니 숟가락을 내려놓았다.

"돈 벌면 더 맛있는 거 사드릴게요……."

멈칫하던 사내가 다시 숟가락을 들고 내 그릇을 제 앞으로 당겼다. 고개를 푹 숙이고 떠먹는 사내의 목이 움찔하더니 수저질이 멈췄다. 할아버지가 문밖으로 고개를 돌리고는 헛기침을 했다. 마주 앉은 두 사람이 뜨거워진 내 눈시울 속에서 가물가물했다.

식사를 마친 우리가 도착한 곳은 읍내 사거리가 아스라이 내려다보이는 외곽의 병원이었다. 메마른 참나무 잎이 바람에 수수거리는 야트막한 동산을 등에 업고, 추수가 끝난 넓은 들판을 품에 안은 듯 한적한 느낌을 주는 곳이었다. 햇빛 잘 드는 남쪽을 향해 지어진 병원은 지은 지 얼마 안 된 듯 말끔한 외관을 하고 있었다.

할아버지는 주차장의 빈자리를 찾아 능숙하게 차를 집어넣고 시동을 껐다. 하지만 아무도 움직이지 않았다. 이윽고 할아버지가 조수석에 앉은 사내를 향해 단단히 다짐을 놓았다.

"여긴 치료하는 곳이여. 넌 지금 환자라고! 아프면 치료를 받아야지, 감옥에 가면 되겠어? 그러니 조금만 참어 봐. 주사도 맞고 약도 먹고 그러면 금방 나아질 텐게. 알았제? 니 말대로 죽기 전에 애비 노릇 한번 해 봐야 헐 것 아녀……."

입술을 야무지게 문 할아버지가 사내의 어깨를 토닥였다. 사내는 아무런 말도 하지 않았다. 사내가 꼬질꼬질한 가방을 보물이나 되는 양 꼭 껴안은 채 차 문을 열고 나섰다. 야구모자는 사내의 눈빛에 어린 두려움을 감추기에 역부족이었다. 구부정한 등허리가 꼽추처럼 굽었다.

병원 로비로 들어섰다. 번호표를 뽑아 든 할아버지가 접수를 하고 대기실로 왔다. 사내는 짐 보퉁이처럼 대기실 의자에 앉아 멀거니 허공을 바라보고 있을 뿐이었다. 마흔도 안 된 사내의 몰골이 노인처럼 늙었다. 우리는 서로를 외면한 채 묵묵히 앉아 간호사의 호출을 기다렸다.

벽면 여기저기에는 병원을 안내하는 문구들이 잔뜩 붙어 있었다. 조현병과 우울증, 불면증과 알코올, 도박 같은 정신질환을 전문으로 치료하는 병원이었다. 마침내 할아버지가 사내의 손을 이끌고 진료실로 들어가는 것을 본 나는 현관에 벗어 둔 신을 신고 다시 밖으로 나왔다.

넓게 깔린 잔디가 한눈에 바라보였다. 나는 풍경화를 감상하듯 정원 벤치에 앉았다. 초록의 풍경화 속으로 예닐곱 명의 환자들이 서서히 모습을 드러냈다. 그들은 약속이나 한 듯 환자복 위에 점퍼와 카디건을 걸쳐 입었다. 두 명의 간호사가 그들 앞뒤에 서서 이끌거나 뒤처지지 않도록 챙기고 있었다. 칠팔십 대로 보이는 치매 노인들이었다. 그들은 맹한 시선으로 유치원생처럼 앞사람과의 거리를 따라잡으려 애쓰며 주춤주춤 걸었다. 그들이 점점 가까이 다가왔다. 이윽고 내 앞을 지나쳐 가던 중 돌연 노파 하나가 대열에서 빠져나와 내 손을 잡았다.

"연화야, 배고파. 밥 좀 줘!"

그러자 맨 뒤에서 노인들과 보조를 맞추어 걷던 간호사가 빠른 걸음으로 달려왔다. 나에게서 노파를 떼어 놓으려 팔을 붙잡았다.

"저년, 저년, 저 나쁜 년이 밥도 안 주고 나를 굶긴단 말여!"

늘어진 목주름을 실룩이며 노파는 내 손을 놓지 않으려고 안간힘을 썼다. 생각보다 강한 노파의 악력에 당황한 나는 이러지도 저러지도 못한 채 쩔쩔맬 뿐이었다. 그러자 앞쪽을 걸어가던

간호사가 뒤돌아보더니 선걸음에 달려와 노파의 겨드랑이에 양
손을 집어넣었다.

"놀랐죠?"

간호사가 별일 아니라는 듯 웃으며 말했다. 노파는 언제 그랬
느냐는 듯 다시 대열 안으로 들어가 걸음을 옮겼다. 정원은 금세
평화로움을 되찾았다. 이들에게는 햇볕을 쬐고 바람을 맞으며 걸
음을 걷는 것만이 지상에 남은 유일한 축복인 것처럼 보였다.

장작 쪼개는 소리에 고즈넉한 마음이 되어 뒤뜰로 걸음을 옮
겼다. 덥수룩한 머리에 후줄근한 잠바를 걸쳐 입은 남자가 장작
을 패고 있었다. 그가 나를 보더니 반갑다는 듯 도끼를 내려놓고
다가왔다. 소맷부리에 낀 때가 햇빛을 받아 반들거렸다.

"막걸리 받아 왔어? 아, 일 시킬라믄 새참을 줘야제. 공으로 부
려 묵으면 되간디."

나는 뒷걸음질을 쳤다. 남자의 눈에 도는 붉은 기운. 알코올 중
독 환자인가. 나는 놀라 뒤돌아서 뛰기 시작했다.

다시 로비로 들어섰다. 진료를 마친 할아버지가 나를 기다리고
있었다. 나는 할아버지가 내민 입원동의서 보호자란에 나란히 사
인을 했다. 할아버지가 입원수속을 밟는 동안 나는 대기실에 앉
아 일이 끝나기를 기다렸다. 그곳에는 진료를 기다리는 외래환
자들과 면회를 기다리는 보호자들이 시름 깊은 얼굴로 티브이에
시선을 두고 있었다.

구석에 앉은 사내를 돌아봤다. 사내는 벗어 든 모자와 마스크를 손에 쥔 채 부동자세를 취하고 있었다. 주먹을 꽉 쥐고 지나가는 사람을 훑으며 쉴 새 없이 불안한 눈빛을 굴리는 사내. 그의 모습이 타인인 양 낯설었다.

입원수속이 끝나자 간호사가 사내의 가방을 들고 앞장섰다. 몇 걸음을 따라간 할아버지와 나는 엘리베이터 앞에서 걸음을 멈췄다. 간호사가 제지했기 때문이었다.

"이제 그만 헤어지세요. 5층은 폐쇄병동이라 보호자들은 출입할 수 없거든요."

그러자 습습하게 젖은 눈으로 할아버지가 사내의 어깨를 다시 토닥였다.

"올 겨울만 잘 견뎌봐. 그러면 의사 선생님이 개방병동으로 옮겨 준다고 했응게. 알았제?"

사내의 입술이 일그러졌다. 금방이라도 울음을 터트릴 것만 같은 얼굴이었다. 간호사가 웃으며 할아버지의 말을 거들었다.

"본인이 폐쇄병동을 원하셨으니 잘 이겨내실 거예요. 너무 걱정하지 마세요."

할아버지가 안쓰러운 눈빛으로 다시 다짐을 놓았다.

"개방병동으로 옮기는 날 꼭 다시 만나자잉. 꽃 피는 봄이여!"

"그날 케이크는 제가 사 올게요."

사내가 고개를 들어 나를 바라봤다. 붉게 일렁이는 눈빛. 돌연 사내가 내 손을 거칠게 움켜쥐었다. 아프도록 꽉 잡은 손. 눈시울이 뜨겁게 달아오르며 눈물이 솟구쳤다.

사내는 쥐고 있던 내 손을 놓더니 이내 엘리베이터에 올라탔다. 서서히 문이 닫히자 그의 모습이 시야에서 완전히 사라졌다.

뒤돌아섰다. 내게 한 번도 울타리가 되어 준 적이 없던 사내. 그럼에도 사내가 사라진 등 뒤가 까마득한 벼랑처럼 느껴졌다. 시린 가슴을 문지르며 택시에 올라탔다.

돌아오는 길. 그사이 많은 이파리들이 한꺼번에 떨어져 버린 듯 시야가 휑했다.

지금은 이별하는 계절. 곧 겨울이 올 것이다. 나무는 떨켜를 통해 겨울 한철 영양이나 수분이 분산되는 것을 막기 위해 이파리를 떨구어 낸다고 했다. 겨울을 나기 위한 필사의 몸부림이라는 것이다. 그러기에 저 붉디붉은 단풍은 나무의 피 울음인 것이다. 발목까지 푹푹 빠질 겨울 눈밭 풍경을 함께 보고 싶고, 온몸으로 들판의 시린 바람마저 함께하고 싶은데도 어쩔 수 없는 이별 앞에 저리도 붉은 울음을 쏟아 내는 것이다.

멀뚱한 시선으로 앞만 바라보던 할아버지가 노래 가사를 읊듯 혼잣말로 중얼거렸다.

"바람은 씬데 햇볕은 마냥 봄이로구나……."

남아프리카 공화국 나미브 사막에 가면 바다에서 올라오는 안개를 이용해 목숨을 이어 가는 생명들이 있다. 딱정벌레와 팔마토게코도마뱀이 그들인데 그들은 안개가 가장 짙은 새벽녘, 바람 부는 방향을 향해 머리를 처박고 안개 방울이 등껍질에 도달해 흘러드는 물방울을 받아먹으며 산다.

사막 같은 세상에 웅크려 앉은 내 등껍질에 흘러드는 물방울. 그 머나먼 수원을 향해 거슬러 올라가면 할아버지가 있을 것이다. 그리고 미수, 문쌤과 문예반 아이들. 이들이 뿜어내는 따뜻하고 맑은 물방울을 받아먹으며 10월은 지나갔고 나는 기어이 살아남았다.

그러는 내내 셰에라자드를 생각했다. 내 안에 깊이 감추어진 상처를 끄집어낼 수 있다면 살아갈 수 있을 것이다. 글은 '상처의 기록'이라는 문쌤의 말을 믿고 싶어졌다. 그 말이 사실이라면 상처에 대한 이야기는 나를 낳게 한 사내와 여자의 이야기, 그리고 나를 키워 준 할아버지에 이르기까지 끝나지 않을 것이다. 세상의 상처와 아픔을 향해 나아가는 동안 내 이야기는 1001일을 넘어설지도 모른다.

지금은 11월.

인디언 아라파호족은 11월을 가리켜 '모두 다 사라진 것은 아닌 달'이라고 했다. 아직은 붉게 물든 나뭇잎들과 뜯기지 않은 두 장의 달력이 있으니 모두 다 사라진 것은 아닌 게 맞다.

한 자루의
촛불이
되어 주기를

아이가 나와 이야기하고 싶다고 찾아온 것은 수능 시험을 앞
둔 늦가을 오후였다. 아이의 흐릿한 눈빛을 보는 순간, 가슴이 덜
컥 내려앉았다. 약속 시간을 잡았다.

"그럼, 내일 다시 올게요."

아이는 곧바로 몸을 돌렸다. 나는 아이의 등에 대고 다급하게
물었다.

"대학 원서는 어떻게 했니?"

아이가 난감한 얼굴로 돌아보았다.

"저 대학 안 가요. 할아버지가 돈 없대요."

다음 날, 아이와 나는 도서실에서 책상을 사이에 두고 마주 앉

았다. 아이는 주저흔이 가득한 손목을 감추며 겸연쩍게 웃었다.

"원서는 썼는데 할아버지가 공장에 가라고 해서…… 면접에 안 갔어요."

"그래도 면접은 봤어야 하지 않았을까? 혹시 모르잖아……."

"막연하게 꿈만 꾸다가 말면 너무 허망하잖아요."

나는 아이의 얼굴만 물끄러미 바라볼 뿐 아무런 대답도 할 수 없었다. 멍한 눈으로 하루 일과를 견디는 아이의 모습이 아프게 그려졌다.

"어렸을 때부터 돈이 없으면 아무것도 못 한다는 것을 너무 잘 아니까…… 어떻게든 할 수 있겠지……라는 생각을 못 하겠어요."

"그러면 할아버지 말씀대로 공장에 가는 건 괜찮겠니?"

"공장보다는…… 대학에 가서 글쓰기 공부를 하고 싶어요. 글을 쓰고 싶은데 기본이 안 되어 있어서요."

하고 싶은 게 아무것도 없다고 말하지 않는 게 다행스러우면서도 가슴 아팠다. 물론 대학에 간다고 해서 다 해결되는 것은 아니지만, 가지 않은 길에 대한 아쉬움을 평생 가슴에 안고 살아가야 하는 삶도 끔찍하긴 마찬가지다.

나는 아이의 다음 말을 기다렸다. 나를 만나자고 한 이야기가 나올 차례였다.

"선생님은 제게 글을 쓸 수 있는 재능이 있다고 생각하세요?"

아이가 물었다. 나는 한동안 아이의 눈을 바라보다가 가만히 입을 열었다.

"너는 왜 글을 쓰고 싶은데?"

"선생님처럼 되고 싶어서요. 공부를 못해서 학교 선생님은 되지 못하겠지만 글을 쓰는 사람이 되고 싶어요."

아이의 목소리가 또렷하고 분명했다.

"언젠가 선생님이 저희들에게 말씀하셨잖아요. 글 쓰는 사람에게는 고통마저 '재산'이 된다고요. 제게 넘치도록 많은 것은 고통이에요. 하지만 그것뿐이에요. 글을 쓰려고 하는 제게 재능이 없다면 무슨 소용이에요? 게다가 돈이 없어서 대학도 못 가는데 재능도 없이 막연하게 꿈만 꾸는 거라면 빨리 포기하려고요."

아이가 나를 만나자고 한 목적이 이거였구나 싶었다. 희미해져 가는 빛. 아이는 그걸 붙잡고 싶은 거였다. 자신이 살아야 할 이유를 찾고 싶은 거였다. 망설일 필요가 없었다. 아이가 원하는 게 무엇인지를 안 이상, 사위기 전에 어서 그 불빛을 되살려 주어야 한다고 생각했다.

*

아이의 물음은 이후로도 오랫동안 머릿속을 맴돌았다. 이 소설은 아이의 물음에 대한 화답인 셈이다. 삼십 년이 넘는 교단생활이 문예반을 지도한 세월과 동의어인 나로서는 글을 쓴다는 것이야말로 살아가는 의미를 찾아가는 과정임을 절실히 깨닫는다.

요즘 청소년들에게 가장 큰 관심사는 돈과 꿈과 재능에 관한 것이다. 문제는 가진 재능을 펼쳐 볼 수도 없는 불우한 환경 속에서 힘겹게 버티는 아이들이 있다는 사실이다. 그들은 꿈과 재능을 생각할 겨를도 없이 죽음을 먼저 생각한다. 습관처럼 행해지는 자해, 왕따와 폭력 등 학교 문제의 가해자가 되고 피해자가 된다.

이 소설의 주인공들은 자신의 크고 작은 상처를 글쓰기의 질료로 삼아 서로를 보듬고 일어서고자 애쓰는 문예반 소녀들이다. 이들은 아픔과 고통을 멍에처럼 짊어지고 살아간다.

나는 돈이 없어 꿈도 꿀 수 없는 이들에게 글쓰기가 세파에 흔들리지 않고 자신을 지켜 나가는 힘, 타인의 고통과 아픔을 어루만지는 따뜻한 손길이 되길 바라는 마음으로 이 글을 썼다. 하여 이 책 속에는 지금껏 나와 함께한 문예반 아이들의 수고로움이 녹아 있다. 그들에게 이 책을 바친다.

언젠가 한겨울 시골 장터에 갔다가 촛불을 넣은 깡통을 깔고 앉아 시린 엉덩이를 덥히고 있는 노인을 봤다. 뭉클했다.

촛불 한 자루의 힘!

글쓰기가 혹한의 겨울 같은 세상을 건너갈 아이의 가슴에 온기 어린 한 자루의 촛불이 되어 주기를.

사춘기
문예반

ⓒ 장정희, 2019

초판 1쇄 발행 2019년 5월 30일
초판 4쇄 발행 2020년 9월 10일

지은이 장정희 펴낸이 김혜선 펴낸곳 서유재 등록 제2015-000217호
주소 (우)04034 서울 마포구 잔다리로7길 18(서교동 377-20) 504호
전화 070-5135-1866 팩스 0505-116-1866 대표메일 outdoorlamp@hanmail.net
종이 엔페이퍼 인쇄 성광인쇄

ISBN 979-11-89034-12-2 43810

이 도서의 국립중앙도서관 출판예정도서목록(CIP)은 서지정보유통지원시스템 홈페이지(http://seoji.nl.go.kr)와
국가자료공동목록시스템(http://www.nl.go.kr/kolisnet)에서 이용하실 수 있습니다.
(CIP제어번호: CIP2019018954)